U0926663

五星级爱情

顾颖 著

中国财富出版社

图书在版编目（CIP）数据

五星级爱情／顾颖著．—北京：中国财富出版社，2015.1

ISBN 978－7－5047－5429－5

Ⅰ.①五…　Ⅱ.①顾…　Ⅲ.①长篇小说—中国—当代　Ⅳ.①I247.5

中国版本图书馆 CIP 数据核字（2014）第 246595 号

策划编辑	刘天一	**责任印制**	何崇杭
责任编辑	刘天一	**责任校对**	梁　凡

出版发行	中国财富出版社		
社　　址	北京市丰台区南四环西路 188 号 5 区 20 楼	**邮政编码**	100070
电　　话	010－52227568（发行部）		010－52227588 转 307（总编室）
	010－68589540（读者服务部）		010－52227588 转 305（质检部）
网　　址	http：//www. cfpress. com. cn		
经　　销	新华书店		
印　　刷	北京京都六环印刷厂		
书　　号	ISBN 978－7－5047－5429-5/I·0175		
开　　本	710mm×1000mm　1/16	**版　　次**	2015 年1月第 1 版
印　　张	14. 25	**印　　次**	2015 年1月第 1 次印刷
字　　数	226千字	**定　　价**	32. 00元

前　言

第一次动笔写小说，是因为多年的创作冲动，也得益于两年的寂静时光，心静下来，写东西就比较容易。

《五星级爱情》是描写在草原风情和都市繁华结合的社会背景下，美女总经理的工作、生活经历，加进去爱情元素后，用一个成熟女人的心态写出了少女时代的感觉，描述了职场博弈、恋爱人生的全部过程，表达了作者的鲜明爱憎，应该给自己点个赞。

每一个人都会经历爱情，结果不同，感受不同，痛点也不同，而把爱情故事放在草原上，放在五星级大酒店里，又不是大多数人所能经历的。

作者怀着对草原的无限热爱之情，写出了在内蒙古神话般的发展中，噩梦般的金融危机中，坐落在草原上的现代化城市有着和别的城市不同的发展轨迹，有着和别的城市不同的爱情故事，以一个爱情故事记录一段都市繁华和社会现状，体现草原儿女的价值观和人生观，我想读者会很感兴趣。

对于一个女人来说，爱情是其人生中最重要的一部分，大多女人为了爱情而改变自己，更有人把爱情当成了一种信仰，我敬慕这些女子。

我在年轻时也憧憬着一场美丽而执着的恋爱，期待着梦中的白马王子为情而生，为爱而来。随着年龄的增长，社会阅历的增加，对于爱情，我已经能从容解读。

写五星级爱情，就是和所有经历过恋爱的女人一样，返回头来看爱情，不作任何评价，就像看别人的一个故事，带着对那个年龄段的尊重，带着我们对爱情的重新认识，就当作和闺蜜长谈，或者和自己的灵魂沟通。

有两位姐妹看了原稿说，主人公身上好像有我的影子，但又找不出来具体的东西，其实，书中人物并非自己原型，顾晟玉是我理想中的一位女子，融合了好多女人美好的品质，就是想用她的经历，寄托作者的一些期望，比如貌美如花、才华横溢、善良朴实、能力出众、救苦救难、好运多多，等等，总之，就是想把所有美好的东西都给她，作为对真善美的一种信仰。

也有的同学对小说中关于同学和初恋的描写表示“抗议”，他们说应该再真实点、情节再多一点，我也只能抱歉地说，我很珍惜生命中的每个遇见，但是，用小说体现的时候，我的功力还没到位，尤其是要结合故事情节，未免写得不太深入，等下部作品完成时，我一定补偿你们。

写完这部小说，要感谢那些给我提供素材的朋友和同事，一个朋友知道我写小说，把他的一段故事讲给我，后来我写进小说，他看了觉得很满意。

将本书定名为《五星级爱情》，是受近年来韩剧的影响，虽然说处女作是想保留大部分作者的创作本色，但每个作者也希望作品面世后能受到大多数读者的欢迎，所以在情节中添加了豪门帅男、美女老总的故事，希望大家在阅读中仁者见仁、智者见智，理解作者的苦楚。

也有朋友建议将书名加入“草原”、“爱情”等元素，本人也尝试着改动了好多次，但是，总感觉不尽人意，也许是我从心底钟爱于这个书名，尽管文中多体现草原风情，但是书名仍旧没做改动。

能写出这本书，也得益于几位长辈的鼓励，他们对后辈的这种创作纵容，使我有更多勇气完成这部小说。

在本书的创作过程中，受到了不少好友的帮助，在此特别感谢孙宇颖姐姐、贾文慧老弟、吕如飞、崔永刚、石培进等朋友的热心支持，没有他们的鼓励，也许不会这么快写出作品。

写小说，写自己和别人的故事，思考人生，继续前行，且行且珍惜。

顾颖

2014 年 10 月写于乌兰布统草原

目录

第一章　草原风情

顾晟玉放下书，活动了一下酸疼的脖子，她看看表，心里暗笑：读书到半夜3点，这几天与其说是休假，其实换成了另外一种忙碌。

不过忙起来也好，她还真害怕没有事情做，时间该如何打发，所以，不论是休闲看书还是工作，她经常将自己的精力用到极限，然后一夜无梦地睡去，美其名曰“深度睡眠”。

凌晨3点，她住的蒙古包依然灯火通明，这是她从小到大的习惯，她不喜欢待在灯光昏暗的房间里，就如她明朗的个性。

今天应该是农历十五吧，风有点凉，她轻轻地走出了蒙古包，门外月色洒了一地，青草混着泥土的芬芳气息扑面而来，远山如黛，天空纯净如水，月亮像银盘一样挂在夜空，星星在遥远处闪耀着，这就是草原的感觉，辽阔、纯净、沁人心脾，如今她正在月夜下尽情享受着这种感觉。

她喜欢蒙古包，喜欢草原，这里有她童年的美好回忆。草原是姥姥的家，也是她生长的摇篮，她在姥姥家长到上小学才返回了城里，后来只有假期才能来这里看看，但是，小时候在蒙古包前荡秋千的情景，还有门前小河边上的蘑菇，还有那些拴马桩，让她常常魂牵梦绕。

小时候一直幻想着快快长大，没有寒暑假了，自己想什么时候来草原就什么时候来。

如今这个愿望实现了，这个蒙古包度假村就是她投资的，这里圆了她儿时的梦，50 多个蒙古包，每个包都是她自己亲自设计的，蒙古包顶部用了美丽的“云”字纹，用红色的、蓝色的布做贴花，门帘也用相应颜色的“万”字纹做成，每个蒙古包都流淌着原汁原味的草原风情。

在这片辽阔的草原上，洁白的蒙古包像珍珠一样撒落在草地，一望无际的绿色一直延绵 100 多千米，然后就到了外蒙古的边境。度假村的顾客有游人，也有一部分做边境贸易的生意人，所以收入还不错。

她童年的拴马桩有的被国家回收，成了文物，现有的一部分留在了赛马场，另一部分设计成了停车场的指示标，旁边“拴”着客人们的宝马车、奔驰、路虎等，古老的拴马桩见证了草原的变迁。

这个度假村她委托舅舅管理。如今她回来休假，就占了一间。顾晟玉看到别的房间都没开灯，客人们大概都睡熟了。

风吹起她长长的裙摆，有种飘然若仙的感觉。在这里，她不应该是个商人，应该是个诗人或是个画家，可她偏偏走上了从商的路，而且越走越有挑战性。

不管是挑战性也罢，是自己的不屈服也罢，最近的人和事让她感到很疲惫，来草原休养几天，可以净化她的身心。此时的她确切地说应该是在逃避，既然是逃避，就让自己更轻松一些吧，她站在夜色里，任思绪悠悠，漫无边际。

远处的停车场悄然驶来一辆越野车，奇怪的是司机没有开车灯，越野车缓缓地溜进了停车场，贾璞坐在驾驶室里，心里还在想刚才那惊魂的一幕：他开车从边境赶回来的时候，已经快到凌晨 3 点了，通往度假村的公路上静悄悄的，他把远光灯打开，尽情享受着在空旷草原上驾驶爱车的惬意，这种感觉在城市是无论如何也找不到的。正在他如风般飞驰的时候，突然不远处有个东西动了一下，等他反应过来的时候车已经开到了这个东西的身边，是一只被灯光吓呆了的兔子！他流畅地转方向盘、刹车，但仍然感觉轮胎轧过了什么东西一下，他停下车来，发现那只兔子正在路边挣扎着。

是一只白色的兔子，看着他蹲下来，白兔的眼里充满了恐惧，他检查了一下，兔子两条后腿大概被轮胎碾断了，它用前腿支撑着身体，挣扎着想要逃离，地上还有一点血迹，贾璞走向白兔时，它眼里的恐惧变成了无助，一副任人宰割的样子看着贾璞。

第一次给妈妈的宠物猫咪咪洗澡，咪咪的眼神就是这样的，它无助地看着自己被主人放进了洗澡盆，心里一定充满了恐惧和恨，之后感觉到了水温和主人的抚摸才渐渐爱上了洗澡。

这种眼神让他的心动了一下，怎么办呢，这大半夜的，丢下它的话它只有死路一条，他看了一下情形，从车里拿出一卷卫生纸，在兔子的两条腿上绑了又绑，两条腿被一卷卫生纸绑成了两个可笑的橄榄球造型。

这里是牧区，医院都很远的，没有什么救治的器械。自己是撞伤兔子的罪魁祸首，眼下的情形，先回度假村再想办法吧。

他把兔子轻轻放进后备箱，度假村就在前面，贾璞没有开车灯，怕再伤着了别的野兔，就这样悄无声息溜进了停车场，坐在车里想着怎么处理兔子的伤口。

这时他发现了不远处独自享受夜色的顾晟玉，今晚的月色很美，月色里的女人看不清楚长相，但无论是身材还是神韵，贾璞认定这是个美女。

他下车向顾晟玉走去，故意把脚步声放重了点，顾晟玉听到脚步声，发现一个男子正向自己走来，她哂笑了一下，这么晚了，还有人比自己更爱流连在夜色中啊！

人走近了，还是个很英俊的男人，她看男人向自己点了点头，也礼貌地微微颔首。

贾璞在月色下仔细看着眼前这个女人，眼神纯净明亮，高高的鼻梁，性感的嘴型，一头乌黑的长发倾斜在肩头，这些五官长在别人身上也一定是美女，重要的是这些五官长在她身上就有了神韵，有了气质，是那么端庄高雅、清新脱俗，像是传说中的天使，还应该是草原上的仙女吧。

顾晟玉看这个男人还没有走，就用表情疑问了一下，贾璞收了神，忙开口道：“真的是神仙下凡了，兔子有救了！”

顾晟玉再次表示疑惑，贾璞忙说：“我刚才开车轧伤了一只兔子，正好看见你在这里，能不能帮一下忙?”

顾晟玉对第一次见面的人从来不会观察五官长相，只是凭一种直觉，这种直觉往往也很准确。但今天这个男人的五官却吸引了她，那就是这个男人的眼睛，是那么干净、明亮，像新生婴儿的眼睛。

她点了一下头，和贾璞到了车跟前，贾璞把兔子轻轻抱在怀里，顾晟玉跟在后面向蒙古包走去。

“你那里有没有药水、纱布，有没有木头片或者什么急救的东西?”顾晟玉点点头，“那你帮忙拿一下好吗？我在26号包。”顾晟玉摇摇头，直接把满脸疑惑的贾璞领进了自己的包房。

顾晟玉从柜子里找出了一个急救箱，将缠在兔子腿上的卫生纸麻利地取下，然后用药水清洗了伤口，把一些药粉撒在了伤口处，又从冰箱里拿出两块冰，敲碎了装到一个塑料袋里密封好，然后从药箱里拿出几片竹片一样的东西，把兔子的腿绑好，又把冰绑了上去。这些动作顾晟玉做起来如行云流水，贾璞不禁看呆了。他又轻轻叹了一句:“真的是神仙下凡了!”

顾晟玉找了一个空纸箱子，用剪刀在箱子上剪了好多小洞，把兔子轻轻放了进去，然后对着一直发呆的贾璞说;“好了，有一条腿断了，另一条伤得不太严重，你准备拿回去还是暂时放我这里?”贾璞今天晚上第一次听到顾晟玉开口，声音竟然这么好听，如丛林里的夜莺，又如草原上的百灵，真的是遇到神仙了！贾璞今晚第三次这样想。

贾璞看了下表说:“这么晚了，我拿回去吧，兔子在纸箱子里活动怕吵了你休息。今天真的太谢谢你了!”顾晟玉心里说:“还挺会为别人着想的!”

贾璞抱着纸箱子千恩万谢地回到自己的蒙古包。他躺在床上，怎么也睡不着了，脑海里一幕幕地播放着刚才的情景，这是一个什么样的女子呢？看她的气质不像是草原姑娘，她少了草原姑娘的质朴和红润，多的是脱俗清雅，应该是游客吧。但是游客又带着急救箱做什么呢？他又一次想起来月夜下、微风里，她衣袂飘飘、超凡脱俗的一幕，还有那行云流水般救助小兔的手法。

太美了！太美了！自己不情愿地被老爸逼出来，却遇到了这么一个奇迹，真是老天的恩赐！贾璞就这样傻乎乎地想着，天亮了也没有感觉到。

顾晟玉早上 7 点准时起床，她没有睡懒觉的习惯，无论晚上几点睡，早上七点生物钟就把自己叫醒了，她很少用闹铃，有时候感觉自己就像一台机器，好多都是程序化的东西。她今天换了一身奶油色运动休闲装，把头发扎了个马尾，典雅中又透露出一种娇俏，她在草原的便道上开始跑步。

蒙古包的传统习惯是门冲着太阳升起的地方开，她跑在晨曦里，就像在草原上盛开了一朵跃动的马蹄莲。如果这个时候有人看见她，那么一定以为这是在做梦，因为这种感觉应该在梦里。

而这个梦恰巧又让贾璞看到了，他一夜没睡，正冲着窗户里透进的太阳光发呆，恰好看见了精灵般跳跃在草原上的顾晟玉。

半个小时后，顾晟玉跑完步来到餐厅，餐厅里正在安排早餐，都是当地特色，有几个游客正在兴致勃勃地听服务员讲解蒙餐的用法，看她进来，领班图雅冲她做了个调皮的表情："董事长早！"引得几个客人向这边投来异样的目光。

顾晟玉轻轻捅了一下那个姑娘的腰，嗔道："贫嘴！"图雅不依不饶地蹭了她一下，崇拜地说："在我的心目中，你就是董事长，就是这里的女王！"

图雅把顾晟玉拉到 21 号座位前，布好了餐，一脸赖皮地冲顾晟玉说："表姐，这是你的吉祥座位，早餐准备好了，不亚于你们五星级酒店的早餐吧？哦，姐，你什么时候带我去看你那个五星级大酒店？"

"原来醉翁之意不在酒啊！"她这个表妹就是这样，为了让她带着出去，这几天算是想尽了招数。

这时候服务员过来对图雅说："图雅姐，26 号客人今天来吃早餐了。"图雅不舍地看着顾晟玉："姐啊，真的替我安排一下啊！"然后又嘟囔了一句："真是个奇怪的客人！"

看着离去的图雅，顾晟玉如释重负地笑了一下，幸亏这个所谓的奇怪的客人，要不她还得继续受图雅的纠缠。26 号？昨天那个伤了兔子的男人不是就住在 26 号包吗？她当年在设计餐厅的时候，专门按照包房的号码来安排座位号码，为的是让人有一种归属感。昨晚她好像听贾璞提到了 26 号包，她抬眼向 26 号望去，果然是他。

正好贾璞也向这里看来，顾晟玉点头示意，贾璞起身走向顾晟玉，正在布餐的图雅呆在了一边。“再次谢谢你昨天的帮助，我可不可以坐下来说话呢?”顾晟玉看了看那双如水般清澈的眸子，欣然示意他坐下，贾璞就这样意外地坐到了顾晟玉的对面，说意外，是顾晟玉自己的感觉，她好像很少和男士，尤其是陌生的男士一起吃早餐。

那边意外呆了一阵子的图雅，姐姐的习惯她也是知道的，很少接近男人，尤其这还是一个奇怪的男人。

图雅按照顾晟玉的示意把贾璞的早餐准备到了21号桌位上，贾璞主动做自我介绍：“我叫贾璞，来自滨城。”

“我叫顾晟玉，很高兴认识你!”

“昨天只顾着忙那只兔子了，没来得及作自我介绍，真的很感谢你。”

“没什么，碰巧了帮个忙而已。”

“怎么样了？有没有好一些?”

“看精神状态还不错，谢谢你的救治。”

顾晟玉悠闲地品着热腾腾的奶茶，看贾璞有点手足无措，顾晟玉又切了一块手抓肉，示意贾璞动手，贾璞看着一桌的奶制品、牛肉干、糙米、馓子、油食子，一时无从下手。

顾晟玉猜想可能是不习惯蒙古族的饮食，她把少量糙米放进碗里，又从酸奶罐里倒入一些酸奶，用勺子搅拌好后递给贾璞：“还可以加糖的，油饼、馓子也不错，尝尝吧，总有一种适合你。实在不行，可以让厨房上一些蔬菜。”

看着顾晟玉如此的照顾，贾璞不由升起一腔豪情壮志，如此红颜，眼前就是毒酒，他也愿意去喝，这是他来到草原后第一次吃酸奶糙米，味道还不错，前几天的早餐他只吃一些油饼之类的素食，其他的还真的没有碰，在草原上能吃到的素食很少，今天品着顾晟玉调制的酸奶糙米，越吃越感觉味道美极了。

顾晟玉又拿了一块风干牛肉放到嘴里，贾璞在心里感叹，这样一个不食人间烟火的仙女，熟练地品尝着如此豪放的早餐，竟然没看出哪里不协调。

这是一个啥样的女人呢？看她外表那么矜持，但是说起话来却让人感觉心和她走得很近。甚至还有一种引力，让人的心慢慢敞开，逐渐迷惑。

只见顾晟玉叫服务员过来安顿了几句，一会服务员拿来了一个保鲜袋，里面装了些萝卜丝和白菜丝，顾晟玉调皮地笑了笑："小兔的早餐。"说着话，两人一起离开餐厅，到26号包看兔子去了，一路上引来了不少人的注目礼。

小兔的状态很好，已经能半蹲着活动了，顾晟玉取下绑在小兔腿上已经化成水的冰袋，把萝卜丝和白菜丝各撒了点，它竟然饶有兴致地吃了起来。

顾晟玉站起身，向正在观察她的贾璞说："我上午要去看一个人，下午回来给小兔换药。"说完就转身离开了。留下贾璞在那里呆呆出神。

顾晟玉到县城开车大约用了20分钟，她把车停在了一所念佛堂的间偏房后，有个年纪50岁左右的阿姨开了门，看见一个绝美的陌生女子站在门外，忙问道："你找谁啊？"顾晟玉闻到屋里的气味就知道找对人了，说："包老师还好吧？"阿姨边开门边说："还是老样子，时好时坏，天天吵着要酒喝。"说着朝里屋努了努嘴："那不？刚安静下来。"床上的老人看到顾晟玉，本来无神的眼睛突然一亮，然后又很快恢复了平静，老人的衣服还算换洗得干净，就是在身下铺了一张大大的尿不湿，旁边还摆着个尿壶。

顾晟玉对着老人大声说："包老师，我来看您了！"老人装出急迫的样子说："让我猜猜，让我猜猜，你是宋祖英！"老人说的是当下一个大歌唱家的名字。"是，我是宋祖英，您还记得谁啊？"顾晟玉一边给老人按摩腿，一边耐心地引导老人的思路。老人狡黠地眨眨眼："我们见过面，很面熟的。你最近见过贝聿铭吗？我还真跟他见过几面，香山饭店就是他设计的，当时找了一个很古老的建筑旁和他见面，外人不知道的地方，吃饭的时候工作人员说贝聿铭先生跟你吃饭，他是个平和的人，给人的印象就是稳当。"老人疯疯癫癫回答，顾晟玉一边按摩一边也陪着疯疯癫癫询问。

顾晟玉：每天休息得好吗？

包老师：每天侦查一下再睡。

顾晟玉：睡觉还要侦查？

包老师：嗯，看谁在动我的财产。

顾晟玉：你的财产都在你的脑袋里，谁动得了啊！每天下地走路不？

包老师：没有，浑身麻，一走就摔。

顾晟玉：你是谁？你叫什么名字？

包老师：我叫老包。

顾晟玉：从事过什么职业？

包老师：老师。

顾晟玉：能记得不？

包老师：这个记得很清楚。

顾晟玉：当过几年老师？

包老师：九年。

顾晟玉：还挺长的。

包老师：一般智商高的人大多先做老师，这是一个奇怪的现象，真有科学研究的，所以千万不要小看小学里学习最好的和最不好的，因为前者可能回来当校长，后者可能回学校作为名人演讲的。你当时学习还不错的，但不是最好的。

顾晟玉：你不是不知道我是谁吗？

包老师：我知道啊，你是电影明星。你刚从北京回来吧？马英九在北京待了好几天了！

顾晟玉：你见过他没有？

包老师：见过，这个男人很帅。

顾晟玉：有一个大学问家叫辜鸿铭，是北大的还是清华的？

包老师：不知道，你问那些小脚女人去！

顾晟玉：还有一个叫翟鸿森。

包老师：不要和我谈论大师，不知道了，不知道了，你迅速洗手，离开这个肮脏的地方。

顾晟玉：怎么能叫肮脏呢？这里是一个充满智慧的地方，有这么一个大聪明人和这么一个小聪明人怎么能叫肮脏呢？

顾晟玉还是缠着老人试图找回他的记忆，可老人有点不耐烦了。顾晟玉开始要挟："你猜对了，我给你吃羊杂碎！"老人听说有羊杂碎，这才着急了："我知道，我知道，你是我学生！"老人这回坚决不谈话了，开始吵着要羊杂碎。

顾晟玉把包里的羊杂碎半成品和一些保健品拿出来交给阿姨，顺便问了一下老人的身体状况，阿姨说："也没什么的，除了不能走路，说话颠三倒四，其他都正常。唉！年轻时辉煌又能怎样啊，到老了不也是一张床养老吗？"顾晟玉又同情地看了看那个老人，对阿姨说："这里多辛苦阿姨了！"

阿姨笑了笑："我姓陈，你叫我陈阿姨就好了。"顾晟玉甜甜地叫了声："陈阿姨，我叫顾晟玉，包老师有事情你可以给我打电话的。"

顾晟玉和陈阿姨聊了一会，把自己的电话留给了陈阿姨，就告辞出了念佛堂。

顾晟玉坐在自己的车里不由得叹息，包老师是自己的小学语文老师，是姥姥的邻居，非常有才华，那些年出了好多书，她小时候经常和老师家的女儿小火一起写作业，因为家里平反，他调去北京，在中央宣传部工作，人到中年大展宏图，他的才华受到了有关部门重用，有几年经常出入于中央政要部门，他的大名在家乡是如雷贯耳的，后来据说是因为政治倾向问题，得了一场大病，20 多年不能走路。所以他的辉煌只有前辈们知道。那时候顾晟玉还小，还不太懂得辉煌是什么样子。

后来包老师被老家的亲戚领回来了，就住到了这个佛堂里，至于为什么回来，包老师的解释是就喜欢吃地道的羊杂碎。也有人说他是觉得生命不多了，草原是他留恋的故土。前几年顾晟玉陪姥姥来这里念佛，发现了包老师后，每年回来就去看看他，给他买点书和日用品。他也看佛学书籍，但是不受戒，他的饮食起居由这里的居士们照顾，天气暖和的时候，居士们把他扶到推车上，在草地上晒太阳。

顾晟玉想，人为了证明自己活着，总归要在这个世上留一些痕迹，有的人的痕迹是淡淡一抹，有的人浓墨重彩，但历史的车轮滚滚前进，最后能保持住自己颜色的又有几人呢？大多数人还是来也匆匆、去也匆匆。

顾晟玉去姥姥家吃了午饭，又在姥姥那里小睡了一会，她怕姥姥每天照顾自己太辛苦，每次都是把自己打点停当才来看老人家。

回到蒙古包，图雅就跑来看她了，和她纠缠了一会，图雅说晚上有篝火晚会，让顾晟玉做好准备，然后又转身忙去了。

顾晟玉刚准备休息一下，门外有人喊："顾女士在吗?"这个称呼在这里很陌生，开门一看，原来是贾璞，他今天穿了件墨绿的T恤，配了条米色休闲裤，白色便鞋，显得整个人帅气而不失稳重，尤其是他那双明亮纯净的眼睛，那么坦诚地看着人，传递给人一种温暖和信任。

顾晟玉微笑着问贾璞："小兔怎么样了?"贾璞高兴地说："状况好多了，我观察了一天，不光吃了萝卜和青菜，还喝了点水呢！我把它抱来吧，你再给换一次药好吗？我觉得你比我专业。"顾晟玉点点头。

一会儿，贾璞连纸箱带小兔抱了过来，顾晟玉让贾璞把小兔抓好了，小兔挣扎着竟然想咬贾璞，贾璞躲闪着笑道："真的是'兔子急了还咬人呢'！昨天吓蔫了，今天来精神了!"

顾晟玉很快给小兔换好了药，然后把小兔放到纸箱子里，看着渐渐安静下来的小兔，顾晟玉洗了手，看贾璞还没有走的意思，就给他倒了杯水，自己则品着图雅刚送来的奶茶。

贾璞看着顾晟玉真诚地说："你知道吗？我不光感激你，还很崇拜你，你那么善解人意，仅一次早餐你就看出了我不习惯喝奶茶了。"

顾晟玉笑了笑说："草原用它最美好的东西来招待你，我相信你会喜欢上的。"

贾璞探寻地说："看你不像是草原上的姑娘，是来这里旅游的?"顾晟玉爽快地说："我在草原上长大，每年都会回来看看草原。"贾璞又上下打量了一番顾晟玉，摇摇头，还是不相信地说："从哪里也看不出来。"

顾晟玉真诚地说："我在姥姥家长到7岁，因为要到城里上学，才离开草原的，我喜欢草原的辽阔，喜欢草原那扑鼻的青草味道和冬天太阳的味道。"

贾璞羡慕地说："我第一次看到草原的时候就很开心，它给我的感觉是自由自在，不光是人，心也是自由自在的。"

贾璞看着顾晟玉喝奶茶，解释道："我从小吃素食比较多，可能一下子不能适应大块吃肉、大碗喝酒的状况。”随后又补充道：“我母亲是佛教徒，可能受她的影响了。”

顾晟玉想到贾璞救回的小兔，心里对这个男人有了好感，怪不得他的眼睛那么纯净，可能在他的心里装了太多美好的东西吧。

她又想到表妹一直说贾璞是个奇怪的客人，大概就因为他对草原上的饮食不习惯。想到这里，她随口问了一句：“你来这里多长时间了?”贾璞想了一下：“快一周了。”

“参加过草原上的活动没有?”贾璞不好意思地回答：“我不是来旅游的，所以没去过什么景点，也没参加什么活动。”

其实贾璞心里说我哪里敢抛头露面啊，一不小心让老爸的人再监视起来，还不知道要自己怎样呢!

顾晟玉看到贾璞那双诚实的眼睛，心情也突然开朗了起来，辽阔的草原上，是最让人敞开心扉的时候。顾晟玉没有了平日里的矜持和疏远，和一个还不太熟悉的男人聊起了天，甚至在早上还一起共用了早餐。

贾璞也是觉得今天非常开心，越和顾晟玉聊天，越觉得她外貌端庄秀美，个性却淳朴率直，很有草原女子的大方和豪爽，同时也很有主见，是个有智慧又很独立的女孩子。这些优点集中在女人身上，可不就是让人一见了面就难以忘怀嘛!

两人就这样天南地北地聊着，顾晟玉顾及个人隐私，没有像盘查户口似的询问贾璞，贾璞也就在身份方面很自然地回避了。

看看天色已晚，贾璞就告辞出了顾晟玉的蒙古包，正好被赶来的图雅看到，她惊讶姐姐今天是怎么了，和这个奇怪的男人今天已经是第二次见面了。

图雅带着满脸疑问进了顾晟玉的蒙古包，一连串地问：“姐姐，你怎么和那个奇怪的人在一起?他每天一个人开车出去办事，回来也是一个人，然后就躲在屋里，好几天了，也不见有朋友来，吃不惯咱们的饭，自己还想不出来吃什么，一问他吃什么，他就说吃什么都没关系的，也不叫厨房准备吃的，看样子不像游客，也不像谈生意的，真不知道他来做什么了。”

说完了才想起自己是问顾晟玉晚上吃什么来的，说了半天，把正事差点忘记了。顾晟玉想了想，告诉图雅准备点香菇素面就可以了。

餐厅里客人很多，大概有旅游团队，有几桌特色套餐，顾晟玉径直走到自己的21号桌，没想到又“意外”地遇到了贾璞，贾璞看到顾晟玉，忙跟上前去说：“晚餐我来请客，谢谢你出手相救那只小兔。”顾晟玉笑着说：“一碗香菇素面，你呢？”贾璞也哈哈一笑说：“那就一人一碗香菇素面！”说完又和服务员点了两个小菜，这才和顾晟玉一起坐到了21号桌位。

贾璞有点奇怪地问顾晟玉：“我刚才来餐厅的时候，看到有人在堆木头和煤炭大块，有庆祝活动吗？”顾晟玉微微笑着回答：“今晚这里有篝火晚会。”贾璞有点兴奋地说：“草原上的篝火晚会一定很热闹！”顾晟玉解释道：“现在是旅游旺季，有很多外地游人要感受一下草原风情，篝火晚会是必不可少的一项活动。客人们在这里载歌载舞，享受草原带给他们的欢乐。”

他们就这样边吃边聊，等到一轮明月升起的时候，篝火晚会开始了，图雅今天做主持，她穿一身正红色的蒙古袍，月白色蒙古靴，头饰上的珠串一直垂到眉下，刚好点缀得那月牙儿似的美目灵光闪动，在月色下更显得美艳动人。

她身后站着穿了民族服饰的男孩子和女孩子们，手里捧着洁白的哈达，整个场面草原风情浓郁，图雅先向客人们致欢迎词，客人们看到熊熊燃烧的篝火，都开心地围了过来，在图雅的主持下，姑娘小伙子们把哈达送到了排在最前面的一批客人那里，然后就客人们分开把组成了一个大圈。客人们争着把哈达围在脖子上，手挽着手跟着身穿蒙古袍的姑娘和小伙子们变换着圈子的阵形。

草原上是不缺歌舞的，歌手和演员平日都是餐厅里的工作人员，他们在台上献出了精彩的节目，客人们的气氛开始沸腾起来。

草原上的歌最动人，草原姑娘最迷人，在图雅的组织下，大家围着这堆篝火唱啊跳啊，火苗映红了人们喜悦的笑脸，也敞开了人们的心扉，在冲天的火苗下，他们忘记了生活的疲惫和无奈，跟着人群一会跑近，一会又撤远，不时变换着阵形。在这里，人们还原了最真最美的本性，他们本来就是大自然的精灵，是篝火点燃了他们最美丽的一面，他们忘情地和自然融成了一体。

顾晟玉和贾璞很快被人群分开了，贾璞的阵形刚和顾晟玉相遇，又被几个姑娘围了起来，他的眼神一直跟着顾晟玉，好几次努力拉着自己的队形和顾晟玉靠近，都被身边的几个小伙子恶作剧似的分开。

一曲“陪你一起看草原”响起，领舞的姑娘和小伙把队形散开来，大家开始自由组合，贾璞这才急忙跑到顾晟玉面前拉起她的手，人群开始翩翩起舞，贾璞看着顾晟玉红扑扑的脸和黑宝石一般的眼睛，霎时晕眩了一下，顾晟玉一回到草原上，就回归为一个纯情开朗的草原姑娘，她对贾璞的异样并没有注意，心情完全沉浸在歌声、月色、篝火和草原组成的优美旋律中。

然而，在客人们看来，顾晟玉和贾璞的组合太引人注目了，一个像不食人间烟火的仙女，一个是相貌堂堂的青年才俊，他们在月下如诗如梦地旋转着、旋转着，把整个草原都照得熠熠生辉。

在草原上，美好的东西是会受到祝福的，今天的篝火晚会上，顾晟玉和贾璞那么和谐，那么完美，大家把哈达纷纷送到他俩面前，真诚地祝福这对年轻人。在领队小伙子的组织下，图雅和顾晟玉被选举为今晚草原最受祝福的明星。

顾晟玉刚想要解释什么，贾璞附在她耳边说：“气氛这么好，不要扫了大家的兴。”

这个时候，图雅牵着一匹浑身雪白、只有鬃毛和四蹄略显棕色的骏马，来到顾晟玉和贾璞身边，白马闻了闻顾晟玉，立刻兴奋地嘶鸣起来，图雅神秘地说：“你猜它是谁?”

“白儿!”顾晟玉激动得眼泪都快掉下来了，图雅说白儿现在是赛马场马群的头领。顾晟玉高兴得整个人吊在马脖子上，马儿也激动地不住仰脖嘶鸣。贾璞看顾晟玉和白马这么亲热，正想试着接近，没想到白儿一见贾璞靠近，立刻换了生气的样子，用力摇着头，鼻子里不住发出“突突”的声音。

顾晟玉看到这个情形，赶紧把白儿靠向自己，笑着向贾璞说：“它从小只认我一个人，到现在还这个样子，你真想骑马，就骑跑马场的马，那是驯服的，很安全。”

这时候人群中有个蒙古族小伙子不相信，站出来大声说：“目前草原上还没有我骑不了的烈马!”

顾晟玉和图雅一再解释这马虽然不是烈马，但一直和人生活着，习惯很怪，也很有智慧，轻易驾驭不了。

小伙子还是不听，趁顾晟玉和图雅没防备，一把牵了马缰翻身上马，白儿的鬃毛立即竖立起来，随即发出一声长嘶。

顾晟玉一看情形，怕惊扰周围的游客，就把自己身后闪出一条道，喝道：“白儿，这里!”白儿听到指令，回身从顾晟玉身边疾驰而出，飞奔到了旁边的草地上，又突然一个急刹，马头一低，马背上的小伙子被惯性推到前面，差点被掀下来，但小伙子往后轻轻一跃，又骑在了马背上，顾晟玉心里想，看来小伙子还有点身手。

白儿一看这招儿不成，马上就地一躺，小伙子这下受不了了，立即翻身跳下，白儿却一跃而起，仰着马头冲小伙子又扬蹄又嘶叫，表达着强烈的不满。

顾晟玉一看小伙子没受伤，跑过去安抚住了白儿，白儿一回头，一用力，顾晟玉就势被白儿推上了马背。然后稳稳当当地冲跑马场方向去了。

客人们赞叹着，羡慕地看着顾晟玉和白马渐渐远去。

贾璞被眼前这一切激起了强烈的好奇心，这个顾晟玉究竟何许人也？就连草原上的马都对她如此臣服，太不可思议了！他一边想着，不由自主地沿着顾晟玉走过的方向而去。

顾晟玉和白马正在开心地嬉戏，只见她佯装着要抓到白儿，白儿却在她不远处故意躲闪着，一个要抓，一个要跑，一个装作不理了，一个却又过来招惹。

这时候白儿看到了贾璞，立即发出了要攻击的动作，顾晟玉也看到他了，赶紧喝住白儿，顾晟玉安顿着白儿：“客人来了，你就在附近玩一会好吗?”白儿好像听懂了似的，不情愿地走开了，贾璞有点崇拜地说：“这一切太不可思议了，你一定要告诉我为什么!”

顾晟玉和贾璞坐在草地上，她娓娓地道出一段难忘的童年经历。白儿在不远处吃着草，时不时到他们眼前走动一下，表示自己已经受到了冷落。

白儿是顾晟玉 6 岁时收养的，它妈妈生产的时候，掉到河沟里死了，姥姥把初生的白儿抱回家，顾晟玉盛了热牛奶喂它喝，白儿一次能喝大半脸盆牛奶，以后只要顾晟玉一敲脸盆，喊一声白儿，白儿不论在哪里，都会飞快跑回来，追着顾晟玉找牛奶喝。

白儿很快长高了，力气也大了，顾晟玉还是一丁点儿的小姑娘，白儿贪玩的时候，偶尔会把顾晟玉弄哭，然后又不知所措地看着她。

这个时候姥姥一边安慰顾晟玉，一边安慰白儿，白儿后来就不那么冒失了，等白儿再大一点，姥姥就把顾晟玉放到白儿的背上，教白儿稳稳当当地走路。小晟玉和白儿成了形影不离的朋友，他们在草原上谈心、捉迷藏、奔跑……

但是白儿很排斥别的小朋友，只要有小朋友来和顾晟玉玩，它就又追又咬。顾晟玉只好经常警告它。

有一次不知谁带来一只大黄狗，对顾晟玉很不友好，白儿就冲过去又踢又咬，硬是把大黄狗吓跑了。

白儿也只让顾晟玉骑到它背上玩，刚开始的时候顾晟玉怎么也骑不到马背上，她把白儿领到一块大石头旁，先上了大石头，然后再骑到白儿背上。

有一次顾晟玉骑马的时候差点摔下来，白儿回头用力一托，把她托上了马背，从此顾晟玉更加信任白儿了。不过这都是背着姥姥玩的。

后来，只要顾晟玉说："骑马去。"白儿就自觉跑到大石头前等她。

顾晟玉和白儿捉迷藏的时候，命令它藏到蒙古包后面、大石头后面或是他们经常玩耍的地方，白儿就愉快地藏起来，每次都被顾晟玉抓个正着，然后一起追逐奔跑。

白儿长到两岁的时候，已经是剽悍神骏的高头大马了，牧人们看它形象好，准备训练成坐骑，但无论怎么训练，白儿就是不服从，经常对训练的人又踢又咬，大家没办法，只好任它在草原上做一匹散马。

后来有人建议卖掉，姥姥也同意了，有一天，白儿被几个陌生人用套马杆套走了，顾晟玉因此哭闹了好几回。

几天后，白儿浑身伤痕地回来了，顾晟玉抱着白儿的脖子，撕下套在它头上的马缰，白儿从此除了顾晟玉，再不让任何人近身。

姥姥没办法，把钱退还人家，又把白儿散放到了草原上。后来白儿的同类朋友越来越多，白儿就带领着马群找最好的水草，经常打败侵略它们领地的头马，白儿的聪明和神骏征服了其他马，自然成了马群的头领，白儿带领的马群从没有掉队和丢失的，省了牧人们不少的心，大家这才放弃了把它训练成坐骑的想法。

顾晟玉到城里上学的时候，她在草原上和白儿道别，白儿追着顾晟玉送了一程又一程，顾晟玉答应白儿会经常回来看它，白儿好像能听明白似的，望着顾晟玉远去的方向一边嘶鸣一边倒退着回去。

后来每逢假期，顾晟玉都要回来看看白儿，白儿的故事传开后，很多人把自家的马交给白儿管理，白儿成了远近闻名的头马。

白儿到现在也算是中年了，性子收了不少，除了不让人骑，也能佩戴缰绳，管理马场的驯马了。

贾璞听着这个故事，神往地说："如果我是这个白儿多好！"顾晟玉哈哈大笑说："白儿现在可是中年马了，再过几年就是老马了。"

贾璞带着点淡淡的忧郁说："至少它按着自己的生活方式自由自在地生活着，这就让人很羡慕。"

顾晟玉也被他这句话打动了心事，是啊，多少人是完全能按照自己的意愿生活呢？自己也不是经常被一些身不由己的事情困扰吗？

顾晟玉有点奇怪地看着眼前这个男人，他的眼睛非常纯净，说明人生经历单纯，可是眉头间却能看到淡淡的忧郁，头发粗黑，还应该有叛逆行为。这一般是条件较好的人家的孩子，从小生长在象牙塔里，没经过什么风雨的一类吧。

顾晟玉听到远处音乐声小了下来，猜想篝火晚会应该快结束了，她起身把白儿拴好，又和白儿说了一会悄悄话，才招呼贾璞一起离开赛马场。

贾璞和顾晟玉通过两天的相处，感觉眼前的女孩子真的像个谜一样，不知道有多少故事藏在她的经历中呢！自己马上就要离开草原了，能不能再遇到她还是个未知数。

贾璞一边走一边问顾晟玉："我再过一两天就准备离开了，这里还有什么景点可以去呢？我明天准备出去玩一天。"

顾晟玉随口说了两个："坤山和海关。"贾璞说："海关我去过了，坤山在什么地方呢?"顾晟玉想到自己明天正要去坤山方向签合同，刚要说自己可以当向导，可想到在草原上两个陌生人就这样相识了，还要陪他去坤山，是不是有点太热情了？一念转过，就说了个去坤山的具体位置。

贾璞灵机一动，说："帮人帮到底吧，你给我留个联系方式，万一我找不到地方，还可以问你这个向导。"

顾晟玉爽快地把自己的联系方式告诉了贾璞，贾璞把电话也拨到了顾晟玉的手机上。两人就这样各自回到了自己的蒙古包。

贾璞躺到床上怎么也睡不着，他拿着手机看着刚刚保存的电话号码，好几次想拨出去，最后还是放弃了。最后只用信息发了两个字："谢谢!"

此时的顾晟玉早已经进入梦乡，那两个"谢谢"闪了好几闪，也睡去了。

第二天一早顾晟玉还没起床，图雅就一阵风地跑来了，她一进门就笑嘻嘻地说："姐姐的那个追随者还真有福气!"顾晟玉淡淡地笑了笑："什么跟什么啊，那只是个刚认识的普通朋友。"图雅笑着说："也没见你对哪个普通朋友这么友好过，我们的表姐终于动了凡心了?"

"你以为我不知道你想干什么啊？又是送白儿，又是篝火晚会的幸运明星，还要扯上这个人，是不是觉得贿赂我还不够?"顾晟玉洞察一切似的看着图雅。

她这个表妹什么都好，就是有点好高骛远，上学不用功，却经常向往大城市的繁华，好几次缠着顾晟玉要到城里去，顾晟玉怕管不好她，一直没答应，先让她在这里锻炼，想等待机会成熟再让她过去。看看她现在这个样子，好像已经急不可耐了。

图雅看着顾晟玉收拾东西，惊讶地问："这么快就要回去了？那我的事情你考虑得怎么样了?"顾晟玉说："我回去后安排一下，不过先从最基本的岗位锻炼，你能行吗?"图雅一听毫不犹豫地答应了，顾晟玉让她等消息，这期间还要和舅舅舅妈商量一下。

图雅看顾晟玉收拾好了，就要和她一起去餐厅，顾晟玉一想到还要遇到贾璞，没答应和他去坤山好像有点难为情，就命图雅把早点送到蒙古包来。

顾晟玉计划吃完早餐，然后开车去坤山，签完合同后就回城里，一天时间差不多够了。

贾璞在餐厅里左顾右盼地张望，他等的人一直没来，早餐已经吃好了，他又续了一杯清茶，在那里一直等。

21号座位仍然空着，只见服务员端来一些馓子、油饼、奶茶、糙米，递给图雅："21号包的，你送过去还是我送?"图雅端过来说："我送去吧，她今天要去坤山办事，我去看还有什么要带的。"

贾璞听到这句话，三下两下吃完早餐，然后又向服务员要了点萝卜丝，匆忙回到26号蒙古包收拾行囊。

顾晟玉一路向坤山开去，初秋的草原依然鲜花烂漫，沿途一会一片紫色的花海，一会一片金色的花海，一会又是郁郁葱葱的矮灌木夹杂着色彩斑斓的野花。

公路不太宽，抬眼望去，草原就像一块艳丽的地毯，厚厚的，很养眼。

今天是礼拜一，路上几乎没有车辆，车窗外的草香、花香迎面扑来，真的让人有说不出的享受。

就这样一路开了一个多小时来才到山脚下，她来到一家蒙古包前，这里也是一家度假村，只不过受季节影响，这个度假村开放的时间很短。所以这里的蒙古包是几个人合伙投资的。顾晟玉以维拉赫度假村的名义在这里买了5个包出租，今天租期到，重新续签合同。

度假村的承包者是一位蒙古族汉子，小小的眼睛，憨厚的嘴唇，一看就是一个厚道人。

他看到顾晟玉来了，忙迎出来："怎么还用你亲自过来呢，我那天电话里说了今天我过去找你的。"

顾晟玉笑笑说："巴特大哥，我准备合同比较方便，也不是太远，顺便来看看山。下午准备回H市。最近生意怎么样?"

巴特边给她倒茶边回答："生意还行，今年外地来的游客比较多，周五、

六、日爆满，周一到周四人不多。”

“马队的生意怎么样?”顾晟玉微笑着问。一说起马队，巴特眼睛就亮了：“哈哈哈，马队好啊，不光咱们自己赚了钱，周边的牧民也有了额外的收入，大家都高兴啊！这还多亏你的主意好呢!”

马队是顾晟玉去年来的时候给巴特大哥出的点子，坤山一路风景都很美，开车也能到山顶，可是一路看景一路开车总会分心，也不太安全，顾晟玉建议巴特在山下设一个停车场，然后联络周围的牧民把自己家的驯马出租，游人骑着草原的高头大马，一边享受骑马的乐趣，一边观赏草原美景，还能住蒙古包、吃手把肉，彻底和草原融为一体，也不在乎多出几个钱了。

巴特照做以后，生意一直不错，租金也公平，管理也简单，牧民们到这个季节就把马队当成了自己的主业呢!

顾晟玉把合同准备好，巴特看也不看，就在该签字的地方签上名字，然后就算是一年的生意开始合作了。

和草原上的朋友做生意非常踏实，他们只要认你是朋友，你说怎么做就怎么做，根本不用合同，顾晟玉习惯了做事情签个合同，所以今天来只是走个形式。她经常想，草原有这么好的亲人、这么好的朋友，能有一个什么机会让他们也像城里人一样过上富裕幸福的生活呢?

顾晟玉签完合同，巴特大哥又把一条烤羊腿给顾晟玉放到车上：“回城市里加工一下就能吃，比市里的口味地道多了！一路上要小心点。”

顾晟玉坦然地接受着朋友的馈赠。在草原就是这样，他们不会虚伪，当他们把最珍贵的东西给你的时候，如果你拒绝了，他们会很伤心的。

顾晟玉辞别巴特大哥，开车上了坤山，站在坤山上，就像踏上绿色的长绒地毯，柔软、舒适，一个脚印踩下去，就能踏出30多种花草，有很多还是名贵的中草药。

山上草香花香扑鼻而来，鸟鸣虫鸣声声入耳。山下泉水叮咚，硕果累累。

山上还没有游人，顾晟玉站在这里振臂高呼，一扫尘世的阴霾，心胸马上开阔起来。她在山上滞留了一会，才意犹未尽地开车下山。

快走到去H市分叉路口的时候，顾晟玉觉得车子突然熄火了，她把车溜到路边，又试了好几次还打不着火，下车检查也查不出是什么问题，估计山路颠簸，线路接触不好了。

顾晟玉一下子沮丧了，这是草原，可不比市里，根本就没有救援车，一般都自己想办法把车子拖走。

今天是礼拜一，来这里旅游的人也不多，要等一个顺风车还不知道等到什么时候。

顾晟玉不甘心地又把所有的线路插头都重新检查了一遍，车还是没有发动。她无奈地坐在车里发呆。

大概过了半个小时，顾晟玉看到前面有一辆车开过来了，她急忙下车招手，车停下来，顾晟玉一看司机，不禁喜出望外，这不是贾璞吗!

贾璞看到顾晟玉，也感觉很意外地说：“真是有缘啊，无处不相见呢!”顾晟玉指了指自己的车：“能不能帮个忙?”贾璞下车一问缘由，才知道抛锚了，他打开车盖看了半天也没看出什么，无奈地说：“我对车的了解比你多不在哪里，不过我可以找人过来处理，你放心好了。”

贾璞打了两个电话，告诉了对方车辆抛锚的地点，然后把车门一开，对顾晟玉说：“现在我们的任务就只能是等了。”顾晟玉上了贾璞的车，两人就坐在车里等救援的人到来。

贾璞今天穿了件浅粉色翻领 T 恤，顾晟玉坐到副驾驶的位置上，不时闻到一股清新的香味，还是个很爱整洁的男人呢!

贾璞这个时候也正在注视顾晟玉，俩人的目光一碰，顾晟玉有些羞涩地躲闪开了，贾璞却是心里一动，这年头，会羞涩的女人已经如恐龙般绝迹了，就这样一个表情，把男人的保护欲彻底地调动了起来。他在心底暗发誓，如果老天有眼能让他和顾晟玉有缘，那么他一定用全力保护好这个女人。

两人突然有一段时间的沉默，贾璞出声笑道：“你相信缘分不?我觉得我们俩就像两个神秘的磁场，在该出现的时候就顺理成章地出现了。”

顾晟玉调皮地说：“是啊，我是神仙下凡呀!”贾璞想到这几日对顾晟玉的感觉，感慨地说：“神仙是什么?神仙就是你想到某个愿望的时候，能准确接受你信息并帮你实现的那个!”

“那你今天的愿望是什么？这里可真的离神仙不远。”顾晟玉调侃地说。

贾璞目光热切地说：“我的愿望就在我眼前!”

顾晟玉想到今天的状况，又一次羞涩地躲避着贾璞炙热的眼神。

她把话题岔开，告诉贾璞关于坤山真的有个神仙传说。很久以前，这里生活着一个部落，他们每天打猎、放牧，生活快乐而简单，部落里有位美丽的姑娘，还有一位勇敢的小伙子，他们相爱了，然而姑娘的美貌传到了王爷那里，王爷过来提亲被姑娘拒绝了，王爷知道了姑娘和小伙子相爱的事情，就在小伙子放牧的时候用箭射杀了他，小伙子的身体一直站立不倒，之后化作了一座大山，叫作阳山，姑娘知道小伙子被杀害的事情，夜里祈祷山神保护，山神就把她也化作了一座山，叫作坤山。阳山山脉绵延、气势恢弘，山峰雄伟挺拔，巍峨屹立，满眼是筋骨暴露的男人世界。坤山则充满母性的光环，她把山的润泽、云的曼妙、水的婉约凝结在一处，满眼绿色，满眼奇花异草，山坡下苍松翠柏，郁郁葱葱，山底溪水玉带轻绕，如烟如雾。

头顶上蓝天衬着朵朵白云，闲适安详，远景参差、近景浓郁，让阳山的阳刚之气、凌厉之风有了一个回归的港湾。

坤山，也是神仙庇佑的山，她把石凝为丹、草化为药、水绕为魂，让阳山的峻拔之气、坤山的母性之韵阴阳调和，生成了这一得天独厚、葳蕤灵秀的风水宝地。

后来，这里的牧人受阳山和坤山的庇护，过着平静而幸福的日子。

贾璞听得都入迷了，想想周围的环境，真的是啊，本来一望无际的大草原，从后面就有了山，而且这两边的山真的是不一样的。他想着这个传说，都出神了。

贾璞和顾晟玉就这样在车里坐着，顾晟玉看看表，都快 12 点了，救援车还没有来，贾璞心里说：希望救援的人被事情拖住吧，这样他就有机会和顾晟玉多一些时间在一起。

不料真的是心想事成，贾璞的电话响了，救援队伍现在才出发，那么到达这里怎么也得一个多小时，顾晟玉看到贾璞接完电话就下车从后备箱里拿出一堆水果、果汁、面包、小菜。

顾晟玉笑着说："看情形你是有备而来啊！"

贾璞无奈地说："没办法啊，我习惯素食，来了这里就得时刻做好断粮的准备，没想到在这里也派上用场了！救援队伍一个小时以后到，您现在将就着和我共进午餐吧！"

贾璞把备胎取下来，把一个纸盒子拆开铺上面，又把剩下的纸盒子铺到地上，两人席地而坐，举着果汁，吃着面包、小菜。

贾璞频频举杯："很高兴能和你共进午餐！对了，我们的早餐和晚餐也是那样令人难忘！"

顾晟玉脑海里浮现这样一个场面：一对年轻男女，享受着早餐、午餐、晚餐，那应该是什么样的关系呢？

这个贾璞想得倒美！想到这里不禁莞尔而笑："我今天本来决定办完事情就离开草原的。"贾璞忙说："我相信我们还会见面的！因为这是躲不掉的缘分！"

顾晟玉心里想；"我也没告诉你我到底要去哪里，世界这么大，就这么巧能遇见你？"

半个小时过去了，草原上的风逐渐大了起来，天边的几块黑云也很快地移动起来，顾晟玉一看这样子，心里说该不会要下雨吧！草原上的天变起来是很快的。

风送来青草的香味，现在还夹杂着泥土的腥味，凭着她在草原上的经验，顾晟玉知道要下雨了！她心里暗暗着急，从这里到 H 市开车要三四个小时的车程，如果救援的人稍有耽搁，今天就得走夜路了。

和贾璞收拾完午餐的战场，她提醒贾璞可能要下雨了，要他打个电话问救援人员走到哪里了，贾璞接通电话，那边传来一阵雷雨声和人声："我们走半道上下雨了，通过的河槽有洪水，我们被隔在对岸，现在不能过去！"

贾璞安顿对方："一定要注意安全，等洪水小了再说！"

然后一脸无奈地看着顾晟玉："他们被洪水隔在对岸了，我们怎么办？要不陪我去坤山看看？"

顾晟玉提醒他："我们这里马上也要下雨了，你去坤山还不淋成落汤鸡？"

贾璞一脸无辜地说："那你欠我一次坤山之行。"顾晟玉看他步步进逼的样子，像个小男生，心里突然很放松，调笑地说："小男生，我还欠你什么？你可得一次说清了，要不小心我不认账。"

贾璞马上做出反应："你现在又欠我一项！"顾晟玉心里说，天呢，真的讨债似的！"我又欠你什么了？"

贾璞义正词严的样子："我堂堂正正七尺男儿，你却说我小男生！你对我欠尊重！"

"那又怎样啊！你看你那样子，像讨债似的！"顾晟玉责怪道。

贾璞立即回应："凡对我不尊重的，我就是要讨债！"

说罢就抓住了顾晟玉的两只手，顾晟玉这下心里慌了，荒郊野外，他要是胡来自己还真对付不了。贾璞看着顾晟玉慌乱躲闪的样子，只是用手在她鼻子上轻轻刮了一下："惩罚你这个笨女生！"

顾晟玉看他不闹了，这才放下心来。贾璞故意逗她："如果今天你遇到坏人，那不怪我，只怪你自己！因为第一你太漂亮了，任何男人见到都会动心的。第二，你太相信人了，对只是一个开车路过的男人你也随便敢拦下。"

顾晟玉辩解道："我一直就是这样啊，那也没遇到坏人啊！凡是坏的东西，都是人心想出来的。"

贾璞突然觉得顾晟玉说话特别有哲理，是啊，凡是坏的东西都是人心想出来的，我们每天行好事、说好话、做好人，哪里还会有那么多的争斗和倾轧呢！

俩人说着话，雨就来了，他们忙躲进贾璞的车里，车窗被雨洗刷得一片模糊，黑云一阵阵压来，顾晟玉看着天气，看来这雨没有个把小时不会过去了。

车里光线很暗，两人突然一下子没了话题，顾晟玉和贾璞就静静地听窗外的雨声，一会顾晟玉就在副驾驶位置上打起了盹。

贾璞听着车外的雨声，看着车里闭眼养神的顾晟玉，心中升起无限柔情。他眼前这个女人太美了，干净柔和的脸，睫毛又长又密，还向上翘起半个弯，眉型修长，挺直的鼻梁，性感而又不失端正的嘴唇。这一切，本来是在贾璞的梦中的，今天突然就离贾璞这么近了，贾璞心里一阵阵战栗，真想上去轻轻吻一下。

但是这个画面在他心中太珍贵了，任何动作和语言都无法表达自己内心里的那种柔情。

他就这样温柔地注视着顾晟玉，用自己的心把顾晟玉的每一丝气息、每一个表情记录在了一个从来没有人碰触过的地方。

就在贾璞痴痴傻傻地凝视顾晟玉的时候，雨渐渐小了，救援车也来了，下来几个外地人，怎么看也不像是做汽车救援的，倒像是某些公司里的职员。

他们看到贾璞和一个美丽的女子在一起，心照不宣地笑了笑："是不是来早了？"

贾璞也觉得越解释越难，干脆不理他们了，几个人打开车盖检查了一遍，大约半个小时以后，他们把顾晟玉的车终于修好了，顾晟玉看看时间，还可以赶回 H 市，最多走半个小时夜路，她看到贾璞留恋不舍的样子，心里也有点不忍。

来的人告诉贾璞："老爷子昨天打电话过来了，要你回去。"

贾璞也觉得今天自曝行踪把人叫来，很显然他必须要和这些人回去了。

贾璞强压着离别的情绪，一遍又一遍安顿顾晟玉路上小心，万一有情况电话联系，顾晟玉也听话地一一接受。

在大家的眼里，他们俨然是一对依依惜别的情侣。

顾晟玉开车走了，贾璞直到看不见车的影子才转身和他们怅怅地离开。

第二章　阿兰希国际大酒店

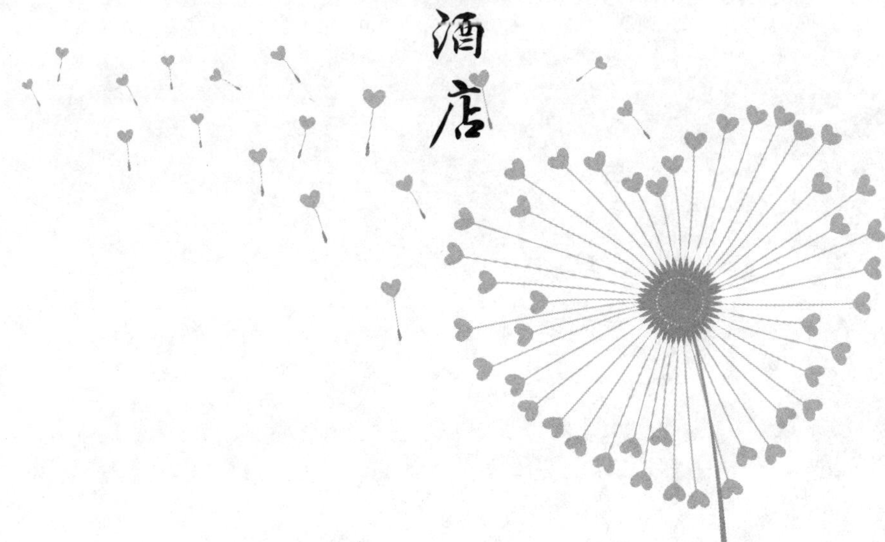

阿兰希国际大酒店坐落在 H 市最繁华的商业中心，是 H 市最豪华的一家五星级国际大酒店。

酒店设计为浓烈的蓝天白云风格，中央公园碧草如茵的底色，点缀着一团一簇修剪成各种造型的花草，远远看去，酒店蓝色玻璃映衬着天上的朵朵白云，仿佛和天空融为一体，又仿佛是一座巨大的蒙古包，巍然坐落在如茵的草地上。

酒店极尽奢华的装饰与高科技手段、建材完美结合，缔造了 H 市五星级酒店的一个神话。建筑本身就在当年获奖。

它拥有 408 套客房，最豪华的 300 平方米的总统套房更是华丽非凡，坐落在第 26 层，家具是镀了金丝的，设有两间卧室、两间起居室、一个餐厅。

客房面积从 60 平方米到 300 平方米不等，全部是落地玻璃窗。

进入房间会有一个管家等着跟你解释房内各项高科技设施如何使用，因为酒店的服务宗旨就是务必让房客有最尊贵的感觉。

入住总统套房，还能享受管家、厨师和服务员们五对一的服务。人们在吃惊之余，也不得不感叹金钱的力量。

总统套房的窗帘和电灯的开关都是遥控的，办公桌上有东芝笔记本电脑，随时可以上网，墙上挂的画则全是真迹。浴室里的所有卫浴用具都是国际最流行的牌子，包括肥皂、古龙香水等，当然淋浴设备也不同凡响，除上头的莲蓬头之外，还可选择上中下三段式喷水，旁边则是马赛克壁画陪衬下的按摩浴池，浴室门口还有皮质躺椅，让旅客休息。

进入酒店才能体味到金碧辉煌的含义。大厅、中庭、套房、浴室……任何地方都是金灿灿的，连门把手、水龙头、烟灰缸、衣帽钩，都是镀金装饰。

纸醉金迷，往往是精神堕落的字眼儿，然而酒店所有的“奢华”却令人喜爱而不沉迷，任何细节都处理得绅士般矜持、淑女般优雅，没有携带一丝一毫的俗气。

作为与国际接轨的大酒店，H 市大部分高标准的外事接待也首选阿兰希，在酒店的大堂，金丝镶边的接待台、鎏金背景墙，美女接待们或是秀丽端庄、或是清纯可人，一个个都是旅游学院毕业的大学生，她们一会儿用流利的英语给客人做房间介绍，一会儿又听见日语的声音在解释早餐的时间。

特殊设计过的灯光映衬着她们年轻的容颜，更显得笑靥如花、美丽迷人。

由于阿兰希的豪华实在是太特别了，很多外来访客只想来参观一下（对绝大多数人而言，也只能是这样饱饱眼福），不过，参观也仅限于大厅，客房部走廊都不可以随便进入。

大多数人仰望着矗立云天的阿兰希酒店，想象着酒店里发生的财富故事和富豪们奢华的生活，他们也知道，只要是踏进酒店，就代表着进入了上流社会，也就代表着自己可以以一个成功人士的身份展现于世人面前。

而了解内情的人们都知道阿兰希酒店只是 H 市电力公司的第三产业，它的建立，一度使电力公司的形象在当地备受瞩目。

酒店的高层管理人员，大多数是电力系统的在职员工。这就使得五星级酒店的标准化管理中还体现出了一些电力企业的管理痕迹。

在阿兰希酒店二楼的豪华会议室里，大卫国际的几个股东正在对他们准备介入的一家煤炭集团展开讨论，董事长贾锡正说到重点处，稍微停顿了一下，扫了在座的成员一眼，然后一脸严肃地说：“最近国际煤炭市场对蒙古的煤炭开采非常感兴趣，除我们之外，日本的山本集团和俄罗斯的罗欧集团也正在跟他们接触，我们占的是地理优势，而日本方面比我们更加迫切需要得到这些传统能源，特别是在日本发生核危机之后。

俄罗斯则是蒙古为了平衡中、日、俄三方关系也不得不考虑的对象。我们投资100个亿的意向对蒙古来说是很关键的，但如果日本方面所占股权比我们稍微多一点，加上俄罗斯也会有参股，最终很可能是三方共同参与开发利用，利益共享。

现在我们的任务是尽快让蒙古了解我们正在为这项投资所作的一系列准备工作，把铁路建设的进度和口岸地方政府的意见提供给蒙古方，尽快拿下这个项目。"

贾锡正见大家正在认真听，又把铁路建设的事情介绍了一下，负责铁路建设项目的是何敏，他和贾锡正搭档了20多年，生得敦厚稳重，一双小眼睛闪着智慧的光芒，他平时话语不多，但思维很缜密，对于贾锡正大刀阔斧的性格，他总是把具体工作做得滴水不漏。他详细地向几个股东介绍了一下这个项目的进度后，大家对目前的情况表示很满意。

会议结束后，贾锡正留下何敏，"贾璞今天一天都没有出去，他躲在那里不会就是睡大觉吧？"何敏蛮有信心地说："他看我们有人在酒店跟着，就找了个蒙古包度假村躲起来了，昨天和老郑查看了铁路的铺设进度，从工地上回去晚了，估计正在睡大觉呢！我想派个人跟着，可那里的度假村很小，目标很容易暴露。"

贾锡正无奈地说："没逃跑就算不错了，看情况他对工作还没有厌烦。他不愿意在生意场上厮杀，我原本也想给他一个他想要的生活，可是他生在这样的家庭，想抽身恐怕很难啊，老何啊，你多带带他，收收他的性子。"

何敏郑重地点了点头："这孩子我是看着长大的，性格有一部分随了他母亲了，但个性柔中带刚，很有韧性，也很有潜力的。"

贾锡正是革命后代，在当地有着举足轻重的影响力，他成立大卫国际，其实也是政府扶持和控制企业的一个结果。

贾锡正又安顿了何敏几件事情，两人才离开会议室。

在阿兰希酒店的大堂，副总田野正摸着光头，满脸泛着油光，瞪着两只混浊的小眼睛，腆着肚子，在批评夜审服务员乔一然："这个房间出租数量和价格怎么对不上账？你一晚上也就这点活，还干不好，能不能在这里做了？不行明天到酒吧收银去!”

田野的训斥引来几个客人的侧目，大家一看田野的长相，都不约而同地在心底里笑了，俗话说相由心生，看他的模样，身材还算高大，可配上他的表情，怎么也和正人君子联系不起来。而且还在酒店大堂就这样公开训斥员工，实在有损酒店形象。

乔一然一脸怒气地离开了，心里轻蔑地说：“你不就是昨天揩油不成，今天拿我报复吗？无耻小人!”

田野昨天值班，他在巡查酒店的时候借机到处搭讪服务员，其他岗位都是两个或三个人在一起上班，她们对这个副总的不检点都有所耳闻，也不答理他，只有乔一然一个人在审账，田野看这个小姑娘白白净净、眉清目秀的，就借在电脑上看账目的时机先摸乔一然握着鼠标的手，然后又从小乔背后抱着她看电脑报表。

小乔见这个副总这么不自重，厌恶地挣脱，跑出了办公室。

田野随后也悻悻地出了办公室，心想阿兰希唯一不缺的就是美女，现在的女孩子主动的很多，大爷想找女人那还不容易！就你乔一然不识抬举！他哼了一声，径直来到了休闲会所。

说是休闲会所，其实是夜总会，因为里面涉及一些特殊服务，这个会所分为演艺厅和包厢，包厢分为小中大 3 种，大包主要是提供业务招待的房间，这里是大公司聚会和“所谓”名流经常出没的场所。包厢内有专职服务员服务，且都是女性服务员，有时候也能请到一些三流影星，男服务员一般只负责传菜酒水给包厢服务生，此外服务员一般是不允许进入包厢的。

包厢服务员的个人素质，都是要求很严格的，女性身高必须在 165 ~ 175cm，年龄 28 周岁以下 18 周岁以上，必须熟练掌握普通话和英语。

大厅作为演艺厅，也有公主服务，不过档次比包间的就低了。作为电力集团的三产，考虑到管理上对主业的影响，所以承包给了 H 市娱乐业大佬乔总，但是田野负责酒店安全管理这一块，所以经常借着安全检查来这里胡闹。

大厅高高的吧凳上坐着几位穿着性感的小姐，有几个见了田野都亲热地

和他打招呼，只有坐在最边上的一位黑衣女子他没见过，田野和公主们一路开着玩笑，一路乱摸，最后坐到了黑衣女子身边。旁边的女子们赶紧介绍："这是苏丽雅，新来的，以后还请田哥多关照！"田野见这位女子妖妖娆娆地冲自己一笑，心里早按捺不住了，在夜总会昏暗的灯光下，他的手早就游走在苏丽雅短短的迷你裙下。

夜总会的白经理早看见田野不堪的动作，赶紧过来打招呼："田哥好，今天值班啊？来，咱们先喝一杯，然后让苏丽雅送你回去。"

田野和白经理干了一口轩尼诗XO，就迫不及待地被苏丽雅扶着走了。

田野一般只能见识一下大厅的公主，包厢服务员的出入都很隐蔽，还有一些是住在酒店客房的，一些是在校的大学生，她们为了这里云集的商务客人能给大把的金钱，不惜献出了自己年轻的身体。

像苏丽雅这样的女子，为了招揽客源，经常用身体贿赂酒店的管理人员，田野这种类型的男人，也经常是他们利用的对象。

"无耻！败类！"阿兰希酒店的常务副总凤展刚刚开完早会，气狠狠地一边骂着一边把工作记录摔在了大班桌上。

凤展穿着一身得体的工作服，显得知性、干练。但是白皙的脸被气得通红，丰满的胸部剧烈地起伏着，脸上的肌肉被愤怒刺激得不住跳动，杏眼里喷着一股股怒火，她强迫自己在大班桌前坐了下来，竭力平静着自己。

凤展在常务副总的位置上有好几个年头了，要不是三个月前田野从中作梗，现在估计是这家酒店的老总。不过田野也没能得逞，总经理的位置最后让一个黄毛丫头得了去了。

今天的早会上又是田野在捣鬼，他打着市局三处的幌子，又来挑凤展的毛病，什么客务部管理不善，宾客信息上传错误，造成一名经济大案的要犯可能在本酒店逃脱。

凤展坐下来冷静了一会，他把客务部经理叫来，详细询问情况，客务部经理小高是个非常稳重的小伙子，浓眉大眼，个子高高的，酒店管理专业大学毕业，工作向来一丝不苟，现在他委屈地辩解："他这是公报私仇，前天他命令客务部服务员开房间，服务员请示我，我没同意，他就开始记恨了，所以才挑我们的毛病。”

“这个小人！处处下绊！小人既然已经得罪了，那就得罪到底。”凤展安顿小高以后一定要严格按规定办事，绝对不允许这种人再猖狂下去，小高答应着出了办公室。

凤展坐在大班桌前沉思，就酒店目前的管理体制，自己再想将事业提高一个平台也不太可能了。

阿兰希酒店是H市最大的国企电力集团下属的一个第三产业，主要领导全部是电力在册员工，而自己是外聘的专业管理人员，所以并不属于电力正式员工。

凤展一腔郁闷地拨通了顾晟玉的电话，她简单地讲了晨会的事情，然后愤愤不平地说：“田野的前身不就是电力集团的一个科室办事人员吗，不就是靠开金矿的老子有几个臭钱吗？一直给有关领导送钱跑官，还有那个在秘书处工作的姐姐，给公司领导摆平了好几个案子，然后公司为了还这个人情，给他弄了个办公室主任的位置，什么办公室主任啊！充其量是个流氓！不想到这个流氓还不知使了什么招数，后来竟然做到了酒店的副总。目前还让这个不知深浅的流氓负责工程设备和保安，这是什么事情啊！”

顾晟玉在电话那头一个劲儿地安慰她，凤展还是不平静，她在专业上从来没有感觉到累，但是在酒店复杂的人际关系面前却往往力不从心。

她知道自己这几年也培训出不少管理人才，但这些人都是电力的职工，他们越是对酒店管理熟悉，对自己的威胁也越大，在这种体制下，她要面对这么多虎视眈眈的眼睛，真的有点力不从心了。

但是她热爱这个行业，爱自己的本职工作，10年来，她不断充实自己，几乎把全部精力都用在了酒店管理上，她就是想通过自己的学习，验证自己的能力，实现自己的人生价值。

然而田野一直很排斥凤展，处处以电力职工的身份来压制她，凤展的性格又比较直率，得理不饶人，因为工作的关系他们没少吵架。

凤展每次都像一只充足了劲的斗鸡，在工作上和这些电力系统的太子爷们争来斗去，最后遍体鳞伤的时候总是打电话和顾晟玉诉苦。

三个月前酒店前任总经理退休离任，她和田野同时想到总经理的位置。结果她抓住田野行贿的把柄，田野则对她是外系统人员不便介入电力系统的管理而不断在会上提出抗议。

阿兰希酒店是电力系统的三产，主业的人来管还不太专业，公司面对这么一个空缺，只能从酒店在职的中层干部里挑选，最后决定公开竞聘，在几轮的抉择过后，确定了四个人选，最后公司领导为协调酒店的利益关系，将前厅经理兼总经理助理的顾晟玉提了总经理，而有受贿嫌疑的田野、外系统的凤展和营销部经理郝言在这次竞选中最活跃的三个人都落马了。

凤展落选后，也着实懊恼了几天，随后也就释然了，顾晟玉是她一手培养出来的，这个丫头为人谦和，爱学习，事业心强，一直和自己配合得不错。所以凤展觉得自己虽然没竞聘成功，但是并没有输掉。

自从顾晟玉上任后，田野和凤展这两个人的斗争就一直不断，还好凤展主管营运，田野主管工程设备和安全，两个人的斗争对酒店没有造成什么损失，在有些地方反而有促进。

但是凤展就是觉得这口气难以下咽，自己明明就是这个行业的专业老大，为什么偏偏就因为不是本系统的员工而不被选择呢？所以在电力系统的管理人员面前，处处表现出盛气凌人的一面，总要给自己的观点争个落脚点，最后却因此而显得有点专制，而且逐渐树敌太多，也招来了不少白眼。

顾晟玉明白凤展的心情，知道她是故意的，就是气不过，所以每到凤展和大家僵持的时候，顾晟玉就出面协调，将台阶下了。

今天顾晟玉不在，晨会上田野那副嘴脸实在让人看不下去！自己火气上升，却又没有具体证据证明信息上传是否有误，这才坐在这里生闷气。

此时的田野正在酒店的大堂，听保安何文汇报酒店里的一切动向，集团公司的白总昨天入住，半夜看到一个女子在大门外停车把他接走了。

主管营销的赵总监昨天晚上 11 点多才离店，压低会议室价格收了会务方回扣。而且还把会议的酒水、鲜花订单抄到自己腰包了，她另外联系了供货商。

大卫国际的贾总一行也在这里开会。

田野听完何文的密报，心里又有了坏主意，他转了个话题问何文："昨天娜娜的感觉怎么样？"

何文马上感激涕零地说："谢谢田哥关照！比那个萍儿风骚，风骚到骨子里了！"

田野又从包里拿出一条南京95至尊给了何文："好好给我盯着，不论大事小事，一律汇报，我绝不会亏待你！"

何文拿起这条价值不菲的香烟，美滋滋地走了。

顾晟玉休假结束的第一个店务会，就是在一片硝烟弥漫中召开的。田野和凤展一到会场就唇枪舌剑，一个讽刺客务部培训不到位，服务员对设备不熟悉，无形中造成设备使用寿命缩短，一个盛气凌人地反驳对方应付工作，根本没有做出实质性设备维护保养。

顾晟玉一边听着他们唇枪舌剑，一边在心里琢磨，酒店现在存在的问题很多，漏洞也很多，目前的关键还是人的问题，这个问题解决不了，这种争吵将会无止休地持续下去。

她看凤展说的也差不多了，把眼神转向财务部，财务部的小周连忙插入话题，这才止住了刚才的战争。

接着餐饮部、营销部和供应部各自谈了最近一周的状况，顾晟玉看到没有什么大问题，将需要协调的事情交代给各自部门，立即宣布散会。

顾晟玉一回到酒店，就感觉进入一种备战状态，虽然这次竞聘自己在几股利益牵扯中勉强胜出，但就酒店目前的情况，她无论如何也不能算是赢家。要不是凤展强拉进这趟浑水，自己还真没有想法和他们去厮杀，现在歪打正着，两边的人马杀红了眼，最后的目标集中在了自己这个最年轻的新任总经理身上，都等着看自己的好戏呢！然后就是自己落马，两个人继续争取总经理这个位置吧？

她首先想到了逃避，为了理清这里的千头万绪，她把工作落实到各个部门，先躲了几天，休假去了。要不是凤展电话催促，她真的不想面对这一团复杂的人际关系。

通过几天的思考，顾晟玉觉得自己就像一个没上战场就想逃跑的逃兵，

仗还没打，主帅先跑了。

大家不是要看好戏吗？俗话说“新官上任三把火”。自己偏偏不点火，让他们先烧吧。

顾晟玉上班后，人事上几乎一点都没有变动，原来做什么的，现在还继续做什么，凤展暂时监管前厅工作，她本来想把大堂经理董莉莉提拔一下，私下和凤展谈过，凤展说前厅这几个大堂经理个个都很优秀，工作能力不相上下，等条件成熟了，最好公开竞聘，这样，对他们这段时间的工作是个促进。

现在总经理身边没了助理，她就把助理的工作也兼了起来。

因为是H市最好的五星级酒店，每日的VIP接待任务也很多，顾晟玉除了公司集团的接待外，还有市政府等各大重要接待任务和会议，她充分把权力交给凤展去安排，自己则专心做把关工作。

这个酒店表面上光鲜，内部却存在很多问题，有时候觉得像是社会矛盾的缩影。

第一，体制不合理，市场经济中运作的酒店，按照电力企业用人机制进行岗位责任制，还分正式的和外聘的，这样薪酬就不合理了，同工不同酬，员工工作热情不高。

第二，专业人才得不到重用，重要岗位都是电力系统的干部在担任，其他有能力的非电力系统的酒店专业人才得不到重用。

第三，工资没有向一线倾斜，越是辛苦的地方越是工资低。

所以出现了个怪圈，在H市这样一家最豪华的酒店里，听到抱怨和不平也最多。

今天餐饮部的王经理过来和她坐了会儿，餐厅又缺人了，现在的服务员，在这里做上一段时间，就可以去别的酒店跳个高点的位置，所以近期还得招聘员工。

谈到目前后备人才的问题，王经理苦恼地说，以我们酒店的知名度，来挖人才的公司很多的，而我们走的是集团公司的岗位聘任制，薪酬制度在餐饮上没有突出的优点，管理上都是电力正式员工，而一些专业人才都是非电力员工，他们有时候存在对比心理，所以人员流动的问题一直是个困扰。

顾晟玉对这一点深有体会，凤展这么有能力，就因为是外系统，所以一直没有一个施展才华的平台，大家也一样，心里怨气大啊。

她拿起电话通知了人力资源，让王经理和人力资源部再谈具体的招聘事宜。

送走了王经理，她突然想到了表妹图雅，这个丫头刚才还给她打电话来着，让她来这里锻炼一下也许将来会有发展的。

她回头给舅舅打了个电话，问了一下图雅的情况，说到图雅来阿兰希酒店，舅舅也没意见，如果图雅喜欢这个专业，她自己决定就好了。

图雅听到顾晟玉给她说的这个机会，高兴得都跳起来了，不过顾晟玉又特别叮嘱，如果她想继续留在酒店，就不要暴露和自己的关系，来这里先从餐厅服务员做起，以后怎么发展，全靠自己的能力了。

图雅虽然觉得姐姐的条件有点苛刻，可自己太喜欢城里的生活了，二话没说便答应了姐姐的要求，现在就等姐姐通知递简历了。

顾晟玉翻开记事本，打了几个电话，把记事本上的事项勾了几项，然后又到酒店会议室看了一下布置，顺便从客房、前厅几个岗位转了一圈，这才到了员工餐厅。

顾晟玉习惯地和员工们坐到了一起，员工餐厅的主管看到忙过来说：“顾总，午饭已经准备到雅间了。”

员工餐厅的雅间从开业以来一直是为酒店老总和几个副总准备的，顾晟玉正要推托，转念一想，如果不去，那几个副总会有看法，因为他们已经习惯了这样的待遇。如果刚一开始就标新立异，会惹来很多不必要的麻烦。她端着不锈钢制作的餐盘走进了雅间。此时她心里正暗暗发誓，哪天一定把雅间里这群大爷请到员工桌上吃饭。

桌上简单地摆放着四菜一汤，凤展和王书记正在等顾晟玉，田野不知道应付哪一个饭局去了。

国际大酒店里设置书记的岗位，也就是这样的国企里有，王书记离退休还有三年，来这里也相当于是提前养老了，对于酒店的营运管理他从来不插

手，只把党务和工会的工作拿来做做，其实具体的事情还有人去办，他乐得清闲。

顾晟玉一上午的工作刚告一段落，所以胃口很好，吃掉了盘子里的饭菜，又喝了点汤。

趁吃饭这个空隙，凤展又愤愤不平地列数田野这几天的种种恶行，说到骚扰夜审乔一然，凤展说："他有什么权利换夜审的岗位？绝对不能让他插手人事和财务的事情。"

顾晟玉想到这些事情还需要慢慢来，好在酒店的效益不错，她现在能做的只有稳定。

她一边安慰凤展，一边想着如何保住乔一然不被田野算计。突然想起前几天客房的小高说起过田野骚扰客房服务员杨萍，没得逞，幸亏姑娘聪明，用手机把田野不堪的话语和动作摄录了下来。然后还警告田野，如果再骚扰，就把视频公布。田野后来向杨萍赔礼道歉，要她删掉视频，杨萍一直没有理他。田野最后只能威胁杨萍，如果敢把视频泄露，就让黑社会把杨萍做了。杨萍盛怒之下，把这个事情告诉了小高经理。小高为了杨萍的安全，劝她把这个事情暂时按捺下来，看田野下一步有什么动静。

之后田野倒是再也没有对杨萍进行骚扰，杨萍也就对视频的事情再也没有提起过，但是她暗暗记下了和田野进行权色、钱色交易的女人们。

真是说曹操曹操到，下午田野就找到顾晟玉，拿着一个客人投诉，说乔一然没做好夜审，客人是协议会员，收费和房价不符合，前台做的备注是合理的，夜审没发现这个问题，像这样不负责任的夜审，应该给点教训。

顾晟玉平静地看着田野："田总觉得怎样处理呢？"

田野小眼睛一横，不假思索地说："我认为把她调吧台收银去，哪天反省好了，哪天回来。"

顾晟玉笑了笑说，前几天客房的杨萍也找我了，想去吧台收银，说那里挺锻炼人。我听说杨萍是乔一然的表妹。

田野听到杨萍两个字，眼神有点散乱，他把乔一然的投诉书一收，强笑着对顾晟玉说："都是为了酒店的利益，再说乔一然也不是我的人，我只是为了酒店操点心，至于具体情况，你看着处理。”

顾晟玉微微一笑：“酒店的正常运转是靠大家来维持的，哪一个环节出了问题也不行，乔一然的事情如果田总建议去吧台，我没意见。回头我和人力资源部说一声，这段时间做好考核。”

田野想着顾晟玉是不是知道了视频的事情，万一把乔一然放在吧台，乔一然一反抗，又和杨萍的事情联系起来，恐怕要节外生枝，这几天他还要有大事去办，这两个不识抬举的小姑娘暂时放一边去吧。

他看顾晟玉一脸的平静，话题一转说：“乔一然的事说来也不是什么严重的问题，但这是五星级酒店，不去吧台也行，得给她个处理，否则这么粗心，怎么能干好工作呢？我只是看到了这个情况，过来给你反映一下。”

顾晟玉还是一副支持田野的表情，这反而让田野觉得自己像个小丑，在这个黄毛丫头面前跳了半天，想要的事情没落实，却把自己跳很很狼狈。他心里对这个看上去心无城府的丫头忌惮了起来。

一天忙碌下来，到下班时间了，顾晟玉又把酒店巡视了一圈，这才准备下班。

走到门口的时候，发现保安何文在大门附近，不知道为什么，顾晟玉觉得走到这个人身边时，有一种很不舒服的感觉，好像被人窥探到了什么似的。

顾晟玉突然想到前几天看到一本关于气场的著作，心里暗笑：“可能是气场不对吧。”

看着顾晟玉的背影，何文的视线无法移动，接触的女人多了，何文才知道哪些女人是精品，自己对田野给的那些女人只有欲望，她们只是发泄欲望的工具，而像顾晟玉这样的女人，才是男人心中的神。自己以后一定选个好姑娘做媳妇，安安稳稳地过日子。

何文虽然被田野抓住了把柄，田野也给了他不少好处，但是他从骨子里非常恨田野。在他最需要金钱的时候，被田野盯上了，可是没办法啊，在家乡那个穷山沟里，有父母和妹妹需要自己来照顾，在他被那个女人缠绕着献出了处男之身的那一刻起，他最后出卖了自己的灵魂，来换得家庭的安宁。

在为田野服务的日子里，何文发现一个人变坏是非常容易的，那些集团

公司的高官老总们，职位越高，缺点也越明显，田野能走到副总的位置上，很大的原因就是因为他把握了人性的弱点。田野可以肆无忌惮地进行权钱、权色交易，而且屡屡得手，就是因为他抓住了人们的贪婪本性。

第二天，田野上班后就把何文叫过来，如此这般地安顿好，何文就按照田野的嘱咐下去行动了。

田野这个时候正在和堂弟田雷在一家名叫“罗兰之家”的餐厅吃晚饭，田雷原来是H市第二消防支队副队长，最近刚升为正队长。

田野先向田雷祝贺荣升之喜：“老弟呀，哥祝贺你升官了！这个位置早该是你的啊，可惜快转业了才轮到你啊！一定在转业前给自己弄点实惠。”

田雷也是感慨地说：“都怪我那个木头前任，弟兄们跟着他出生入死，结果什么好处也没给大家捞着，现在轮到我了，怎么也不能让大家跟我白干啊!”

田野表示无比理解地回答：“在你们的部队里，那随便整点事情不就是收入？逢年过节去管辖的地方查查，人啊，不能那么死脑筋。可是哥就遇到死脑筋的上属啊，硬是让两个女人踩在了哥的头上！原本以为那个凤展不好对付，后来发现顾晟玉才是块硬骨头，这个丫头不卑不亢，外表柔弱，内心强大得很”。田雷哈哈一笑：“那个顾晟玉可是个美人儿，哥哥搬倒她不觉得可惜吗?”

在他们对面的桌上，有个年轻人一边喝着啤酒，一边在悠闲地看手机里的照片，照片全是草原风情。他听到有人说“顾晟玉”三个字，触电般地抬起头来，一看原来是对面两个男人在谈论，他假装继续看手机，耳朵却在一字不落地听对面的谈话。

田雷听完田野的抱怨，立即拍着胸脯对田野表态：“我这个位置也是咱家大姐打了招呼才到手的，兄弟记着呢，哥的事情就是我的事情，你们阿兰希酒店正好在我的管辖范围，我这里助你一臂之力，替哥哥好好出口气，尤其那个顾晟玉，哥哥嫌麻烦，交给兄弟我来消磨消磨这美人的锐气。”说完了两人心照不宣地相视而笑。

田野又低声和田雷交流了一阵，两个男人的意见达成了一致，一场阴谋就此拉开了序幕。

顾晟玉回到酒店的四个多月里，成功接待了几个大型活动，除了酒店内部的老问题，田野和凤展争锋相对、水火不容，日子过的还是风平浪静的。

偶尔接到贾璞的短信，也是非常含蓄的问候，顾晟玉每次都简单回两个字“谢谢”。

而顾晟玉的工作能力在这四个多月的工作里得到了充分的展现，她做事情很有计划性，酒店内部的一些事情基本上都在掌控中。最近有几个大型的VIP接待任务，店务会较多，和大家的接触过程中，彼此又增进了不少了解，工作起来顺风顺水。在和管理层磨合的过程中，客务总监小高引起了自己的注意，小伙子人很稳重，对她的管理思路把握的也比较好，经常很委婉、很巧妙地给她提一些合理的建议，又不会给其他部门难堪，这让顾晟玉很欣赏。

在顾晟玉看来，小高还是兄弟级别的同事，比自己晚到酒店三年，人长得帅气，话语不多，但是踏实稳重、勤奋好学，业务非常熟练，来酒店一年半，顾晟玉和凤展就把客房的工作交给小高管理，工作一直做得有声有色。

最近小高找自己谈工作的机会多了点，她很喜欢小高说话时眼里流露出的很真诚、很关切的眼神。

其实在小高眼里，顾晟玉早就是他心中的偶像了，他已经暗恋这个姐姐三年了，这个姐姐看上去那么单纯、那么无邪，有时候很想保护她，可是接触后发现顾晟玉做事情有头脑，又很自立，在酒店复杂的人际关系面前，她反而在保护着小高。

小高是酒店里姑娘们的偶像，话语不多的他反而更比那些表达能力强的男孩子更招女生喜欢，但是来酒店这么长时间，也没发现小高和哪个女孩子谈朋友，有时候凤展开个玩笑，说要给小高介绍女朋友，小高也总是淡淡地谢绝了。

在小高的眼里，顾晟玉就是他的初恋情人，自己就是没理由地喜欢。有时候在深夜醒来，她想着顾晟玉的音容笑貌就可以再次安然入睡。

尤其是前一段时间他休假回老家看望母亲的时候，无意中发现了顾晟玉留下的号码，他听母亲的描述，确认是顾晟玉无疑，所以对这个上级姐姐有了更深的爱慕，也准备在以后的日子里，一心一意只对这个姐姐好。

此时顾晟玉在电脑上看着酒店报表，集团公司对各个下属单位有一个干部考核会议要召开，她打电话向前厅问了一下会议室的布置情况，然后正准备去看看西餐厅的装修。

这时候保安部打来电话说消防大检查，顾晟玉打电话让田野去安排，结果电话怎么也打不通，她就先安排保卫部主管小宋去陪着检查。

半个小时后小宋在电话里着急地汇报："顾总，消防队的要查封我们酒店，现在就命令清场！你快下来看看吧。"

顾晟玉和凤展正在西餐厅，凤展一听这个消息："五星级酒店被清场？还没听说过！"

顾晟玉想到酒店设计和内部装修是按照国际标准设计的啊，而且开业以来一直没什么问题，这其中肯定有什么误会。

她和凤展来到大堂，田雷正在训斥小宋："这么大个酒店，系着多少人的生命和财产安全，你们就这样不负责任，怎么管理的？叫你们的老总出来！"

顾晟玉一看眼前这个消防支队的队长，五短身材，两只眼从见到顾晟玉就在她身上扫来扫去，手里拿着检查记录，还有几个拿相机的工作人员，气势比较嚣张。

她礼貌地做了个请的姿势："各位辛苦了，我叫顾晟玉，是这里的总经理，这位是凤展副总，有什么事情先到办公室里说话。"田雷觉得眼前这个女子气质高雅，不卑不亢，浑身笼罩着一种尊贵、祥和的氛围，就这么几句话，自己的气焰就不知不觉地减少了一半。

她身边的这位副总，眼神凌厉，精干利落，一看就是一个不好惹的主。田雷在和凤展目光对视的刹那，心里那股邪气又被激发了出来："你们狂什么狂啊，看老子今天怎么收拾你们！"

田雷和他的人马气势汹汹地跟着顾晟玉和凤展进了电梯，顾晟玉想了一下，让服务员开了一间套房，这是刚退掉的一间婚房，房间里的布置还没撤，屋里鲜花盛开，花香扑鼻，白色和粉色的沙曼垂垂落地，淡粉色的沙发，米黄色的杨木茶几，整个房间温馨而圣洁。

消防队的几个人一进房间就被这种气氛感染了，他们的态度开始缓和下来，田雷尽力装出一副问题很严重的样子："你看一下吧，这是我们的检查结果，没有疑义的话就签个字。"

顾晟玉拿着这个检查结果看了起来：

1. 6到26楼消防通道有6个封闭，有锁。

2. 灭火器气压都不合格。

3. 6个应急灯断电后不亮。

4. 10个消防喷淋器损坏、烟感探头损坏。

5. 消防水枪损坏，没有消防水。

6. 8楼消防通道堵塞。

总之罗列了十几个不合格项目，顾晟玉和凤展同时吃了一惊，这怎么可能！随后把视线转向陪同检查的小宋，小宋也是一脸不解。

田雷又得意地拿过相机："这可不是我们信口雌黄，都有照片的，说着把相机凑近顾晟玉，顾晟玉自己拿过相机翻看了一下，确实是酒店的情况。

田雷拿过检查意见。推到顾晟玉面前："就你们现在这个状况，根据消防条例，我们有权利立即进行查封。至于后续罚款问题，我们会通知你解决，你先在这里签字吧！"

凤展立刻反驳："这里面一定有问题！我昨天看见消防通道还好好的，怎么可能锁了？"

田雷一副公事公办的样子："那是你们的事情，我现在查到的情况就这样。"

顾晟玉看了看检查记录，沉着地说："田队长，你看这样行不？我们先把检查记录上的问题立即整改，明天我再安排专门负责人到你们那里处理。"

田雷一听，立即反驳："负责人？你今天都不想负责，谁还会负责？不行，要么立即查封，要么你现在就和我协商处理结果去！"

顾晟玉耐心地说："我现在和你也处理不出什么结果，你还要根据你的条例进行，我这里也要安排人，明天去你们消防支队，你看行不？"

也不知道是受到顾晟玉气质的影响，还是受到这个房间气氛的影响，田雷本来准备的一场大闹天宫，就这样被暂时稳住了，他最后终于妥协，今天

的问题酒店立即整改，明天酒店去消防支队解决经济处罚。

顾晟玉、凤展和小宋看着消防支队 5 个人一行出了酒店，三人都觉得这个事情太突然了，他们立即去了 26 楼，从楼上一直往下巡查，好几个门是锁上了，而且一律使用的链锁，小宋奇怪地说："我们酒店锁门就没用过链锁，这是哪来的?"又看着灭火器奇怪地说："顾总，这不是我们的灭火器，我们的灭火器服务员每天都擦得很干净，你看喷嘴，上面都有锈痕，而且颜色也显得旧。"

凤展叫来 PA 问询，PA 大姐说这几个灭火器是她这几天擦干净的，因为平时那些都很干净，近几天突然有几个满是灰尘的，费了好大劲才擦干净呢！还有几个楼层的 PA 也反映有这样的灭火器，都以为是新换来的。

小宋不解地上下翻动着灭火器，在一个灭火器的压把下面有一个不干胶贴纸，上面写着："玉圣元饭店"，看样子像饭店的宣传贴，可能是服务员贴上去的。

凤展正好认识这个饭店的老板，她打电话询问，那边回答是她们一个月前维修了几个灭火器，因为当时没修好，消防队就给她们另外换了几个，原来的留到消防支队里了。

他们又查了应急灯、喷淋、消防水枪和消防水源，都是最新的损坏痕迹，几个人同时冒出了一个想法："一定是有人故意搞鬼。"

三人又到了监控室，调出近两天的监控记录，看了两遍也没看出什么蛛丝马迹。

凤展让小宋备份了一份一周内的记录，准备回去再好好看看。

顾晟玉总是觉得哪里不对劲，她和凤展又把刚才出现问题的房间和楼层巡查了一遍，发现灭火器的位置在楼梯门口，是摄像头的死角，那些应急灯位置应该能监控到的，如果是人为的，监控里应该看出来。

凤展立即气愤地说："哪个烂了肠子的人这么下作，搞这些阴谋诡计！我现在就调查，等我查出来，一定不轻饶！"

问题出在客房，客房是凤展的管理范围，消防检查是保安的工作，是田野的负责部门，这两个部门如果协调不好，非常容易出问题。

谁会这么处心积虑搞破坏呢？顾晟玉一路沉思着回了办公室。

田野这个时候来电话了，他告诉顾晟玉刚才和工程部验收冷库，没听着电话，如果有什么事情，一会儿他到顾晟玉办公室。

田野一副忙碌的样子走进了顾晟玉的办公室，自行坐到大班桌边的沙发上。

顾晟玉将消防检查的情况说了一遍，田野一听，脸上的表情开始凝重起来："今年消防的重点检查单位是酒店和商场，我们算是摊上了，这些问题，少说也得罚款二三十万。

这明天还不知道怎么处理呢，问题出了，我负有管理责任，明天我去和他们解决去。"

顾晟玉想想也是，这些部门打交道多了，知道一次两次解决不了的。

顾晟玉看着田野循规蹈矩地出了办公室，又想起在 3 年前田野曾经多次邀请她去吃饭的事情，好几次她都以和凤展有事情谈拒绝了，田野对凤展还是忌惮的，所以不敢轻易招惹顾晟玉。但是田野和凤展在工作方式上一直有冲突。他们是完全不同的两种人，是两个对立的性格。

顾晟玉和凤展则是两个互补型性格，凤展办事情认真负责、雷厉风行、刚正不阿，但容易冲动，也容易树敌，顾晟玉踏实稳重，善于解决问题，平时话语又不多，容易相处。

凤展在和其他部门争斗得伤痕累累、难以协调的时候，往往是顾晟玉出面解决了需要互相配合的问题。

所以这顾晟玉和凤展在配合工作的时候，属于优势互补。现在她们角色互换，凤展虽然有点无奈，但这个结果对于她来说应该算是最好的结果。

凤展在电脑上一遍又一遍地看着监控记录，除了有一个行李车在楼梯口停留过，其他一点可疑迹象都没发现。她觉得这个事情绝对不会这么简单，但从哪里入手呢？她拿起电话查询了各个营业点的值班记录，也没有发现什么蛛丝马迹。

田野第二天没开晨会就去了消防支队，中午回来的时候给顾晟玉汇报情况："消防队的人很难搞啊，说好了总经理亲自去处理，今天我去了还不买账，好说歹说才出了处理意见，罚款 30 万元。"

顾晟玉听到这个数字在心里笑了笑，这些条款弹性太大了，是最容易滋生腐败的，像这样罚款30万元的案例，同行们都知道，只要找到他们的主管人员，递上2000元，他再给你不痛不痒地开上1000元的罚单，所以这些法规的不合理，使得事情的结果看上去省了30万元，其实是给了他们制度的一个极大的讽刺。因为你再听他解释就是按情节严重与否，罚款1万~30万元。想到这里，她平静地问田野："田总什么意见呢?"

"我当然觉得处罚有点重，呵呵，不过按照消防条例，几项罚款都有区间，比如2000元以上，8万元以下，视情节轻重。呵呵，这中间就不好掌控了。看来我还得去和他们协调。"

这几年顾晟玉做总经理助理，类似的问题也遇到过，但阿兰希酒店作为H市的形象工程，总体上没有什么大问题，一般也好协调解决。

"那辛苦田总明天去看看情况了。"顾晟玉微微笑着对田野说。

田野走后，顾晟玉看了看酒店的客房情况，集团公司明天有个下属单位干部考核会议，干部处主要负责同志在今天晚上8点后都要来，杨怀处长安排到了902套房，她拨通前厅部，询问了下房间安排情况，回答一切正常。

她又打通凤展的电话，凤展刚从客房回到办公室，告诉顾晟玉会议接待和VIP接待一切正常。

杨怀处长要来，顾晟玉今天不能按时回家，她给家里打了电话，就到餐厅用晚餐，因为有会议接待，王书记、田野和凤展都在，几个人又研究了一下接待方案，吃了点清淡的晚餐。

饭后凤展和王书记回办公室去了，田野来到顾晟玉办公室，准备探讨一下明天怎样处理消防支队的问题。

一进门，田野就直接说："其实我刚才想了想，这个问题也不难解决，打点一下他们就可以了，最后让他们象征性地做个样子罚一点。"

顾晟玉也知道，现在有些事情，涉及一些单位的就是找上门来要点好处的，有一些单位为了和气生财，逢年过节也要打点一下的。这也不算什么新鲜事了，最多也就算是行业的潜规则。

消防是田野的管理范围，她略思考了一下说："这件事情田总先协调解决，中间有什么问题再商量。”

“那是不是先送点钱过去？”田野引导顾晟玉的话题。

顾晟玉想到酒店消防器具被破坏的事情，顿了顿说：“先协调解决，把我们这里的实际情况也跟他们解释一下，这有可能是故意的破坏行为，以后我们加强管理，最后如果实在不行，你先问明白他们什么意思，回来我们再商量。”

田野思忖了一下说：“一般罚款到 30 万元以上的，打点费用得 3 万元，我明天先准备 2 万元给他们，明天晚上再安排他们在酒店吃点喝点玩点……”

顾晟玉看到田野满脸纸醉金迷的样子，好像不是请消防队享受，是他自己在享受呢！心里一股厌恶之情油然升起。

作为 H 市的形象工程，也招待过公安、工商、税务、卫生防疫、技术监督等管理部门，这只是经营的潜规则，但现在田野把这种潜规则作为一种交易筹码来用，这让顾晟玉心里很不舒服，她凝视了田野一小会儿，没有回答。

田野看顾晟玉有点不耐烦了，就赶紧起身出了总经理办公室。

晚上杨怀处长来，车一到停车场，何文就第一时间通知了田野，顾晟玉正在大厅迎接杨怀处长一行，田野从后门快步走到大厅，见到杨怀处长，他立即眉开眼笑，大步迎了上去，然后又帮杨处长把电梯都呼好了。

行李员小李一直在心里鄙视这个田野：“真是一副奴才相，在领导面前，行李员的工作他也积极代劳！”

杨怀处长想起前几个月市委秘书处田处长和自己提起过这个田野，竞聘总经理的时候又打过电话，但是最后田野的问题太多，所以大家决定慎重处理，现在田野在这里迎接，杨怀处长微笑着和大家一一打过招呼。

田野又一路殷勤地把杨处长送到房间，顾晟玉看服务员准备的都已经停当，说了晚餐安排的地点就告辞出了房间。

田野磨蹭着最后到门口，又想起什么似的对杨处长说：“杨处长啊，您先休息一下，现在新任总经理年轻，没经验，一些事情我还得替她跑腿去呢，刚才总经理吩咐我去消防队送礼，这不，我正要去给人家送这 2 万块钱去呢！”

杨怀处长看这个田野没有走，就随口问："出什么事情了?"

田野接起来说："还不是酒店管理上出了问题，消防检查不合格，下了30万元的罚单，这下顾总着急了，让我又请客又送礼的。"

随着又叹了口气："唉，现在的年轻人，就知道拿着公家的钱乱花，一点都花不到正经点子上。"

杨处长回头看着田野，田野本来还想说点什么，但在杨处长的注视下，心里一慌乱，就赶紧告辞出去了。

杨怀处长对顾晟玉一直印象很好，这孩子踏实稳重，能力很强，今天听田野这么一说，心里正在想这丫头是不是遇到了什么事情。

晚上杨处长的宴席有会议方陪同，顾晟玉安排好晚餐后，和杨处长打了个招呼，就去忙酒店的事情了。

杨处长本来想和顾晟玉多谈几句，看她也没有停留的意思，就想等会议结束再和她了解一下吧。

杨处长这次来是对二级单位做一些干部考核，虽然阿兰希酒店不在考核范围，但从职业习惯讲，他对干部行为一直是很留意的。

田野对顾晟玉的评价引发了杨处长一系列深思，他一直觉得这个班子搭配虽然无奈，但还是合理的，田野爆出的问题说明什么呢?

正在巡查会议就餐的凤展副总看到杨处长，赶紧过来打了个招呼，杨处长起身和凤展喝了一杯酒，然后鼓励凤展："好好干，你现在是酒店管理专家呢!"

凤展自豪地说："我还培养出一个专家呢，顾晟玉现在全面负责酒店管理，工作非常出色。"

接着凤展又和在座的会议陪同一一敬了酒，她的干练和专业赢得了大家的一片赞同。

杨处长看到这个班子两个人对顾晟玉的评价，他还是相信凤展的话，刚才的担心减少了很多。

凤展告辞了杨怀处长，巡视到中餐厅的时候，看到几个实习生，其中一个女孩笑容很可爱，她走到跟前，女孩立即甜甜地问好："凤总好!"

凤展看她眼睛明亮有神，柳眉凤目，俏丽可爱，就问了一句：“叫什么名字呀？”

“我叫图雅，新报到的，以后请凤总多指教！”

“以前在哪里工作？”凤展习惯地问。

“在度假村做过餐厅经理。”图雅伶俐地说。

凤展听她说做过餐厅经理，就问了一些常识性的问题，图雅的回答也很专业，一个度假村的餐厅经理来这里做服务员，看来她是为了来提高自己，凤展对那些热爱专业、热爱学习、勤奋向上的孩子总是很有好感，她不禁对这个伶俐的丫头有了好印象。

凤展在餐厅转了一圈走了，一路上她的脑海里一直在琢磨这几天消防检查的事情，有人搞鬼是肯定了，但田野这么做不是把自己也装进去了吗？对他能有什么好处呢？

此时的田野正在和何文秘密交代：如果看到杨处长到房间门口就立即汇报。

杨处长吃完晚饭就直接回了房间，他等会务组一会儿汇报会议安排情况，田野这个时候从杨处长门前路过的样子，看到房间里的杨处长就敲门进去，嘘寒问暖，热情洋溢，他遗憾地说：“要不是处理消防的事情，一定要敬杨处长一杯酒的。”

杨处长和蔼地问田野：“处理完了吗？”

田野一副任重道远的样子：“还不行啊，我说这个顾晟玉还是年轻吧，送人家钱，这叫贿赂，管理搞成这个样子，您不知道啊，前几天消防检查还满不在乎呢！这可好，出了问题就慌了手脚，想起拿钱解决。”

杨处长意味深长地说：“作为酒店的领导班子成员，要互相配合、团结一致，把工作放在第一位，要认真做好啊！”

有人在敲门，田野把话题止住了，是会务组的过来讨论会议程序，田野见状只好告辞出了杨处长的办公室。

此时凤展正好在客房巡查，看见田野从杨处长屋里出来，一副得意的样子，心里在说：“不知道又搞什么鬼去了。”

陪同巡查的客房主管孙湄悄悄跟凤展说："最近何文和田野关系很不正常，前几天何文时不时来客房转悠，不知道在找什么。"

凤展心里一动，想到监控里的行李车，她又走到应急灯旁边看了一下，应急灯已经被修好了。

凤展立即回到办公室给维修部打电话，维修部回答应急灯全部是线路问题损坏，外表看不出什么，但电线里面的铜导线断裂，看样子像是外部硬物导致。

凤展询问他们更换后那些损坏的导线怎么处理了，维修部回答早扔到垃圾桶里了。

凤展立即联系 PA 注意电线垃圾没有，PA 回复说有过电线的垃圾，早处理掉了。

凤展又打开监控录像仔细看起来，发现这个大行李车前一天分别在 11 层、28 层、15 层客房门前停留过，对照消防检查的楼层，正好吻合。

凤展又按照行李车出现的时间查了客人入住的时间，这个时间段这几个客房就没有客人退房也没有客人入住！

这个重大发现让凤展兴奋起来了，她立即打电话把情况告诉顾晟玉，顾晟玉在电话里听了也很激动，她放下电话和凤展又去查看客房的烟感装置。

果然不出他们所料，房间里的烟感装置也有人为破坏的痕迹，每一个烟感的底座都有崭新的划痕！

她俩立即到行李房，询问值班小李这几天行李车有没有被别人使用过，小李想了半天，也没想出有什么异常。这个时候吃午饭回来的小张提供了一个线索，前天，保安何文让他俩吃午饭，自己在门口帮他们盯着行李房，他们当时看到没有客人寄存的行李，也就放心走了。

顾晟玉想起何文看自己的眼神，和凤展对视了一下，两人一起到保卫部找何文，何文老远就看到顾晟玉和凤展过来，他感觉事情不妙，立即溜到消防门里躲了起来，凤展和顾晟玉询问何文的去向，小宋纳闷地说，刚才还在办公室里呢！一转身就不知道去了哪里，他回来了我让他去找你们。

此时的何文惊魂未定，他看顾晟玉和凤展走出了办公室，立即从消防门里逃往酒店外面，边走边给田野打电话，田野听到何文的汇报，厉声呵斥要他稳住，不要轻举妄动。

何文却为自己的行动担心不已，他知道事情一败露，自己就丢了饭碗，老家的父母和妹妹现在还全指望他呢！

他在电话里问田野怎么办，田野只是让他稳住，一时也没提出解决的办法，不过口气已经很不耐烦了。

何文左思右想，觉得事情败露的可能性非常大，他索性决定在外面躲几天，看田野怎么安排他。

田野对何文的事情根本就没有绝对的重视，大不了事情败露了全部推到何文身上，何文为了家里的父母和妹妹，一定会老老实实听他摆布的。

顾晟玉和凤展没找到何文，就去了会议室查看市政府和大卫国际就开发蒙古煤炭市场的一个 VIP 圆桌会议。会议室已经布置妥当，凤展督促服务员又把投影机、会议音响检查了一遍，把座位和会务组核对好，看到市委书记云大成的名字，凤展和顾晟玉交代了一下，这个人物就喜欢酒店的高层出来迎接，谱摆得很大，据说以前在碧海宾馆开稀土会的时候总经理没出去迎接，后来市政府的会议就再也没有往那里安排。顾晟玉苦笑了一下："我也早有耳闻，没办法啊，通知小高他们，夹道欢迎吧！"

就在这个时候，顾晟玉被一个前厅服务员叫了过去，说有一个紧急传唤电话打到了前台，叫她去接，顾晟玉看到迎接的人站了两排，气势也够宏大，心想自己先接了这个什么的紧急传唤电话再说。

顾晟玉接听电话，原来是消防支队的田雷打来的，他在电话里口气非常严厉，质问顾晟玉到底要不要解决消防的问题，今天如果不回话，那么就向法院起诉阿兰希酒店了。

顾晟玉解释说："田野正在处理，一会让田野去找你行吧？"田雷在电话那头又讲起了消防条例，顾晟玉耐着性子听着，好不容易才等到田雷讲完，回头看接待的客人时，贾锡正一行已经陪同着市委书记云大成浩浩荡荡地去了酒店，酒店主管营销的赵总、凤总、田野、小高、大堂经理等也颇为壮观地迎候在大厅，云大成一路昂首挺胸走在前面，他侧目看了一下酒店的管理

层，除了赵总和凤展他熟悉，其他人全是陌生面孔，心里想着总经理没露面，表情上就已经流露出了不满。

酒店的管理层都知道这个市委书记喜欢摆谱，田野不失时机地一路引领介绍酒店的迎接人员，提到总经理，田野一路谄媚地说：“总经理是新上任的，她现在正在处理消防检查的问题。”

这时人群中有一个人看到了田野，他先是愣了一下，然后就若无其事地随同市委书记一行来到了会议室。

因为是VIP会议，晚餐定在了最豪华的江南厅，餐具一律是镀金的，这个雅间的所有物品都有专人负责保管，前一段时间有位外宾太喜欢这里的筷子和筷架，吃完了放包里就要带走作纪念，服务员好说歹说才要回来，直到答应一定给他准备一套纪念品，外宾才不舍地把筷子还给了服务员。

凤展检查完餐厅的布置，就给顾晟玉打电话，她知道顾晟玉不爱出席这些场面，但是看今天云书记的脸色，不出席是不行了。顾晟玉正在办公室犯愁，酒店这个行业，各路神仙都要拜的，今天是自己上任以来市委书记第一次参加VIP会议，按要求自己是要出席的，这个总经理真不是好当的，她整理了一下仪容，下楼和凤展迎候云书记一行。

项目基本敲定，前期投资也按正常程序运行，这个会议让贾锡正非常高兴，他们兴高采烈地往阿兰希酒店最豪华的雅间走去，顾晟玉和凤展迎接在门口，云书记看到顾晟玉，这个丫头以前在前厅见过。凤展介绍顾晟玉给云书记，云书记一看总经理原来是这个姑娘，顾晟玉也及时地对下午没有亲自迎接表示歉意，云书记听到这里，心头对酒店的不满减了一半，贾锡正也在一旁高兴地说：“顾总今天就好好喝一杯，以表示对我们书记的歉意。”顾晟玉大方地说：“那是当然！”这个时候她一抬头，突然看见了跟随在队伍中的贾璞，贾璞的双眼里满是喜悦，他随人群走过去和顾晟玉重重地握了下手。顾晟玉也没多说话，由他把自己的手攥得生疼。

一番寒暄后，酒菜已经上齐备，顾晟玉首先以酒店管理层的名义欢迎今天的VIP客人，这个时候云书记非得让服务员换大杯，要见识一下顾晟玉的真正酒量，顾晟玉看到这个情形就晕了，自己最怕应酬酒席，就是因为喝酒过敏，所以滴酒不沾，今天不喝，云书记会不满自己一天的表现，如果喝，那别说多了，一杯酒下去，自己准倒下了。

凤展在旁边也是暗暗着急，她知道顾晟玉没酒量，可现在这个场合，替又替不得，只好任由顾晟玉发挥了。

贾璞和顾晟玉中间隔了一位客人，他看到顾晟玉没等喝酒脸就开始红了，知道今天是一场硬仗，今天无论如何要给云书记一个面子的，这个场合下自己不宜多出头说话，心里正在盘算怎么解救顾晟玉。

顾晟玉在心里想着，一口也是醉，一杯也是醉，索性拿起一杯酒，微笑着祝福今天的会议圆满成功，然后仰头一口干了下去。云书记看到这个美丽的女孩子这个时候突然豪气冲天，也很高兴，一杯酒全干了，大家也都以云书记为标准，干了杯中酒。

服务员刚把酒给大家满好了，东道主贾锡正也开始举杯庆祝，就这样一口菜没吃，两杯酒就下了肚，酒桌上这些客人都是久经考验的了，唯独顾晟玉突然感到酒气上涌，她连忙起身告假去了卫生间，两杯酒原样吐进了卫生间。

顾晟玉正在卫生间里缓着酒劲，就听到贾璞在外面喊她，她苍白着脸走了出来，贾璞递给她两个黑色的药丸：“一会回去吃了，身体会舒服一点。”顾晟玉接了过去，这才和贾璞正式打招呼：“没想到在这里能见到你！”

贾璞呵呵一笑：“我也太高兴了！说明我们的缘分长着呢！”说的顾晟玉也笑了起来。

顾晟玉坚持着回到了雅间，这时候才知道贾璞是贾锡正董事长的独生子，而且还是在瑞士学经济管理专业留学回国的。贾璞说回国后自己一度是无业游民，后来帮着老爸料理公司的事务。她看到贾璞那一副率真、坦诚的样子，正感慨他生在这样一个家族，身上竟然没有公子哥的习气。她想到了最近围绕在贾董事长身边的妖娆女人，心里暗暗叹了口气。

对于贾锡正，顾晟玉也是略有耳闻，他好像是革命后代，一直在滨城担任省委煤炭部部长，后来煤炭政策开放后，滨城成立了大卫煤炭公司，接着业务又涉及了铁路和运输，更名为大卫集团，他就名正言顺地任了董事长。

大卫集团和政治、权力一结合，发展速度非常惊人，一些项目主动找上门来和他们合作，而他们也依靠实力，迅速扩张了集团的规模，所以又一度成为大卫国际，是周边几个省市的风云企业。

顾晟玉在酒店待了这么多年，她非常清楚那些社会名流、高官、权贵的生活方式。大多数人当他们的能力达到一定程度的时候，就需要有人来装点他们的成就，所以就有了这么豪华的五星级大酒店和在酒店里发生的一切一切所谓的奢侈的故事。

在顾晟玉看来，无非就是人们的贪婪引起的，财色名食睡，只不过比别人多体验了一下，但是也比别人多付出了几倍的代价。

云书记两杯酒下肚，说话也开始风趣起来，习惯成为大家焦点的书记，优越地享受着指点江山的满足感，在座的客人们频频与他举杯致意。顾晟玉吃了药丸，头脑略轻松了点，她也硬着头皮和大家一起举杯，每次举杯时，余光正好看到贾璞投来的关注的目光。

云书记是何等精明人物，他看到贾璞的眼神，脸上不动声色，嘴上却给顾晟玉介绍贾璞，云书记特别叮嘱贾锡正要好好培养，夸奖小伙子有潜力，有人品。贾璞则谦虚地谢谢云书记的夸奖。

然后云书记话题一转，夸奖顾晟玉年轻漂亮，如果好好把握机会，则会前途无量。今天第一次在一起喝酒，云书记要单独和顾晟玉喝一杯。

本来是很简单的喝酒的事情，顾晟玉看到座上有位市委宣传部长向自己投来示意的眼神，看到这个情形，顾晟玉心里给自己鼓劲，管他什么呢，自己豁出去喝酒，喝醉了他不会有什么不满的想法了吧。

没想到这位宣传部长站起来，说："今天大家高兴，一般情况下呢，云书记举杯有三个步骤，第一步：近水楼台；第二步，九天揽月；第三步，雨露甘霖。今天顾总很荣幸享受这三个步骤，就看你自己怎么理解了。理解对了，一杯酒三口喝完，理解错了，三杯酒齐罚。"

顾晟玉看着这将近二两的酒，心里早犯了愁，又听这几个步骤有点暧昧，只能端起酒杯微笑，脑子里飞快地想着对策，只听得宣传部长说第一步的时候，云书记旁边的客人马上把座位让出来，顾晟玉一想，近水楼台，就是让我到书记身边了，呵呵，这个还不算困难，她大方地到了云书记的身边，和云书记一碰杯，喝了杯中酒的三分之一，云书记也没说什么，哈哈大笑着喝了一口，到第二步的时候，顾晟玉灵机一动，她和云书记碰了一下杯，然后又和大家示意：“对于酒店来说，在座的每个人，都是我们的上帝，也可以比作是高高在上的月亮，我在这里相邀，希望大家多多关照我们的生意！”说完喝了三分之一，云书记却举着杯在微笑。宣传部长笑着说：“小顾啊，在这里谁的职位最高呢?”顾晟玉也笑着说：“当然是云书记了!”

“一般情况下，把高高在上比作九天，把美女比作月亮，我这个理解你看怎么样?”宣传部长刘杰进一步给顾晟玉提醒。

顾晟玉心头泛起一丝不快，心说这么大的一个场面，原来也这么庸俗。她无助地转向凤展，凤展的表情比自己还无奈，第一次遇到这样的酒文化，顾晟玉觉得自己非常被动，也非常委屈。她的余光又看到贾璞投来的眼神，贾璞的眼神里有关心，还有鼓励。顾晟玉冷静了一下，转念一想，今天来的都是有头有脸的人物，自己一定要忍耐，在座的除了自己和凤展，都是男士，自己作为酒店的总经理，不能把气氛搞砸了。

大家看着顾晟玉为难，桌上的气氛有点紧张了，这时候顾晟玉灵机一动，说：“为了祝贺今天的会议圆满成功，给大家助兴，我就唱个月亮出来，邀请云书记跳一支舞。”说完做了个请的姿势，顺势把云书记的酒杯放在了桌上，云书记还没回过神来，就被顾晟玉拉着离开座位，接着顾晟玉就唱了一曲老歌《弯弯的月亮》，一曲歌舞罢，云书记也不好说什么了，就算通过，他和顾晟玉举杯又喝了三分之一。宣传部长刘杰一看云书记通过了，自己就在第三步上做文章：“这个雨露甘霖啊，出自《老子》：地相合，以降甘露。小顾啊，这杯酒云书记说了不算，得大家说了才算哦!”顾晟玉一听，心里有点紧张，毕竟一个女孩子，第一次在大家面前被为难，自尊心很受伤了，她表面上在微笑着，心里却有点要滴血的感觉，在这些所谓的成功男人面前，自己就像一只无助的羔羊，被人家任意宰割。凤展和贾璞低着头，大概是没有勇气看自己如何表演下去吧，求人不如求己，顾晟玉摄回心神，脑海里灵光一闪，她想起一句“上齿为天，下齿为地”。她笑着对大家说：“云书记忧国忧民，

日夜操劳，我这里奉献一个养生的秘方，上齿为天，下齿为地，请您先把酒喝到嘴里酒，听我解说。”云书记把杯中酒一口干了，噙到嘴里，顾晟玉说：“把您的上牙齿和下牙齿对齐，把酒咽下去。”紧接着顾晟玉问道：“天地相合，以降甘霖，感觉怎么样?”云书记正在上齿对下齿做吞咽的动作，嘴角微微向上翘，还点了点头。

在大家看来，云书记在点头微笑，表示赞同。

顾晟玉说：“云书记通过了，这个方法大家也可以学，是缓解疲劳，调整身心的简单动作。俗话说相由心生，你们看云书记天庭饱满、地阁方圆，如此微微一笑，心怀众生，一脸福相。”云书记微微一笑，觉得自己堂堂一书记虽然有点被动，但也开始佩服这个丫头的才思敏捷。

“刘部长，云书记都通过了，您看，答案算圆满吧?”顾晟玉带点请求的口气说。桌上的气氛被顾晟玉这个动作搞活跃了，刘部长哈哈哈一笑说：“刚才就说了，云书记通过不算，得大家通过才算！你们说算不算呢?”几个市政府的陪同人员异口同声说：“不算!”

顾晟玉被他们纠缠得有点疲惫了，酒气开始渐渐涌上来，她连忙稳住心神，把酒端起：“我再给大家表演一下，天地相合，以降甘霖。”说完拿起杯一饮而尽，露出一个凄美的笑容，然后坚持着说：“相信大家还有很多话题要谈，先进行下一个节目，我实在不胜酒力，要去一下洗手间。抱歉。”说完踉跄着走出了雅间。

贾璞看情形赶紧说：“我这边通过了!”凤展这个时候赶紧站起来，同大家一一举杯敬酒，气氛在酒力的作用下，大家仿佛忘记了顾晟玉，开始开怀畅饮，整个豪华尊贵之地弥漫着五粮液和九五之尊及饭菜的味道。一种钞票的味道、一种糜烂的味道……

顾晟玉趴在卫生间的洗脸池上，想吐却又吐不出来，眼泪却控制不住地一直流着。

不知道过了多长时间，顾晟玉感觉自己被服务员小李扶着出了卫生间，又被一个人搀着到了办公室，她被斜靠在休息间的床上，闭着眼睛喃喃地说：“有权势、有金钱，你们就可以控制游戏规则……我们算什么？……你们又算什么？算什么？”

此时贾璞正坐在顾晟玉身边，他从雅间出来后就让服务员查看顾晟玉的状况，然后扶着她到了办公室。贾璞看着这个不屈服于权势的女人，心里很疼，也很理解顾晟玉的感觉。他没想到的是，这个看上去如此美丽柔弱的女人，竟然不卑不亢、才思敏捷，还竟然是这个酒店的总经理。她真的很让人费解，真的像个谜一样。

贾璞就这样呆呆地看着顾晟玉，这个让他日思夜想的女人，突然就活生生地出现在了自己的面前，他本来很兴奋，可看到顾晟玉这个样子，自己什么忙没有帮上，眼睁睁地看着她硬是把场面撑了下来，心里又涌上了歉疚和无奈，他给顾晟玉倒了杯水，放到了床头柜上，看到顾晟玉沉沉地睡了，这才起身离开办公室，又回到雅间和市政府这些人周旋。

顾晟玉上任以来第一次在酒店留宿，一大早她就醒来，头还是很疼，看到自己躺在总经理办公室的休息间里，她想起了昨天的事情。记得是小李把自己扶回卧室的。

顾晟玉起来冲了个澡，照常到各个岗位进行一天的例行检查。到客房的时候，客房部高总监汇报了一下客房的情况，顺便给她递上了一瓶苏打水。

顾晟玉想到自己昨天醉酒，对小高感激地笑了笑，小高也笑了笑，顺便补了一句：“放心吧，没什么事的。昨天的 VIP 入住，我都安排好了，昨天和李经理换了个班，我留下值班了。”

顾晟玉想着自从自己上任以来，小高对客房部的管理一直很上心，几乎没出过什么大的问题。没出问题就是对自己最大的支持，她想到这里心里暖暖的，又冲小高感激地笑了笑。

小高看到顾晟玉对自己的理解，鼻子一酸，嘴上却什么也说不出来，他多想在这个时候表达出对顾晟玉的爱恋，但是面对顾晟玉的时候，他觉得顾晟玉就是自己心中的女神，如果多说一句，就好像亵渎了顾晟玉在自己心中的地位。

小高目送着顾晟玉走远，心里想着就这样吧，什么也不要说，自己每天能和顾晟玉在一起工作，已经是很幸运的事情了，如果可以，他即使就这样陪着顾晟玉，那也比见不到她或者被她拒绝要幸福得多。

顾晟玉在酒店各个部门走了一圈，除了中餐厅反映空调有几个出风口不顺畅外，没有其他事情。

她在巡查的路上碰到了凤展，凤展看顾晟玉的气色还不错，笑着说："也多亏你了，从来不喝酒，昨天喝了差不多8两。"

两人一起碰了下酒店的情况，都没什么问题，这时候凤展想起了何文的事情，他们走到保卫部，小宋说何文今天没有来上班，也没有请假。

凤展觉得事情不妙，她要了何文的电话号码，然后就拨了出去，对方关机。

凤展和顾晟玉商量了一下，决定先调查一下何文的老家，然后再报警。

两人在顾晟玉的办公室里给人力资源部打电话，人力资源部汇报何文的老家在勒盟的一个山村里。档案上没有联系方式。

凤展让小宋做好记录，顾晟玉和凤展就直接去开店务会。在店务会上，田野冷嘲热讽凤展为了巴结市委书记，不惜酩酊大醉，有损酒店形象。凤展则反击为了酒店形象，遇到市委书记劝酒，差点身心受损。

两个人你来我往地互相讥讽，顾晟玉岔开话题，问了下人力资源部的绩效考核进行的怎么样了，人力资源部张经理汇报了一下各个部门的情况。一大早顾晟玉和凤展已经把酒店的情况摸清楚了，今天有两个大的会议，有两个香港团队的接待，其他也没什么事情。

店务会一散，凤展就和顾晟玉到办公室里商量何文的事情。凤展毕竟年纪长顾晟玉十多岁，她说麻烦估计很快就会来了，得提前做好准备。

果然不出凤展所料，前厅打电话说消防支队的人又要查封酒店。她俩一边往大厅走，一边给田野打了电话要他去大厅。

在阿兰希金碧辉煌的大厅里，突然多了几个身着警服的人，客人们时不时投来关注的目光。

田雷一见到顾晟玉就非常不客气地说："让你们到消防支队处理问题，你们到现在也没个态度，怎么的？店大欺客啊？我今天要查封，还要媒体给你们曝光，根据消防条例，你们还要处以30万元的罚款。"

说罢就带领人要往酒店的大门上贴封条。凤展一下子着急了，她站在门口，严厉地说："我看谁敢在这里贴封条！事情根本就不是你们说的那样，是有人栽赃陷害我们酒店，刚才我已经报警了，在警察来之前，谁也不能轻举妄动！"

田雷眯起两只小眼睛，看着这个不好对付的女人："你在妨碍执法，我现在就有权起诉你！"

大厅里的躁动引来了客人的围观，顾晟玉拉开凤展，对田雷说："酒店是有一些特殊情况，我现在需要和你把情况说明一下，如果你觉得说完还要查封的话，那你就随便吧！现在可以请您和工作人员到我办公室里谈谈吗？"

田雷一副不买账的样子："我不管你的特殊情况，我在执行我的任务，你们谁也不能阻拦！"

接着就有人拿起摄像机，有人拿起封条走到了门口，这个时候贾璞从围观的人群里走出来，拿着手机到了田雷面前，他打开手机的一个视频，对田雷说："不知道这个算不算特殊情况。"田雷看到视频，头上豆大的汗珠渗了出来。

这个时候田野正好赶到了，他看到田雷窘迫的样子，立即把田雷拉开，笑眯眯地说："田队长您好！我是这里主管保卫的副总，我叫田野，有什么情况我和您来处理，不要为难我们的总经理，您先到我办公室。"

田雷和同事做了个撤的手势，跟着田野出去了。顾晟玉看到贾璞，刚想上去打招呼，却见他被几个人拉着转身走了。

在田野的办公室里，田雷气急败坏地说："哥，咱们那天吃饭时谈的事情被那个小子录下来了，你赶紧去处理，否则兄弟的饭碗就要丢了。"

田野一头雾水："哪个小子啊？"

"就是你来的时候站在我身边的那个。"田雷着急地说。

田野来的时候还真没注意到田雷身边的人，只是看到田雷的表情不对，这才赶紧让他离开的。

田雷想到有同事录像的，忙把同事从隔壁房间里叫出来，他们打开录像，看到了拿着手机和田雷说话的贾璞。

田野看这人也不认识，不知道从哪里冒出来一个家伙，坏了他们的好事。

田野恨恨地说："兄弟，这个人不是我们酒店的，也不认识，我查一下，看别人认识不。"

他让田雷把影像资料回去整理一下，然后给田野。田雷不安地问："那今天的事情怎么办?"

田野无奈地说："出了这个状况，你先回去，我查清楚再说。"

田雷一行离开后，田野给顾晟玉打了个电话，告诉她事情暂时告一段落，具体处理的时候田野去协调。

顾晟玉在想何文的事情，这里面肯定有文章，何文刚走，消防就来闹事，看样子不是巧合。她打电话问小宋，还是没有何文的消息。小宋的回答是何文一直没有上班。

这个时候凤展也在沉思，何文的事情一定是个阴谋，但是觉得现在还不能报警。

面对田雷的时候说报警，其实是想有个缓冲，像这样的大酒店，如果一些负面的消息传出去，那就像传染病一样，大家避之而不及，生意会受到猛烈的冲击。

她给顾晟玉打了个电话，两人又把何文的事情交换了下意见，决定先等一天再说。

客务总监小高在中午下班的时候，发现服务员席晓宇拿着一个大包往大门外走，看到小高后还特意回避了一下，他心里笑笑，官大一级压死人，他已经算是很平和的领导了，服务员见了还要躲。

他假装没看到席晓宇，径直往前走了，走到电话亭旁边余光一扫，发现保安何文在那里向席晓宇张望，席晓宇把包递给何文，两人说了几句就分开了。

小高也没在意，返回酒店吃饭。等第二天晨会，保卫部和人力资源部都拿到了何文的辞职信，凤展一听气得大骂"做贼心虚"。

原来何文给田野打了好几个电话，田野都没有接听，后来终于打通了，何文着急地说了自己的情况，田野琢磨了一下告诉何文，如果一直躲着不上班，怕凤展她们报警，如果调查起来，难免会查出其他的问题。不如写个辞职信，让别人拿给酒店，这样估计他们暂时不会有什么举动。何文就赶紧写了辞职信，让席晓宇递交了相关部门，但心里一直不是很踏实，他就这样在外面像个孤魂野鬼似的游荡着。

田野早把何文的事情忘记了，此时的注意力都集中到了中餐厅的一个实习生上，小丫头杨柳细腰，脸色健康红润，一对月牙眼总是好像在笑着，他从中餐厅得知这个丫头叫图雅，就对这个新来的小姑娘打上了鬼主意。

这几天应付消防的事情，田野的精力被牵扯了一部分，最近一看消防上暂时不能做文章了，他的老毛病又开始泛滥了，今天陪市局三处的人吃饭，发现图雅长相不俗，心里一直惦记着。

图雅到酒店不长时间，觉得一切都很新鲜，看到副总田野在陪客人，就特意多关照了一下，没想到让田野打上了主意。

田野从和图雅的交谈中得知图雅住员工宿舍，是从牧区来的，员工宿舍是田野的管辖范围，他脑海里立即浮现出图雅一个人在宿舍，然后自己得到这块美味的龌龊场景。

图雅还在热情地招呼客人，哪里想到田野脑子里的黑暗想法。

几天后，图雅果然被调了宿舍，和一个四川女孩子住一起，过了两天，这个四川籍女孩子合同期满回老家去了，宿舍里就留下图雅一个人。中间田野也来宿舍检查过两次，但是图雅一直在别的宿舍和服务员们聊天，他也无从下手，只好伺机而动了。

图雅今天休息，一个人洗了几件衣服，正在外面晾晒，田野路过的时候，看到图雅着一件清凉便装，比穿上工作服更显得秀丽可人，越发把苗条的身材暴露无遗。他凑过去，闻着图雅清爽的发香，装出一副关心的样子：“头发这么湿就跑外面来了？也不怕着凉！”

图雅一看是田野，便笑着说：“田总要出去吗？”田野就台阶应了一声：“是要出去，你休息也不上街看看吗？”“正计划着呢！”图雅也无心地回答。

一会儿工夫，田野的三菱越野车停在了图雅的身边，他打开车门问图雅：“走不？我顺便带你出去。”图雅看到酒店副总对自己这么好，就很高兴地答

应了，正准备上楼带点零钱，田野催促道："我带着呢，你回来还我就是了。"不由分说把图雅拉上了车。

田野的车路过大门口的时候，小宋看到车里的图雅，和站岗的小杨叹了口气："一朵鲜花又被牛粪糟蹋了！"

田野让图雅先和他去个地方，然后再去街上买东西。他带着图雅来到一家茶楼，有几个人正在等着田野，他们坐下后，先谈了金矿开挖的事情，几个人极力夸奖田野如何实力雄厚，如何前途无量之类的。图雅听着，也觉得金矿股东和酒店副总这些头衔加在他身上，那个满脸油光，眼睛浑浊的脑袋上仿佛有了几层光环，使得田野整个人也显得有点成功人士的感觉。

图雅一直羡慕大城市的生活，尤其是来到阿兰希酒店后，看到了那么多社会名流和名媛淑女，男的气宇轩昂，女人们高贵典雅，现在看到田野这么有成就，也就多夸赞了几句。田野听她这样的话题，立即要带她去，说图雅一打扮，比一百个城里女人都好看。

很快他们就到了 H 市有名的百货大楼，图雅西看看、东看看，这里的衣服太漂亮了，不过价格一看就让人尖叫，那得几个月的工资呢！

田野一直陪她逛着，看图雅没有购买的意思，他告诉图雅，只管看，看上了别考虑价格，田哥给你买，图雅一听这样，觉得田野的话有点暧昧，自己就是喜欢也不能花这个男人的钱，她赶紧离开了服装专柜，刚一转身，田野拿着一样化妆品递给了图雅，图雅一看价格一百多呢，自己平时也就几十块钱的化妆品，她连忙要把化妆品放回柜台，田野说已经是付了款的，图雅只能先接受，说回去再把钱还给田野。然后就说没什么买的了，她告诉田野可以办事情去，自己坐公交回去。

田野说事情刚才已经办了，现在没什么事情，不如一起吃了中午饭再回去，图雅一心想在酒店发展，心想："先别得罪了酒店这个副总，而且田野还有其他产业，说不定自己以后还有别的机会呢！"

想到这些，她就爽快地答应了，他们到了一家四星级酒店的海鲜楼，田野点了两个家常的海鲜菜品，两杯红酒，刚吃不一会儿，图雅就感觉头晕，他被田野扶起来，直接到了楼上的客房。

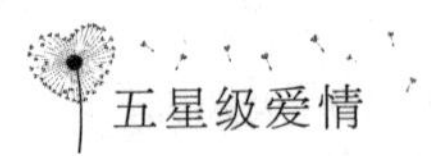

等图雅醒来的时候，自己已经是赤裸着躺在了客房的大床上，田野则在一边满足地抽着香烟。

图雅看着自己的样子，一紧张，就开始哭了起来，田野安慰道："女人总要走这么个过程的，你刚才不是很主动吗？怎么现在后悔了？"图雅只记得自己喝了酒，晕晕的，后来就不知道了，肯定是田野做了手脚，她想到自己被这个男人玷污了，又呜呜地哭了起来。

田野继续抚慰："你跟了田哥，田哥是不会亏待你的，你以后想穿什么就穿什么，想吃什么就吃什么，一个餐厅的服务员有什么前途，以后你想到哪里，只要田哥的一句话，谁也不敢把你怎样。"

图雅看到自己已经这样了，再说什么也徒劳，她收起满腔怨恨，无奈地和田野回了酒店。

关于消防检查的事情，田野一直在拖着，因为他不知道横空杀出的人物对这个事情的影响有多大，田雷也时不时打电话过来询问一下，总之这件事情现在没有头绪，只能先按兵不动。

今天顾晟玉问了田野消防的事情怎么处理了，田野说这几天消防的忙，过几天再说，这个事情就先这样放着了。

一直让顾晟玉奇怪的是贾璞到底给田雷看了什么，怎么一下子就把局面给扭转了，她想到这里，直接拨电话给贾璞，电话里传来贾璞愉快的回答，他告诉顾晟玉现在正在一个施工现场，过几天回来再和顾晟玉说具体情况。

酒店一下子就风平浪静了，顾晟玉修整了一下自己，看了一下记事本，礼拜六日有两个同学结婚，请柬已经到了她这里，她看客情也没什么大的变动，就准备出去参加一下同学的婚礼。

第三章　初恋

就在顾晟玉准备参加同学婚礼的时候，徐亮的电话响起来了，是同学阿霞打给他的，阿霞告诉他同宿舍的两个姐妹结婚，一个在亚湾，一个在T市，日期正好连在了一起，顾晟玉也参加，宿舍的姐妹们开玩笑说希望也能见到徐亮这个帅哥。

徐亮觉得这两个婚礼对于自己和顾晟玉来说，无疑是一个绝好的机会。

徐亮想着顾晟玉，也不知道她变成什么样子了，也许更漂亮了吧。他一边想，一边在电话里询问还联系了哪些人，阿霞告诉他她们宿舍的都去，还有山水社几个会员。徐亮是认识她们姐妹几个的，他把手头的工作整理了下，这几天还能安排出时间，于是在心里想象着和顾晟玉见面的情景。

顾晟玉把在H市里的同学们召集了一下，连家属十几个人，她的奥迪Q7和平平的雅阁、李广的丰田三辆车前后相续着一路驶向亚湾。

和顾晟玉一辆车的是韩雪同学和李平同学，路途中他们谈论着同学时的趣事，顾晟玉一边听着他们爆料，一边开车，大学生活如诗如画，自己在那个纯净的世界里是一个快乐的精灵，那个世界留给她的就是作诗、画画，还有同学间纯洁的友情，那时人世间的一切对于她是那么简单，那么美好。

他们谈到徐亮时，顾晟玉脑海里浮现出了徐亮儒雅俊秀的形象，虽然毕业后也和徐亮见过一两次面，但都因为徐亮的忙碌匆匆而别，也许因为他们那个时代太难忘了，顾晟玉见到同学们的时候，感觉还是停留在大学时代。

他们一路说笑着，中途路过了两个交警执法点，顾晟玉开车是非常谨慎守法的，她一路畅通过去了，后面两辆车因为没有系安全带被罚款，韩雪戏虐着说最傻的人没被罚款。后面的聪明人倒是被处罚了，真是好人有好报。

顾晟玉也有点感慨，自己一直被同学们认为头脑简单，甚至有点白痴，可是自己在商海也算经历了几年，而且还把事业发展得蒸蒸日上，如果真的是白痴，那么这些成就应该怎么解释呢？

李平和韩雪也在谈论这个话题，就拿 H 市这十几个同学说吧，平平和李广是靠自己的专业基础一步步走向公司的高层的，其他同学虽然发展不错，但是有的没有坚持自己的专业，所以发展得稍慢了一些，像顾晟玉这样头脑简单的，专业还不对口，但她认准了就专心去做，原来也会做成功的。

后来他们给顾晟玉做定论，就是专心，她每做一件事情的时候，总是专心地把事情做得尽善尽美，这样的人容易做出成绩。

听着同学们的评论，顾晟玉一想也有理由，自己平时不论做什么，只要开始了，就会做到最后，所谓的有始有终，最重要的还有认真吧，顾晟玉一直以为自己是个认真的人，毛主席说过，世上最怕认真两字，也许自己的认真真的还成就了一番事业呢。

一路无事，顺利到达了亚湾，到达时分正好是晚饭时间，迎接出来的同学们互相打趣着、女生们互相拥抱着，顾晟玉看到了徐亮，远远地点了一下头，接着就被几个同宿舍的姐妹拉走了。

饭店设在亚湾最著名的贝力大酒店，亚湾有小香港之称，是全国百强县，远航这两年搞电信工程，赚了不少，所以对同学们一律是最高标准接待。

宴会会场非常宏大，顾晟玉见惯了每日的大宴会，但在贝力酒店的环境里，还是感觉到了远航烧钱的奢华。

同学们聚了两桌，顾晟玉和同宿舍的姐妹坐在一起，就看旁边桌的男生吱溜一下转过来几位，其中就有徐亮。

徐亮在桌上对顾晟玉频频举杯示意，顾晟玉一直关注舞台上的表演，好几次都是有人提醒她，她才微笑着也和徐亮举杯。

顾晟玉是个喜聚不喜散的人，每次和同学聚会，她都开心地张罗，坐到一起，她只喜欢感受这种气氛，喜欢和姐妹们聊聊天，至于男生，有的是昔日的好友，有的是姐妹的老公，她喜欢保持一种纯纯的关系，所以好多时候她反而和男生们显得有些疏远。

今天转过来的三位男生，一位是李平，一位是丽珍的老公李广，一位是徐亮。李平是系里连续 4 年的三好学生，人聪明，话不多，无论男生和女生都喜欢和他交朋友，也是顾晟玉的蓝颜知己。徐亮和顾晟玉因为曾经的一段感情，所以见了面反而有点相对无言。

同学王林的老公很有组织能力，为了活跃气氛，他把两桌人分类：一类是同学夫妻的；一类是曾经恋人；一类是临时组合的，这三类依次上台表演，大家起哄出着各样难题为难表演的人，段兰和老公表演夫妻双双把家还，夫妻俩让大家导演得面目全非。

顾晟玉自然和徐亮被安排在了一组，在大家的撮合下决定表演敖包相会，顾晟玉故意把歌词改了个乱七八糟，把徐亮整得手足无措，大家乐得前仰后翻。

在临时组合里面，李平被 5 位女同学挨个组合利用，王琳老公称之为“杂交”，一句话把大家的下巴都快笑掉了。

顾晟玉觉得大家既然相聚到一起，就是要释放压力，共叙友情的，至于一些暴露的、过火的言辞，同学们也不计较，既然相聚了，就应该抛开世俗，把曾经的快乐找回来。

大家在一起开怀畅饮，斗酒、斗诗、斗画，一直热闹到凌晨 3 点才散。

顾晟玉回到酒店，这几日同学聚会的情景历历在目，她一个人躺着，脑海里一幕幕放映着聚会的情形，毕业后真的很怀念大学生活，那时候是青春年少，少不更事，同学之间的友情是那么纯、那么美，现在的环境里是永远找不到这种感觉的。

就在顾晟玉回忆往昔的时候，有一个人也和她一样回忆着过去的美好时光。

阿兰希国际大酒店的726房间，T市最大的风投公司董事长徐亮正在自己的iPhon4上看照片，照片里是同学聚会的场景，所有照片却是围绕一个主人公，照片里的姑娘集柔美、脱俗、典雅、睿智、灵俏于一身，这是用真性情、知识和历练包裹出来的一个魔，这个魔女灌输给他的滋味是酸甜苦辣咸，让人不敢去想，却又忍不住去想，三年了，他无时无刻不在想她。自从那次聚会后，他又拍了她的照片，甚至把自己大学时候给她的青涩小诗也搬到了手机上，每天有空就这样静静地回味，静静地让自己的思绪流回大学那些难忘的日子……

那是在大二的下半学期，春柳微黄，春雨濛濛地下了几天，星期天，徐亮和姐姐约好了回家吃饭，反正姐姐家就在学校附近，经过一个农业研究院就到了，徐亮就做好准备迎接又一个雨天，也不用撑伞，他独自平静地在雨中漫步，任雨丝和空灵的思绪一起飞扬。

这个农业研究院占地很大，像个大花园，眼下桃花开得正艳，有几个女孩子在桃花丛中拍照，少女们簇拥在烂漫的桃花下，花瓣飞舞，衣袂飘飘，煞是好看。

女孩子们看到徐亮，丢下刚站在桃树下的顾晟玉，异口同声地赞叹："哇，好帅啊！"顾晟玉看到操作自己相片命运的伙伴们已经一起背叛了她，把注意力都集中到前面这个帅哥身上了，她无奈地向前方这个目标看去，是一个俊秀儒雅的男生，身量很高，着牛仔裤、白T恤，戴个眼镜，一身的书生气质，大概就是女生们心中的白马王子了。

这个时候徐亮没注意发出赞叹和艳羡的目光的女生们，而是被眼前站在桃花树下的女子惊呆了，在烟雨濛濛中，在花瓣飘落处，站着一个一身白衣白裙的女子，乌黑的长发如瀑布般流泻在线条柔美的肩头，那么文静、洁净、安静，像一首纯净的诗，又像是仙境的仙女，这么纯的女孩子现在真的很少见了，徐亮看得都发呆了，就这样迷迷糊糊地经过了这片桃花林，等他回过神来再回头看的时候，女孩子们已经嬉笑着跑远了，他却永远地记住了这一幕。

在姐姐家里，他仍然不时地回想起上午那如梦如幻的一幕，时而发呆，时而傻笑，姐姐不解地问了好几次，他都笑笑说没什么。

日子就这样过了几个礼拜吧，徐亮每天都做着同样的梦，在潺潺的古筝声中，有一片美丽的桃花林，有个绝美的仙女在漫天飞舞的桃花瓣中旋转着、旋转着……他想靠近却怎么也动不了脚步，只能让这梦境一遍又一遍地回放。

徐亮是大学里的才子，人又长得帅，经常被一些崇拜者组织的社团邀请，希望成为他们的成员，今天春草文学社的琴又来找他了，琴拿了一堆稿件请徐亮审阅，在平日，徐亮为了这个小学妹会耐心地审阅稿件的，时不时还提出一些建议，今天，他看着琴乌黑的头发，思绪却又回到了桃花林的梦境，琴看着他发呆，突然脸上一红，心里有种异样的感觉。

今天徐亮说好了要回姐姐家去的，看着琴等待的样子，徐亮不好意思地说："要不你先把稿件放下，我上午有事情，下午回来我帮你看好不好？"琴开玩笑说："听我哥说你最近老去你姐姐那里，是咱们这里的伙食不好吗？"徐亮愣了一下，说"不是啊，是姐姐老打电话让我回去的。"说完了自己心里却有点虚，什么姐姐老打电话啊，是他自己每天在桃花林附近散步，希望再遇见那个诗一般的女孩，怕哥几个跟随，找个借口摆脱他们罢了。自己每天等待的女孩啊，你在哪里呢？

徐亮依然是散着步，任思绪纠结在梦中的仙境里，不远处几个女孩子簇拥着一位白衣女子袅袅婷婷地走来，这不是他日思夜想的仙女吗？他的大脑霎时一片空白，直直地就冲几位姑娘走去，其中几个女孩子也发现了徐亮，她们一起惊叫："哇，快看，是那个帅哥！"徐亮直呆呆地走到顾晟玉面前，没头没脑地冒出一句："我要为你写诗。"快嘴快舌的阿霞哈哈大笑："好啊，帅哥，但是最起码你得告诉我们姓字名谁吧？"徐亮这才回过神来，不好意思地说："我叫徐亮，金融系，大二。""哦，你就是那个大名鼎鼎的徐亮啊！"阿霞和几个丫头不禁神往地说。徐亮真诚地说："我们认识一下可以吗？"顾晟玉微微一笑，看着满脸崇拜的阿霞说："人家告诉你姓字名谁了，你该告诉什么，自己说吧！"阿霞噼里啪啦说了一大堆："我叫阿霞，美术系的，大二，我有一个社团，叫山水社，欢迎你参加我们社的活动啊！能不能留个联系方式？”徐亮心里不由对顾晟玉升起一股怨气，人家好心问你，你却把我一下子推给了别人。他的视线一直没有离开顾晟玉，刚才脸上的表情已经表明了心中的不满，顾晟玉怎么能没看清楚呢，但是上午还要去写生，哪有时间在这里聊天呢，顾晟玉做事非常专心，如果现在计划的事情就一定要做，否则脑子里老惦记着，做什么也做不好。她抱歉地看了徐亮一眼：“我叫顾晟玉，我们还有些事情要做，再见了！”阿霞不失时机地插上一句：“再见的时候顺便带上你那些诗！”和女孩子们挥手作别后，徐亮一下子想起来还有一件事情，他把口袋里的纸条拿出来，跑上去递给顾晟玉，顾晟玉平淡地接过纸条，随手放在了衣兜里。

像这类鱼雁传情的事情，顾晟玉见多了，她性格又马虎，到最后谁是谁的纸条都分不清了，只好一并不理。

顾晟玉写生的湖是大学校园的相思湖，眼下正值春季，湖边杨柳依依，亭台水榭，烟雨画桥，充满了诗情画意，她静静地画着眼前的美景，脑海里却为留白处想起欧阳修的一首《浪淘沙》：

把酒祝东风。且共从容。
垂杨紫陌洛城东。
总是当时携手处，游遍芳丛。
聚散苦匆匆。此恨无穷。
今年花胜去年红。
可惜明年花更好，知与谁同。

呵呵，今天自己是怎么了，想起了这么首诗，被刚才的男生撩拨动了情丝？记得同宿舍的姐妹们常常这样评价自己：“你呀，只会拒绝，不会接受，不知道伤了多少人的心！”

她也不知道自己为什么会这样，好像和男孩子绝缘了似的，只要男孩子有追求自己的行动时，她就和人家彻底断绝了往来。总觉得自己应该有一种特别的恋爱，但那是什么感觉她自己也说不上来，可能就是所谓的缘分吧，和自己能沟通的那个磁场可能还没有出现。

今天这个男生想表达什么呢？她想起徐亮给自己的纸条还没看，从兜里拿出，原来用铅笔画了两只小鸟，只写着“关雎”两个字，呵呵，关关雎鸠，在河之洲，窈窕淑女，君子好逑。这种表达方式倒是很特别。她看着这不太专业的画，微微笑了一下，字倒写得蛮好的。她随后恶作剧地在关雎的脚下画了一抹树枝，加了几片叶子，把两只小鸟分开了来，想起了“隔叶黄鹂空好音”这一句，提了“空好音”三个字。顺手把纸条放进了画夹。

徐亮的心今天是阴阴晴晴，想到终于有了梦中人的下落，看到她的刹那间心里那种惊喜是无法描述的。可她好像对自己没有多少热情，连个具体的联系方式都没给，幸好她们不是有个山水社吗？如果她没在这个社里怎么办呢？想到这里他的心里又七上八下起来。中午了，宿舍的弟兄们约他去吃饭，他也没心情，躺在床上呆呆地想着心事。

男生宿舍在周日是很无聊的，除了谈论女生，就是各找各活，宿舍的弟兄们都参加各种各样的社交活动和体育运动去了，徐亮今天是做什么也提不起精神，就这样一直在床上躺着，也不知道过了多长时间，他听到有人敲门，想了想仍旧没有下床，继续躺在床上发呆，这时门外有人在喊了：“徐亮哥，你开门啊，我哥说你在宿舍的，我来取稿件。”门外是琴的声音，徐亮这才想起来要给琴审稿件的，可现在一个字也没看，不如干脆假装不在，一会儿审完了再让她哥给拿过去吧。徐亮躺在床上不出声，琴又敲了两次门还是没人开，“不是说就在宿舍吗？”她自言自语着，疑惑地走开了。

徐亮这才起身拿出琴的稿件，刚审了一两篇，心事就又飘到了见到顾晟玉的那一幕，她给人的感觉那么纯、那么美，仿佛是不食人间烟火的仙子，又好像是无所不能的救世主，要不怎么能把骄傲的自己打败了呢？也只有她才能救出自己了，否则自己就要在思念中沉沦了。他这样出神地想着，拿出一叠信纸，随手在纸上写了起来，想一会儿，再审一会儿稿件，这样写写停停的，稿件也审完了，自己在纸上竟然写出了一首小诗：

我该怎样告诉你

我该怎样告诉你
雨后的那个缘分
我已珍藏成一种憧憬
我该怎样告诉你
又一次邂逅的喜悦
你解释得平淡又普通
你的心严密封锁
你的美却无止休地
点亮我倔强的眼睛
我把孤独锁在眉头
你的逃避如此难以破译
能否有个好日子
我们的心情不再游离？
我该怎样告诉你
太多的委屈与寂寞
能否融在你流转的眼波里
我该怎样告诉你
爱到了一丝一毫都要痛苦的地步
我却用痛苦将爱
再一次深深回味！

无题

总把寂寞涂抹在落霞的脸上
总把寂寞悬挂在枝头的月上
总把寂寞凝视成天明血红的太阳
身边的诗韵很浓厚

心的源流仍孤独地亘长
失落的日子用沉默度量
没有比心更长的路
没有比孤独更密的网
寻找一种极致的美丽
多彩的风景跋涉成沙漠的荒凉
偶尔的思念也如流星
瞬息间放尽所有光华
夜色遮盖着撕裂的伤口
叹息如古树一样沧桑
梦依旧是沙漠中的蝴蝶
追随那一泓清泉
等待长出绿色的屏障

徐亮看着这些潜意识里表达出来的东西，心里想着，可能这就是相思吧。才刚上大学，他就开始向往爱情了吗？以前自己是那么的豪情万丈啊，他觉得好男儿就要志在四方，成就一番大事业，可现在为了一个仅简单遇到过两次的女子，尽然痴痴傻傻，还吃不下饭，真是大男人所为吗？他准备明天去了解一下山水社，和这个日思夜想的顾晟玉做一个了断。

宿舍的弟兄们陆续回来了，军一进门看着徐亮惊讶地说："你在啊，我妹妹没找到你，哭天抢地地让我找你呢！"他把稿件交给军："你一会儿给琴吧，我审完了。"军和其他几个弟兄看着徐亮萎靡不振的样子，一起开起了玩笑："大才子，不对劲啊，你最近也不和我们一起出去玩，一个人搞什么鬼？是不是谈恋爱了？是哪家的女孩子入了你老人家的法眼啊？"又有人插嘴："也没见着什么女孩子找你啊？是琴？哈哈哈，军啊，你是不是要当大舅哥啊？"军和徐亮一起大骂着把那个多嘴的弟兄给熄灭了。徐亮这才正色地对弟兄们说："你们听说过有个山水社没有？"其他几人都摇了摇头，军倒是想起了什么似的说："我听说过，不过他们的社团很专业，只针对美术系，而且入社要求也很严格，办活动也不多，圈子也不大。”

第二天徐亮绕了好几个弯来到美术系，大二有 4 个班，哪一个是呢？对，找顾晟玉，阿霞，徐亮看见有个学生走过，走上前去询问道：“你好，知道阿霞在哪个班级？”他没敢说出顾晟玉的名字，这样目标太大。学生做了个“跟我来”的手势，带他走到一间教室向里喊道：“阿霞，有人找。”阿霞在大家一片艳羡声中走出了教室，看着徐亮调侃地说：“大帅哥，这么快就把诗写好了？是找我托运书信呢还是托运人？”徐亮真诚地说，“我想见顾晟玉，麻烦你告诉一声。”

阿霞看看徐亮，这回开始一本正经地回答了：“这个有点难，顾晟玉晚上才回来，你现在见不着。”徐亮一脸失落地看着阿霞，“那我明天再来，麻烦你先告诉她一声我来过了。”阿霞看着徐亮的背影，心里说：“这两个人倒还挺般配的，今晚我又有日记好写了。”

312 宿舍里，阿霞先噼里啪啦把今天徐亮找顾晟玉的事情说了一遍，顾晟玉的妈妈今天做个小手术，所以请了一天假，晚上回来的时候听阿霞这么说，也没在意，只是淡淡笑了笑，洗漱完就躺床上，她们几个还在议论徐亮，顾晟玉却已经酣然入睡了。

姐妹们蹑手蹑脚地走到顾晟玉的床前，她们经常这样偷看顾晟玉，顾晟玉睡觉很甜美，而且是倒头就睡的那种人，不像姐妹们喜欢议论一会儿男生才各自睡去，大家看她睡着了还那么美，一个个做着鬼脸也各自去睡了，阿霞拿出日记本，记录着女孩子每天的心事。

不知不觉熄灯了，阿霞还没有写完，她把蜡烛点着，垫到书上照着日记继续写，写着写着她也打盹了，不小心碰倒了放在书上的蜡烛。火焰霎时将蚊帐、衣服燃烧起来，正在深度睡眠的顾晟玉突然被一声惊叫惊醒，但见眼前一片火光，她第一反应就是到床下找水盆，幸亏上铺阿灵的还不知道谁的一盆洗脚水没倒（平时都及时倒掉了，有时女生也偷懒），翻身下床端起脚盆就冲向火源，一盆水下去，火被扑灭了一部分，万分危急之际，想起身后的两个暖瓶里有热水，将下铺吓呆了的妹妹稍作转移，热水也泼到了火源上，火被扑灭了一大半，这才发现上铺姐姐呆坐在里面，挂在床头的衣服也着火了，顾晟玉拿起着火的衣服抽打掉火焰，又抽打继续向上流窜的火苗，火在她的疯狂抽打之下终于灭了……

这时站在当地的顾晟玉好像才清醒过来，之前的一切仿佛像做了一场梦……

再回过神来看看上下铺的 7 位姐妹，她们一个个缩在蚊帐里呆若木鸡，这种空气大约凝固了一分钟，不知道她们想哭还是想笑。突然有人指着顾晟玉说："啊！看她！"接着就是一片哈哈大笑声。顾晟玉很纳闷地将自己省视一遍，接着也哈哈大笑起来，8 个人笑成一片，完全忘记了刚才发生了那么严重的火灾。

顾晟玉喜欢裸睡，这在女生楼很正常，就算有人裸奔都没关系，她刚才救火完全是在潜意识下完成的，所以站在当地的她现在被回过神来的姐妹们一览无余。

大学的生活就是这样，简单而快乐，姐妹们虚惊了一场，然后就若无其事地睡觉去了。

第二天徐亮又早早地来到了美术系，这回和阿霞撞了个正着，阿霞一见徐亮就抱怨："都怪你，昨天差点失火了！"徐亮满脸疑问地看着他："我？"阿霞说："是啊是啊，就你啊，我昨天告诉了顾晟玉，然后我们屋就失火，然后顾晟玉今天去医院了，不在！"徐亮被阿霞说得丈二和尚摸不着头脑，总之大概意思是失火了，顾晟玉去医院了，徐亮心里一紧："伤的严重吗，伤到哪里了？去了哪家医院？"阿霞嗔道："第一医院啊！切，莫非你还要跑到那里去看？"徐亮心里说："你还真说对了，我就是要去！"

徐亮马上给姐姐打了个电话，姐姐正在医院上班呢，以为徐亮有什么事，徐亮说我就在你们医院附近，我去找你吧。

徐亮挂完电话就直奔医院，他先去烧伤外科问护士有没有一个叫顾晟玉的女子在这里治疗，护士们查了值班日志，说没有这个人，那会去哪里了呢？他又跑到三楼的皮肤科问了也没有，这才耷拉着脑袋去看姐姐，姐姐徐秀刚给病人检查完，看见徐亮走来忙关切地问："怎么了？有什么不舒服吗？"徐亮摇摇头，姐姐奇怪地看着他："老弟啊，姐姐忙着呢，有什么事快说。"正说着，护士就过来说：“徐医生，这个病历需要您签一下字。”徐亮看到家属栏签名是“顾晟玉”三个字，心里大喜，忙说：“我就找这个人。”姐姐看了看病历说：“张玲？你认识她？是我亲自主刀给她做的胆结石手术。”徐亮欣喜地说：“真的？她住在哪里？我去看看。”护士插话道：“211 号病房。”徐亮丢下了一脸不解的姐姐跑走了。

在 211 病房外，徐亮看见一位慈眉善目的阿姨正在休息，没有其他人，他只好失落地转身走进了电梯。

在另一部电梯口，外出买东西的顾晟玉缓缓走出，徐亮和她的缘分就这样失之交臂。

第二天下午，徐亮早早地来了医院，站到 211 病房附近观察，他看到顾晟玉进了病房，又一直看着她帮母亲做腿部按摩。

徐亮按捺着心里的激动，好不容易等到顾晟玉和母亲道别起身出门，这才假装偶遇似的走过去：“是你啊！你在医院做什么？”顾晟玉看到徐亮，想起来那个纸条，淡淡地说：“我妈妈在这里做了胆结石手术，我下课就过来陪陪，你怎么来了？”徐亮忙做巧合状解释道：“我姐姐在这里，我刚来看她。”

徐亮看看天色，估计顾晟玉得回学校，故意问道：“你今天回学校吗？”顾晟玉点点头，徐亮马上抢话：“那一起回去吧！”顾晟玉被堵在门口，回去也不是，走也不是，就只好答应了和徐亮一起回学校。

徐亮把顾晟玉领到自己的单车前，看了看车子，立刻建议说：“反正医院离学校也不远，你饿不饿？我们先吃点东西，然后一起回去好不好？我知道有一个很特别的地方，保证你去了不后悔！”

顾晟玉正在想着那个纸条的事情，不知道该如何拒绝他，徐亮不由分说，拉了顾晟玉就走。他们来到了一间叫作“弘格尔部落”的地方，一进门，服务员分男宾和女宾领走了他们两位，分别给他们套上了蒙古族的民族服装，然后才把他们领到一起，一见面，两人都愣住了，徐亮穿上蒙古族民族服装，俊朗中透出一股儒雅，显得那么潇洒飘逸。徐亮看到顾晟玉穿了一件红色蒙古袍，加上格格头饰，珠玉抹额，美目流盼，越发显得柔媚动人。两人看着对方，都有点不好意思了。这时服务员把他们领到了一个半开放的座位前，桌上摆满了奶制品和一些蒙古族食品，徐亮安顿顾晟玉坐下后，又点了一些热餐，两人就边吃边聊起来，徐亮看顾晟玉熟练地吃着蒙餐，奇怪地问道：“看你不食人间烟火的样子，原来也吃饭的啊?”顾晟玉大方地说：“我本来就是在草原上长大，后来读书了才变成这个样子。”徐亮恍然大悟地说：“你的清纯是草原给的，你的气质是后天给的，腹有诗书气自华，你知道吗，你是那种让人看了就不能忘记的女孩子。”

他们边吃边聊，顾晟玉倒也没觉得这个徐亮讨厌，至少他不俗气，谈到文学方面的爱好，他们又觉得放松了许多。

这时候走来两位男女歌手，他们手捧洁白的哈达，唱着草原上的情歌，把祝福送给了这两位金童玉女似的年轻人。

整个晚饭就在这样浪漫的气氛中结束了，徐亮推着单车，建议两人步行着回去，顾晟玉看看天色已晚，自己单独走好像不太安全，也不太礼貌，两人就边聊天边步行回校园。

到了校园门口，徐亮不舍地看着顾晟玉：“你先回去吧，改天我找机会去看你。”顾晟玉不置可否地笑笑：“你也早点回去吧，谢谢你的晚餐。再见！”

徐亮一路上想着今天这个浪漫的夜晚，想到顾晟玉穿上蒙古袍的样子，心里充满了甜蜜。

第二天徐亮下午没有课，他拿着一本书，心里却在盘算今天去不去医院，去了吧，怕顾晟玉瞧不起自己，不去吧，自己却每时每刻在想着她，这种感觉把他折磨得坐卧不安，去还是不去呢?

正当他一筹莫展的时候，军回来硬拉着他去图书馆还书，他正要推托，想着自己借的书也该还了，于是两人就朝图书馆走去，还完了书，又选了几本，就找了个位置坐了下来。

图书管理人不是很多，现在的学生，大多时间都在约会、追女生，能安静地在这里看书的人越来越少了。

“这本《国画花鸟》是上星期借的，先还这本，然后我要借《国画花鸟》的第二部。”徐亮听到一个好听的声音，就是在梦中经常出现的声音，他抬头一看，果然是顾晟玉，她不应该在医院吗? 怎么也来图书馆了?

顾晟玉拿了书正要走，看到徐亮在那里朝她打手势，她点头致意了一下，徐亮一看她没有留下的意思，忙站起来假装也要走，然后和顾晟玉一起出了图书馆，留下军一个人疑惑地看着他们走了出去。

“你今天不用去医院吗?”徐亮边走边问，顾晟玉也边走边淡淡地回答：“我母亲已经出院了。”徐亮心里嘀咕“阿姨啊，你若能再多住两天就好了!这样我就可以在医院多邂逅她几次了”。看来去医院见面的机会没了，徐亮正琢磨着下次怎样联系到她，徐亮看到她手里的书，故意问道：“山水社，你也在那个社团吧?你们那个社团是专攻国画的吧?”顾晟玉说：“是的，我也是山水社的成员，阿霞负责社里的活动联络。”“如果我要入社团需要什么条件?”徐亮突然想出了这么一个话题。“社里只吸收美术系的学生，别的系也可以，是要作品的，我们的审核条件很严格，至今还没有别的院系的人入选。”

“如果爱好书法呢?可不可以参选?”徐亮有点不甘心地说，顾晟玉微微一笑：“为了保护美术系另一个社团‘龙腾社’，我们还没有吸纳书法爱好者进入的意思。对书法感兴趣的人可以申请加入‘龙腾社。’徐亮心里说：“我才不要加入什么龙腾社，有多少社团邀请我呢，要不是为了见到你，我才不稀罕加入什么山水社!”

校园的路真的很短，没几句话就走完了，顾晟玉到了自己的教学楼门前径直去了，徐亮站在那里呆呆地出神。

阿霞拿着几本书正往教学楼走着，看着在那里发呆的徐亮就上前调笑：“大帅哥，今天怎么到这里来了?发什么呆啊?”看见阿霞，他灵机一动，幽默地说：“正在想阿霞大人能不能邀请我加入你们的山水社，我怎么算也是名人啊，我加入你们也不吃亏。”阿霞遗憾地说：“我倒是希望你是我们社团的啊，但是光帅也不管用啊，社长需要有作品参选的，选上了才行啊!”

徐亮说：“我可以见见你们社长吗?”阿霞突然哈哈笑起来：“你已经见过了，不过没用的，社长要的是作品和她见面。”

徐亮心想，看来不拿出点真本事还真的征服不了这帮不知道天高地厚的丫头，他回到宿舍，立即找出笔墨，回想着过去自己满意的几幅作品挥毫而就，写完又觉得意犹未尽，把前几天写的小诗拿出来认真写在了宣纸上。

徐亮的隶书是从小的功底，他生在书香世家，自幼便受到诗书棋画的熏陶，家里还收藏了一些名家作品，只是他在书法上的灵气更高一些。

第二天，徐亮拿着写好的书法就去美术系找阿霞，可教室里没有，他问刚好经过的一个男同学，同学告诉他阿霞她们在搞画展，一定在展厅里呢！他顺着同学的指引方向很快找到了展厅，只见阿霞、顾晟玉，还有她们一起的那几个姐妹都在那里点评展出的画呢！

顾晟玉看到徐亮，心里轻笑了一下，继续在笔记上写着对这些作品的评语，徐亮看了看这些参展的画，功底还不错，但还是不难看出败笔，他看到顾晟玉站到一幅名为“丝瓜秧下”的画前，也走过去观看，还点评道：“丝瓜和丝瓜蔓下的两只小鸡画得不错，清新脱俗，灵动可爱，可是丝瓜蔓用墨略显浓了些，细看的话有点生硬。”

顾晟玉没理他，又走到一幅名为“层林尽染”的画前，徐亮赶紧跟上：“哈哈哈，这个作者有点虎头蛇尾，前面用心勾勒，到后面真的就开始层林尽染了，画这样风格的画，是需要人生感悟的，对于一个大二的学生，也难为他了。”

顾晟玉听到他的评论心里动了一下，这家伙还真的有点慧眼，她走到一幅名为“春”的国画前看了起来，徐亮看了良久，这是一幅女生的作品，画工细腻，构思巧妙，远山如黛，春柳如烟，楼台水榭错落有致，而且这景好像在哪里见过，对了，这是相思湖畔的一角，怪不得这么眼熟呢！

徐亮看了半天没看出什么破绽，发现留白处那几个字的功力有点火候不到，不禁叹道：“这样的画，应该配一笔与它协调的好字才对！”

顾晟玉听了微微一愣，脸上红了一下，阿霞这个时候走过来找顾晟玉，刚好听到这一句，连忙反击道：“你懂什么啊！社长的画也是你这个俗人能评论的？”

社长？徐亮心里一动，这个社长是何许人也？仔细看落款是：“兰亭解语。”

徐亮脱口道：“这个名字太雅致了，果然是女子手笔，光看名字就让人动心了！”

阿霞正要上前和徐亮争论，顾晟玉用眼神制止了她，徐亮突然想起来此行的目的，他把自己写好的东西交给阿霞：“拜托你，这是我入选的作品，看能不能过了社长大人的法眼。”

阿霞拿过作品，见徐亮又在几幅画前做了一些评论，她和顾晟玉挤挤眼睛，赞同地点了点头。其实徐亮是为了能多和顾晟玉待一会儿，只能是用尽心思评论这些画了，顾晟玉听了却觉得他的见地不俗，有很多建议对作者的水平提高有借鉴的价值。

参加画展的人越来越多了，看顾晟玉和阿霞招呼着众人，徐亮就悄悄离开了。

在宿舍里，顾晟玉和阿霞打开徐亮的书法作品，两人不禁连连赞叹了起来：“好字啊，笔体沉稳中透着飘逸，这在美术系也算是难得的作品，就连这两首小诗，也是内容诚恳，真情流露，不可小视啊，可是我们是不拿书法作品入选的，怎么办呢?”阿霞突然灵机一动，说：“咱们一直没有别的院系的学生，今天徐亮这一来，还看不出，外系也藏龙卧虎啊，他的评论不是挺精辟吗？说明他对山水画是有感觉的，我们不拿书法入选，利用他在评论方面的才华怎么样？有时候非专业人士会给专业人士带来不同境界的灵感哦!”

顾晟玉想想徐亮今天的表现，也觉得阿霞的话很有道理，她笑笑说：“你看着办吧!”

第二天，徐亮又好像若无其事地在美术系附近转悠，阿霞看到他，就忙跑回宿舍拿上徐亮的作品退还给他：“大帅哥，你的字虽然不错，但不能够作为入选山水社的条件，今天原物奉还!”阿霞看着满脸失落的徐亮，突然狡黠地一笑：“不过，我们准备引进非专业人士作评论员，以你对国画的感觉，已经博得社长赏识，我今天正式向你发出邀请加入山水社！怎么样？用不用考虑一下?”徐亮马上豪气万丈地说：“我愿意为山水社的大师们竭诚服务!”

画展持续了三天，这三天是徐亮最幸福的时光，他在私底下如饥似渴地查阅有关山水画画法的详细资料，在顾晟玉面前表现得博学多才、见解独到。顾晟玉一直是不咸不淡地和他保持着距离，徐亮觉得一定把握好时机，尽快拿到顾晟玉的联系方式。

机会终于来了，他看到顾晟玉把画展的事情安顿好后，和阿霞嘻嘻哈哈地向校门外走去，徐亮假装又是偶遇，追上她们也向校门外走去，他看见她们停在一个卖烤红薯的流动车旁边，也难怪，女孩子们很喜欢吃校园周边的零食，他看见卖红薯的师傅正在给两个学生模样的顾客打包，报价收4.7元，就要付款的时候，听见那个小女孩说："呀！我的钱不够了，只有4元，明天过来给你补上好么?"师傅为难地说："那你就拿两个小的吧！"于是师傅又不厌其烦地让两个小姑娘重新挑选、重新称重量。小姑娘的校服上简写着"××大学"。

小姑娘们走后，顾晟玉边称红薯边问师傅："为什么不让他们明天送钱过来呢?"师傅感慨地说："大多数这样跟我讲要明天送过来的人都没有送过来，我以前看到他们是××大学的。也相信过他们，可是在我这里欠款的很少有几个能主动送回来，我是做小本生意的，长期下去自己承受不了，这生意只能死板地做了。"

徐亮一看，就站在顾晟玉后面给她讲了个故事：前一段时间听教授讲他在日本的时候，遇到一个店主给两个大学生赊账，就问店主为什么这样做，店主说没什么，因为他们是东京帝国大学的，这个学校的大学生爱惜自己学校的名誉就像爱惜自己的生命一样。

然后这位教授反过来问在座的学生："如果你们在外面买东西，店主会不会因为你是××大学的学生就赊欠给你呢?"结果在座的学生一片会意的笑声。徐亮说："虽然我不是长日本学生的志气，灭自己的威风，但是，我们不得不承认，当代大学生的综合素质问题已经引起了社会的关注。很多公司在用人的时候都发出同样的呼吁：我们用人的时候不仅看重专业能力，更看重员工在各方面表现出优秀的品格。而现在从业人员的素质让他们很失望。"

徐亮看顾晟玉在认真听着，就继续说："我们的大学生面临的就业压力越来越大，如果在职场的竞争中缺乏了综合素质的优势，即使你的专业能力再强，用人单位也不会对你看重。所以，我们也要像爱惜自己的生命一样爱惜自己的名誉，尊重自己的人格，自强自立，全面提升自己的素质，不负时代和社会赋予我们的责任。"

顾晟玉看徐亮在这里慷慨激昂地讲着，心里微微一笑："看不出这个温文尔雅的男人还有一腔社会责任感呢！"

阿霞递给徐亮一个红薯："奖励你这几天的辛勤劳动！"徐亮紧接着说："那还不如奖励一个电话号码呢！"阿霞说："你知道我们为什么买这家的红薯吗？因为老人供着一个上大学的儿子，我们看他不容易，所以才经常光顾这里的。"徐亮听了心里一热，他向阿霞承诺以后会经常买红薯送给她俩，顾晟玉、阿霞不禁笑了出来："我们每天啥也不做了，就等着你给买红薯吧！"徐亮说："至少我买了红薯，应该知道怎么联系你们吧？"阿霞看徐亮这几天也挺辛苦的，就笑着说："你已经是山水社会员，留个社长的号码，可以找到我们的。"阿霞飞快地说："1868616××××，记住没，不带重复的。"说完就和顾晟玉拿着红薯往校园走了。

一路上阿霞看着顾晟玉问："怎么样？还准备拒绝？我看人家才华横溢，对你又好，人也稳重，不要这么疏远人家了吧？"顾晟玉无奈地说："我看到男生向自己靠近就想逃避，我也不知道怎么了，反正就是没有想接受的感觉。"

阿霞说："你总得接受人间烟火啊，女孩子是要恋爱的，这么优秀的男孩子大家都抢呢，错过了就可惜了。"

徐亮回到宿舍，反复回想着这个电话号码，社长的电话号码？社长？这个神秘的社长就这样把自己吸纳进山水社、就这样还参加了三天的画展，有这么神秘吗？他突然灵机一动，心说，这个社长不是阿霞就是顾晟玉了，那么，看情形顾晟玉的可能性大些，一想到这里，徐亮心里一阵兴奋。

中间山水社也举办了两次画展，徐亮都按时参加，他每次和顾晟玉接触，但是都被她若即若离地躲闪了，毫无进展的机会。

就在徐亮一筹莫展的时候，也就是快放暑假的前一个月，一天下午，徐亮在校园看到顾晟玉拿着一大卷宣纸还有一些美术用品，就赶紧过去帮忙，原来是系里考试，顾晟玉和阿霞她们都要交作品，她准备在放假之前将应试的作品再做一次画展，顾晟玉选的题材是仕女图，画了好几幅也不满意，正拿这些画稿准备怎么突破呢！徐亮听她这么说，就建议自己可以帮忙参考。

顾晟玉和徐亮来到画室，没几个人在里面，他们把画展开，徐亮看着顾晟玉的画："仕女图，呵呵，人物画得还好，就是少了点神韵。"

顾晟玉也觉得徐亮说得有道理，自己就是突破不了缺少的那部分。顾晟玉谦虚地说："这个题材我选定了，无论如何，我是要画出来的。

徐亮看她认真的样子，真诚地说："用你的心，用你的感觉，用你脑海对仕女的理解来画，如果是我，我就画在桃林中，一位女子伫立在桃树下，想着将要见到的梦中情人，那种期待、害羞的神情。"

顾晟玉白了徐亮一眼："你还挺理解思春少女哦。"

徐亮无辜地说："我不是为了帮你嘛！该不会你连个思春少女也没做过吧？你要真的没做过，那么你可以把我想象成你要思春的对象，我为了艺术，也可以献身一回的。"

顾晟玉看着贫嘴的徐亮，扑哧一声笑了，想想徐亮以前给自己发的信息，有一些好像真的让自己动心了哦。

画桃树林倒是不难，自己有过这样的题材，顾晟玉突然来了灵感，把徐亮推到椅子上坐下来："我要作画了，不要打扰哦！"

徐亮知道顾晟玉的灵感来了，就静静地在那里等着。

顾晟玉在那里专心地画着，她脑海里理解的图画终于跃然纸上了。徐亮见顾晟玉一气呵成，走近一看，哪里是个思春女子啊，在隐隐的桃花一角，一个精灵一般的女子娇俏回眸，嫣然一笑，整个画面用笔轻灵，着色明快，让人想到一个无邪少女飞舞于漫天的桃花中！

这不是徐亮的梦吗？徐亮连连惊奇地赞叹："这就是我一直做的梦啊！你太神奇了，是不是有心灵感应啊？"

顾晟玉笑了笑，其实徐亮在短信里提起过这个梦，只是自己太迷糊了，当时没有放在心上，今天也不知道怎么突然就来了灵感，画了出来。

徐亮激动的摩拳擦掌，看到留白处，拿起笔来就要题写。顾晟玉见过徐亮的字，也就由他挥毫作词去了。

顾晟玉以为他要做什么浓词艳曲，等徐亮写完，原来题了：

胭脂鲜艳何相类，花之颜色人之媚。

若将人面比桃花，面自桃红花自美。

题词还算不俗，顾晟玉看看徐亮的字，和自己的画面很相配，整个画面诗情画意，清新脱俗，给人耳目一新。

顾晟玉满意地收起画，几天来心里的拥堵一扫而光，徐亮一直激动在画中情景，看顾晟玉高兴的样子，徐亮提出一定要庆祝。顾晟玉看着到了晚饭时间，今天心情好，也没有拒绝徐亮的邀请。

徐亮直接把顾晟玉带到弘格尔部落，他们选了一间叫“呼伦贝尔”的雅间，经过服务员一番打扮之后，他们走进了雅间，这个地方好像是专为恋人准备的，桌上的红烛灼灼地亮着，映着顾晟玉一身王妃的民族服装，已经等待在那里的徐亮则是穿着彪悍的王公服装，正学着盘腿坐在炕桌正中。

顾晟玉到徐亮身边轻轻坐下，看着徐亮玉带抹额，身披软甲，一副威严的样子，顾晟玉做小鸟依人状，浅笑盈盈地欣赏着旁边的徐亮。

也许受气氛的影响，顾晟玉心里觉得这不是普通的庆祝晚餐，俊男美女在一起，反而更像约会。

想到这里，顾晟玉本来很放松的心情突然一紧张，心脏突突突地加速跳起来，脸上也不由得泛起了红晕。

徐亮看着灯光下的顾晟玉，犹如娇羞的新娘，他也一下子慌张了起来，他本来是要开口说庆祝的话的，却一下子抓起顾晟玉的手，半天不知所措。

顾晟玉的脸更红了，她不好意思地挣扎着推开徐亮的手，徐亮这才回过神来，连忙端起奶茶：“以茶代酒，祝贺你顺利完成大作！”

顾晟玉也以奶茶回敬：“还要谢谢你的建议和你的书法。”徐亮赶紧抓住时机说：“我们俩书画奇缘啊，不要再犹豫了，你终归是要恋爱的，我已经喜欢你很长时间了，从今天开始，我们约会吧！我不会让你失望的。”

顾晟玉慌乱地回避着徐亮炙热的眼神，心里一个劲地问：“怎么办？怎么办？”

徐亮还在热切地要求顾晟玉答应他，顾晟玉在慌乱中稍微整理了一下思绪：徐亮给自己发过好多信息，自己没有讨厌他，只是不知道把他放在心里的什么位置上，所以一直没有理会，又想到今天的画和书法，以徐亮的才华，自己还真的有点惺惺相惜。

但是这可是自己的初恋啊，如果答应了，就说明自己的初恋要开始了，那应该是很美好的感情，还是一定要慎重的。

顾晟玉正色地对徐亮说："就从做个普通朋友开始吧，如果真的是缘分，我会好好珍惜的。"

徐亮终于表达了自己的感情，心里也敞亮了起来，现在顾晟玉说什么他都满口答应了。

两人都在心事朦胧的状态下吃完了晚餐，走出餐厅后，华灯初上，夜色撩人，风徐徐吹来，让人真的有想恋爱的感觉。

徐亮试着拉起顾晟玉的手，她也没有拒绝，徐亮就这样紧张地攥着顾晟玉，两人默默地走着，徐亮想凭借手的感觉将自己的心事传递给顾晟玉，后来顾晟玉只感觉到了一手心的汗水。

接着就是画展，顾晟玉的画自然又是独占鳌头，她的作业也就优秀地完成了。

之后徐亮把顾晟玉的画要了去，珍藏在了自己的宿舍里。

眼看暑假就来临了，大家都忙着结课，徐亮约了两次顾晟玉，都是因为考试，所以没有给他机会，徐亮就和顾晟玉短信联系，现在顾晟玉也开始回他的短信了，

终于等到考完试了，大家都准备放假回家，徐亮提出给顾晟玉送行，这样两人才有机会见了面。

这次见面，两个人都有点不好意思，心本来开始近了，行动却好像疏远了起来。

顾晟玉看着徐亮将行李放到了火车上，然后在众目睽睽下说着言不由衷的话，顾晟玉也理解徐亮，这里全是放假回家的学生，赶上假期，火车都快成学生专列了，所以他们在这样一个专列上就这样匆匆道别。

新的学期到了，徐亮拿了一大堆假期的作品找到顾晟玉，顾晟玉看着徐

亮写满思念的小诗，心里觉得很温暖，她也和徐亮交流了自己的作品，从此两人好像铆足了劲，互相展露着才华，在山水社的画展上，因为有徐亮的参与与协助，每次举办的活动都很成功，在校刊上、晚报上，也经常有他们两人的作品同时出现。

顾晟玉有时候想起徐亮的那两只关雎，鸟儿们凭着自己的叫声互相表达着爱慕，他们俩是谁也不甘落后，用自己的才华展露着个人魅力。不过自己最后的回答是："空好音。"出自"映阶碧草自春色，隔叶黄鹂空好音"这一句，似乎蕴含的意义很遗憾。

顾晟玉在大三的时候被推选为美术系的学生会主席，徐亮也在一家金融机构进行课题实习，两个人见面的时候就少了，经常只能是短信联系。徐亮调侃说他们人见面的时间不如作品见面的时间多。

顾晟玉在大四时候已经是名满校园的美女加才女了，一些报刊杂志上经常刊登顾晟玉的作品，她的追随者也是前赴后继，不过最后都是无果而终。唯独徐亮，一直和她不远不近地联系着。

四年的大学生活飞一般地过去了，顾晟玉在毕业的时候告诉徐亮要去 H 市，徐亮则希望顾晟玉留在 T 市，两人在毕业去留的问题上还没有统一意见，毕业的时间已经到了。

顾晟玉曾经借着阿霞和她的小男朋友真挚不渝的爱情提醒过徐亮，人家为了爱情连事业也不要了，放弃了一份收入不错的工作，专门过来和阿霞过幸福的小日子，但是徐亮对这个话题没有发表过多的言论。

顾晟玉带着一点遗憾去了 H 市，徐亮在这期间也和顾晟玉打电话联系过，后来徐亮在一家金融公司做基金经理，天南海北地出差，顾晟玉和他的联系就慢慢少了起来。

来到 H 市的顾晟玉被安排到了宣传部，当时正赶上单位成立 50 周年大庆，顾晟玉在帮忙做庆祝准备的过程中又被组织部长看重，调到组织部帮忙，结果正赶上阿兰希国际大酒店在 H 市落成开业，她就代表组织部的人在酒店配合管理工作，顺便设计了酒店的旗舰花坛，没想到被选中还获得了一等奖，顾晟玉从此便在酒店一举成名。

顾晟玉毕业这么多年来没找过男朋友，大概还是对徐亮或者是对大学时光的那一种感觉存有期待吧，但今天看到徐亮，她知道人会变的，大概是自己变了，大概是徐亮变了，总之，她觉得心里放下了一样东西，一样说不清，但是却让自己承载了几年的东西……

顾晟玉再见到徐亮的时候，心里的压抑已经彻底放下，徐亮现在已经被锻炼成为一名成熟的金融专家，在顾晟玉眼里，他在金融方面的优势彻底掩盖了曾经才华横溢的感觉。也就是说顾晟玉从徐亮身上再也找不到那种纯纯的浪漫了……

想到她和徐亮的无果而终，顾晟玉是比较豁达的，谁没有青春年少呢，在那些躁动的年代，不一定每一个行动都能有美好的结局。那些难忘的日子就好好珍惜，那些忘记了的，就永远成为过去吧。

第四章 恋爱的滋味

贾璞在工地上巡查了一周后，满身疲惫地回到了阿兰希国际大酒店，一到酒店就给顾晟玉打电话，告诉了自己的房号。

顾晟玉到了贾璞的房间，看他穿了件淡蓝色 T 恤，乳白色休闲裤，刚洗完澡，浑身散发着男性特有的味道，这个味道顾晟玉闻起来很舒服、很享受。

贾璞看到顾晟玉冲自己微笑着，就伸开双臂，给了顾晟玉一个紧紧的拥抱。

说来也不怕笑话，顾晟玉这么漂亮的女孩子，竟然是第一次被男人拥抱，一下子大脑里有一种晕眩和迷醉的感觉。

能拥抱一下自己心爱的姑娘，贾璞的心里也充满了柔情，他的手在顾晟玉的背后轻柔地抚摸着，他轻轻捻起顾晟玉黑亮顺滑的秀发，放在嘴唇边亲吻着、亲吻着。

慢慢地，他的体内升起一股强烈的电流，这股电流让他的心颤抖，让自己无法控制自己的行为，他把头偏了个角度，开始紧张地捕捉顾晟玉的唇，顾晟玉也被他的神态弄慌了，她在贾璞怀里躲闪着，却被贾璞强有力的臂膀紧紧抱住，一点也动弹不得，她的唇被贾璞有力地压在了唇下，等到顾晟玉不挣扎的时候，贾璞才解放了一下顾晟玉，他开始轻柔地吻着顾晟玉的额头、眼睛、鼻子，最后又深深地把自己的吻压在了顾晟玉花瓣似的香唇上。

顾晟玉就这样被贾璞吻着，刚开始的时候还紧张，后来发现自己被贾璞亲吻的时候很幸福很幸福。她的心被贾璞慢慢地融化，最后连身体也在融化，她紧张的状态一下子放松了，两人就这样在房间里吻着、吻着，忘记了时间，忘记了自己。

不知道过了多长时间，顾晟玉想起了要问贾璞的问题，她轻轻推开贾璞，两人坐到沙发上，稍微活动了一下四肢，贾璞轻轻拥着顾晟玉，用那双满是柔情的眸子询问着顾晟玉。

顾晟玉问起贾璞是如何熄灭了消防支队长田雷的嚣张气焰，贾璞说是秘密武器，他手里有他们不堪的证据。

贾璞用一个长长的吻堵住了想继续追问下去的顾晟玉，顾晟玉就在他的怀里任由贾璞爱抚，她轻轻抚摸着贾璞的胸膛，心里甜蜜蜜的，他们在热烈地接吻，顾晟玉心里还是一个劲地问自己："这是爱情吗？是自己的爱情吗？为什么提前一点预兆都没有？"

顾晟玉依偎着贾璞，两人就这样静静地听着对方的心跳，天色不知道什么时候已经暗了下来。

顾晟玉想到该下班了，还没给父母打电话，两位老人家看到自己晚回家又该担心了，就赶紧告诉爸爸妈妈自己正在回家的路上，这才和贾璞依依不舍地吻别。贾璞让顾晟玉等他电话，这两天工地上的事情处理完了，回来好好陪顾晟玉。

接下来的日子顾晟玉每天都在盼着贾璞的电话，只要贾璞的电话晚到一些，顾晟玉就像是失了魂似的，等到贾璞的电话终于来了，她却要么是赌气不接，要么是冷冷相对。把个贾璞弄得哭笑不得，心想女人的心事真多，酒店那么多的事情要她处理，却还在时时地和自己耍小脾气。

贾璞每次都耐心地安抚着顾晟玉的小任性，他告诉顾晟玉自己很幸福，因为有人天天惦记。有时候顾晟玉会天真地问贾璞："你爱我吗?"贾璞每次都诚实地回答："爱，非常爱。"

顾晟玉也不知道自己怎么了，在酒店，自己是非常成熟、有理性、有思维，又很克制的总经理，在贾璞面前，怎么一下子就变成了一个容易无理取闹的小女人了呢？她有时候也觉得自己过分，但是不知道为什么，她总是控制不好自己的情绪。

贾璞说在爱情面前，一定要真实，不要刻意控制什么，要按着自己心的指引去做事情。顾晟玉也想不通，怎么自己的心就把一个外表完美、性格完美的女人改变了那么多。贾璞说不管你改变多少，那都是爱情改变的，不论你变成啥样，我都爱你，爱你的一切。

顾晟玉沉浸在恋爱中，她的眼神变了，由以前的内敛、矜持变得灵光闪动，浑身洋溢着青春的活力。她每时每刻都在思念着贾璞，只要贾璞不及时回电话或者短信，她就变得躁动不安，他也知道贾璞最近被老爸逼着工作，一定很忙碌，但是自己的思念没法控制，她很想给贾璞留点空间，所以也很努力地处理酒店的事务，以转移注意力，可是事情总有做完的时候，只要有点空闲，她就不住地给贾璞发短信。

小高看出顾晟玉的变化，猜想着可能是有了意中人，心里觉得很堵，他想去表白，可又感觉已经晚了，对于一个心里装着别人的女孩，这时候表白无疑是自取其辱。他心里很难受，只能在背后默默注视着顾晟玉，默默修复着自己的伤口。

贾璞有了顾晟玉的爱情，心情也阳光起来，为了自己心爱的人，他觉得自己做什么都很有激情，就连老爸交给的枯燥工作，他也能自觉完成，他想着赶紧处理完这些事情，回去好好陪顾晟玉，给她一个安全的情感港湾。

田野这几天正在纠缠图雅，自从上次和田野发生了酒店的事情以后，图雅就再也没答理田野，她回来哭了半天，想找姐姐说说话，可姐姐老是有事情，所以好几次都是暗自垂泪。

今天她在餐厅的时候看到了草原上认识的客人贾璞，她上去和贾璞打了个招呼，贾璞也认出她是顾晟玉的表妹，就询问了一下图雅的情况。

一会儿顾晟玉也来中餐厅检查，图雅看到顾晟玉见到贾璞的时候是一脸的欣喜和依恋，贾璞也是一脸微笑，温柔地看着顾晟玉，两人的表情就像分别很久的情人，长时间脉脉地注视着对方。

图雅从来没在表姐的脸上看到这种表情，她以女孩子的直觉断定表姐恋爱了。

她为表姐能找到贾璞这样的青年才俊而高兴，想想自己最近的遭遇，图雅又差点伤心地掉了眼泪。

顾晟玉和贾璞说了几句话就走开了，像是做了个约定。她回头看到图雅在餐厅，就走到图雅身边用眼神询问了一下，图雅的表情是一切都好，顾晟玉做了个打电话的手势就出了中餐厅。

图雅看到贾璞和几个客人正在谈论着什么，眼神却在不住地看着腕上的手表。她在心里笑了，这个小伙子晚上肯定要和表姐约会了。

果然不出图雅所料，贾璞很快地就和客人们吃了晚饭，他快步走到停车场，一边打电话一边就将车转向了酒店旁边的马路上。

贾璞的车悄然地停在等候在树下的顾晟玉身边，顾晟玉一上车，贾璞就轻轻搂了一下她的肩头，说出的第一句话就是“想死我了”。

顾晟玉提醒他小心驾驶，心里却在笑自己，以前是听不得别人肉麻的表白的，今天听了贾璞这一句话，没想到“想死你了”这个情侣们百说不厌的表白词，在顾晟玉听来，竟然也是非常幸福和甜蜜。

贾璞把车开到郊外的一个公园边上，顾晟玉以为贾璞要带她逛公园，心想这种约会应该是在大学时代吧，她也不吱声，任由贾璞安排他们的时间。

没想到贾璞把车顺着公园的小径开到了一个三层楼的大院门前，门口的保全见是贾璞，连忙打开了大院的大门，一进院子，顾晟玉就有一种世外桃源的感觉，院子的西边有一片菜地，绿油油的不知道种了什么蔬菜，远远近近的是松树和杨柳，还有几株叫不出名的大树，树下有躺椅和小茶几，院子后面有假山，前面有喷泉，东边的爬山虎密密麻麻爬了满墙。

贾璞把车后备箱打开，后备箱里塞满了大包小包，贾璞一拿出来交给了门口的保全大叔，然后就带着顾晟玉进了大楼，一进去，顾晟玉才看到这里原来是个老人院，老人们刚吃完晚饭，有的在大厅的椅子上坐着，有的在下棋，还有两个老人坐在一起聊天。

老人们看着贾璞和顾晟玉，眼睛里流露出羡慕、期待还有失望的神情。他们用眼光互相交流着，互相猜测是谁家的家属来看望了，在座的一看不是自己的子女，失望地低下了头。

顾晟玉看到了老人们眼里的期盼，突然觉得鼻子一酸，眼泪差点掉了下来。她心里想着以后一定找机会来看看老人们。

贾璞带着顾晟玉上了三楼的一间房子里，房间里的设备简单舒适，一进门处的右手边是卫生间，对面一张单人床，两个床头柜，一个衣柜。靠东边是个小餐桌，靠西边的一个角里摆着佛龛，佛龛里的观世音菩萨慈眉善目，仿佛正在拯救着人间疾苦，佛龛下有个莲花蒲团，一看就知道经常有人在这里参拜。

贾璞拉着顾晟玉坐到了小餐桌边，有个护工送进来两个精致的凉拌菜，一律的绿色蔬菜。

贾璞叫那个护工杨姐，杨姐看看顾晟玉，又看看贾璞，笑着说："姑娘啊，这两个小菜是杨姐亲手拌的，是咱们自己种的绿色蔬菜，比外面那些打了农药的蔬菜安全多了。"

一会儿，杨姐又送来了两碗香菇素面，顾晟玉看着香菇素面，想起来初见贾璞的情景，她的目光正好和贾璞温柔的注视相交，贾璞一手握着顾晟玉的手，一手拿起筷子，一口一口喂顾晟玉吃饭。

看着贾璞爱护的、轻柔的动作，顾晟玉心里弥漫着甜蜜的温暖，她想起"执子之手，与子偕老"这句话，在顾晟玉的潜意识里，以前对爱情的概念就这样一霎那清晰了，她就是要这样的爱情。相爱的两个人，一起相依相伴，直到白头。

一顿晚餐，没有浪漫的烛光，没有豪华的殿堂，在这样一个简陋温馨的小屋里，顾晟玉却认为自己是这个世界上最幸福的女人。

在顾晟玉的示意下，贾璞简单地吃了点，这时候杨姐过来收拾东西，看到贾璞还握着顾晟玉的手，杨姐的眼里闪过一丝晶莹的东西。

贾璞拉着顾晟玉的手，又从衣柜里拿出一样东西放在包里，然后就带顾晟玉离开，他们来到一楼的时候，发现几个穿着白衣服的护工正在给老人们分发小点心，顾晟玉想大概是刚才贾璞拿来的小吃。

顾晟玉就这样一直被贾璞拉着手到了后院的假山，贾璞仿佛在假山边找什么东西，一会儿看看草坪，一会儿看看假山，然后又是吹口哨又是跺脚的。顾晟玉看到他滑稽的样子，正想笑出声来，却见假山的石头夹缝里跑出一只小白兔。

顾晟玉想起了草原上的事情，她开心地问贾璞：“是那只小白兔，对不对?”贾璞点了点头：“你走后，小白兔的伤还没有好，我只能带它来到这里，后来伤好了，我看它也挺习惯这里的生活，就留下了，看着小白兔，也能想起和你在一起的日子。”

顾晟玉看到贾璞可爱的样子，轻轻地在他的脸上吻了一下。

“我让你偷袭!”贾璞一把抱住顾晟玉，把多日的思念源源不断地用热吻传递到了顾晟玉的心里。

他们从黄昏一直吻到华灯初上，贾璞把已经娇喘吁吁的顾晟玉抱起来，放到了不远处的条椅上，星星在他们的头顶闪闪地笑着，月亮挂上了远处的树梢，两人就这样依偎着，贾璞向顾晟玉讲诉了这个老人院的故事。

贾璞的母亲是个虔诚的佛教徒，经常和居士们参加一些慈善活动，自从父亲投资了蒙古这个项目后，母亲也过来几次，去年端午节到这个老人院送粽子，母亲就喜欢上了这里，这里比豪华的五星级大酒店清静多了，她在这里保留了一个房间，每次来，都要给这里的 98 位老人每人带一份礼物。贾璞每次回来，只要母亲在，他就过来陪陪母亲。

贾璞听杨姐说这里的老人有个很奇怪的现象，只要是夫妻俩住着的，老人们就长寿，奇怪的是有几对老人在他们的老伴去世的时候，另一半在一周之内也跟着去了，让人觉得又感动又惋惜。

顾晟玉听到这个故事，从贾璞怀里爬起来就要去见见这些长寿鸳鸯。

贾璞怜爱地拉起顾晟玉，又和她返回到楼里，找到杨姐，杨姐把他们领到了二楼的一个单间里，说这两位老人是赵大爷和赵大娘，两人的年龄加起来已经快到 200 岁了。他俩无论从思维还是听觉都能和人正常沟通。顾晟玉和贾璞看到这两位老人正手拉手斜靠在床上闭目养神。

赵大娘看到顾晟玉，表情像小孩子一样快乐起来，她的头发银白银白的，稀稀拉拉的头发拢在一起梳着个小髻，皮肤很白，没有戴假牙，笑的时候在嘴角和眼角堆起一圈一圈的皱纹。赵大娘伸出树皮一样的手指，拉着顾晟玉坐到了自己的身边，一个劲儿地说："漂亮女孩子、漂亮女孩子!"

顾晟玉看赵大娘的脸型轮廓，想到她年轻的时候一定也很漂亮，她也开心地说："赵大娘漂亮!"

赵大娘一下子乐得前仰后翻，赵大爷从背后扶了一把，责怪道："小心闪了老腰!"赵大娘马上不乐意地轻拍了赵大爷一下："死不了，还能动呢!"赵大爷则一脸无奈："好，好，你爱怎样就怎样!"说完了和大家无奈地笑笑。

顾晟玉看到赵大爷和赵大娘听力还可以，她想象中赵大娘和赵大爷应该非常恩爱，没想到也吵架呢!

顾晟玉好奇地问赵大娘："您和赵大爷是自由恋爱结婚的吗?"赵大娘小嘴一撇："如果自由恋爱才不找他呢，他那么丑。"

赵大爷这时也反击："那时候我打仗回来，是谁送了我 12 双鞋子的? 要不是每天穿着你做的鞋子，我才不会想起你!"

赵大娘也仿佛回到了过去："谁叫你在我家后院唱歌呢? 比狼叫还难听!"

赵大爷的眼神一亮，接着就哼唱出一曲江南小调，词听不明白，只听得是哥哥妹妹的，赵大娘也跟着哼唱起来。两位老人的思绪沉浸在他们那个青春美好的年代。

顾晟玉等他们唱完了，开始逗赵大娘："看赵大爷对你多好!"

"好啥呀，他老气我，还娶过小老婆!"赵大娘马上委屈地说。

"小老婆不好，还是你对我最好!"赵大爷伸出皱巴巴的手，摸了一下赵大娘那稀稀拉拉的白发，一脸讨好地说。

赵大娘嗔怪地把赵大爷的手打开，脸上却又露出孩子般的笑容，她轻轻抚摸着赵大爷略显消瘦的肩膀，将头靠了上去。两个相濡以沫的老人，组成了顾晟玉心里最美的爱情画卷。

在顾晟玉看来，两位老人并不是她想象的杨过小龙女一样忠贞不渝的神仙眷侣，而是在岁月的蹉跎中相互宽容、相互扶持走过来的，她心中理想主义的毛病今天在这里被小小地震撼了一下。

他们看到赵大爷和赵大娘依偎在一起，不想过多打扰老人的休息，顾晟玉翻了一下手包，没有什么可以送给老人的实质性东西，就拿出1000元钱，轻轻放到了老人的身边。她明知道老人最需要的不是金钱，但眼下她的包里只剩下钱了，今天用在了老人这里，她觉得钱这样用起来也很值。

顾晟玉轻轻拉起贾璞的手，再次默默祝福这对鸳鸯相伴永远。然后和贾璞轻轻地走出了老人的房间。

在回去的路上，贾璞对顾晟玉更怜惜了，这样一个花容月貌的女子，来到老人院没有表现出一丝的厌烦情绪，反而还和老人进行了有趣的交流，这样有爱心的女子，是值得自己用心去爱一辈子的。

顾晟玉也对贾璞有了更深一层次的了解，其实说准确点就是贾璞用行为验证了自己对他的感觉。

她想到初见贾璞的时候，在那样一个深夜，自己竟然毫不设防地把贾璞带回了蒙古包里，她不禁轻轻笑了起来。

顾晟玉的直觉是非常敏锐的，她经常对自己的这种能力很奇怪，如果她对一个人有好感，在以后接触的过程中也一定能证明她的感觉是非常正确的。如果她感觉一个人很别扭，那这个人肯定会表现出一些让大家厌烦的行为。

她有时候听到同学评论自己傻傻的，但是却从没有做出过真正的傻事，反而那些大家以为很聪明的人，最后逐渐地在朋友中暴露出了一些性格缺陷。这些令大家百思不得其解的问题，说到底大概都是自己的直觉帮了忙。

贾璞也在想他们初见时的情景，两人心有灵犀，相视一笑，暖暖地享受着彼此的爱意。

顾晟玉看着时间快到10点了，爸爸妈妈肯定又在等她了，她和贾璞依依不舍地在车里吻别，贾璞开车回到了酒店。

田野今天值班，他借着值班巡查来到了图雅的宿舍，图雅厌恶地躲开了田野的视线，这几天她也和服务员们打听过田野，也知道了他的底细，简直就是个禽兽！被他骗过的姑娘有的是为了图财，有的是为了图利，结果什么也没图着，被田野白白玩过了就完事，图雅决定以后再不和这个流氓扯上半点关系。

但是田野做人卑鄙，自有他卑鄙的道理，他迷倒图雅后，在图雅的手机上发现拨出电话为“大表姐”的电话号码很熟悉，用自己的手机一检查，竟然是顾晟玉的号码。

这个发现让他心里很不平静，他想这个图雅肯定和顾晟玉有关系，今天他看图雅不答理他，就低声威胁道：“你如果再这样，我就让你和顾晟玉的事情曝光!”

图雅答应过表姐要保密的，毕竟是女孩子，被田野这么一威胁，心里还是慌了。

田野从图雅的表情上得到了确认，顾晟玉的确和图雅有关系。

这时候田野却温柔地安慰图雅：“别紧张，我不会害你的，只要你乖乖地听话，你想要的东西田哥全部满足你!”

图雅不想让自己的事情弄得满城风雨，她更不想让表姐知道自己栽在了田野的魔爪下，她强忍着愤怒问田野：“你想怎么做?”

田野把门一反锁，直接就对图雅进行了又一次的强暴。

图雅慢慢穿起零乱的衣衫，面对田野的无耻，她感觉到了麻木。田野一脸满足地走了，图雅一个人心乱如麻地在宿舍哭泣着。

田野从图雅的房间里出来后，觉得自己最近的信息量少了点，好像是何文走了的缘故吧，这个小子，倒还真帮了自己不少忙，不过现在走了正是时候，所谓的夜长梦多，何文知道自己的事情太多了终究不是好事，现在他正在琢磨把图雅变成自己的第二个情报站。

自从何文突然辞职后，凤展觉得自己好像被人愚弄了似的，消防的事情田野一直拖着，酒店就这样莫名其妙被消防查了一下，又莫名其妙地停下了，她觉得无论这次消防检查的结果如何，酒店有人捣鬼是一定的，何文是一个重要的线索，在这个关键的时候辞职，一定有着不可告人的目的。

这几天凤展也在找何文，她首先向人力资源部要了何文老家地址，又向几个亲近的服务员打听何文的去向。

小高也知道了何文突然辞职的事情，他想起席晓宇和何文见过面，于是就把席晓宇叫来，仔细询问情况。

席晓宇和何文住一个宿舍，前几天何文急匆匆地要席晓宇把他换洗的衣服拿几件，还向席晓宇借了300元钱，说是有急事要请几天假，谁知道就辞职了。席晓宇还向小高透露，何文喜欢窥探酒店重要客人和老总、部门经理们的秘密，今年和田野走得比较近，田野经常送给何文一些高档烟酒，小高安顿席晓宇如果何文再联系他就通知小高，席晓宇答应着走了。

小高一个人在办公室里沉思，田野一直想搞垮顾晟玉和凤展，如果这次消防检查的事情和田野有关，那么何文在里面一定扮演着一个重要的角色，找到何文，就能找到田野阴谋的证据。

对于何文的问题，顾晟玉一直坚持报警，但是凤展觉得不到万不得已，还是先不要选择报警。因为一些证据已经破坏，只要找到何文，事情就有了眉目。

现在何文成了众矢之的，田野也觉察到顾晟玉和凤展最近的行动在针对何文，心想就两个女人，能搞出什么事情来，他给何文打了个电话，要他最近躲躲风头，何文要求和他见面，田野约了一个茶吧，何文见到田野后，询问下一步怎么办，田野给何文拿出1000元，要他先躲起来，等事情处理完了，他再给何文介绍一个别的工作。他看到何文为难的样子，不耐烦地又从钱包里拿出几张钞票塞给了何文。

说来也巧，小高这个时候正和顾晟玉在茶楼旁的玉海大酒店应邀做完客房培训交流，看到田野和何文出了茶楼，顾晟玉正要出去叫住他们，被小高及时拉住了。

他们等田野开车走后，小高让顾晟玉先回酒店，自己跟着何文到了一个公交车站，小高叫住何文，问他干什么去，是不是有了好的去处了，何文平时对小高印象挺好的，他就告诉小高自己早就不想在酒店干了。

小高问他下一步怎么打算，何文说暂时先找个住的地方，再慢慢地解决工作的问题。

小高从席晓宇那里知道何文家境贫寒，就问他愿不愿意去自己一个朋友那里帮忙，虽然说环境不如五星级酒店，不过待遇还不错。如果愿意，住的问题也不用担心，那里一起解决。还叫何文放心，他不会和酒店的人说出何文的动向。

何文想想就田野的1000多元也解决不了大问题，他在酒店好几年了，对小高的为人很放心，离开阿兰希酒店，也是个不错的选择，就把电话号码给小高，小高也把他自己的电话和朋友的电话给了何文，要何文直接去找自己的朋友就行。

小高把何文安顿好以后，给朋友王潇打了个电话，告诉他何文的情况，王潇二话没说，让何文直接去上班。

小高回到酒店后去顾晟玉的办公室坐了一会儿，告诉她何文的事情最好暂时保密，因为现在酒店除了那个录像外，没有别的证据，只有何文自己站出来，事情才能有转机。

顾晟玉看小高办事情很缜密，也就没有说什么，答应对这个事情保密。

小高看着顾晟玉神采飞扬的眼睛，想说什么，迟疑了一下，最后还是告辞走人了。

顾晟玉看着小高欲言又止的样子，心里好像明白了什么，最近自己在恋爱中，她能读懂男人眼睛里的东西，但是她一直告诫自己不搞办公室恋情，所以对同事，她就从没有动过这方面的念头。面对小高的关心，她心里感觉很抱歉。

贾璞这一周都在陪顾晟玉，一下班的顾晟玉就像只甜蜜的小鸟，迫不及待地飞向贾璞的怀抱。

他们就像初恋的情侣，喜欢在公园散步，喜欢看电影，喜欢喝茶，要不就开车兜风，总之她和贾璞的每一个活动项目都是那么兴高采烈，爱情让她变得像个活泼的少女，如果不了解的人，谁也看不出这个纯情的少女竟然是五星级大酒店的总经理。

贾璞把顾晟玉送回家后就回到了酒店，下周一要去工地，贾璞计划这几天好好陪陪顾晟玉。

在酒店的大堂里，田野正在值班，他看到贾璞突然一激灵，这不是田雷录像里的那个人吗?

这时候贾璞正在给房卡补磁，田野看了下房号：931，是商务套间。

他让服务员调出客人的入住记录，最近这个客人都在这里入住。

田野晃着明晃晃的肉头，小眼睛一眨吧，给夜总会的经理打了个电话。

一会儿，夜总会的小姐就来到931房间敲门，贾璞正在和顾晟玉发短信，听到敲门声也没理会，接着房间电话响了，一位娇滴滴的声音传过来：“大哥啊，寂寞吗？小妹来给你跳段舞蹈好吗？”贾璞没吱声，直接挂掉了电话。

第二天田野在中餐巡查的时候看到了贾璞在吃早餐，正好是图雅值班，他看见图雅和贾璞打招呼，还很熟络的样子，就问图雅：“你认识这个人？”图雅含糊地点了点头，田野让图雅帮他个忙，只要把这个客人引出酒店就行，其他的不要管。

图雅这段时间又被田野叫去了几次，每次回来她都伤心落泪，以前自己羡慕大城市的繁华，可现在，她真的很想回草原，很想回度假村。

这个单纯的草原姑娘在人生的第一站就尝到了繁华都市里的苦果，现实和她想象的太远了。

现在看田野要挟她，她厌烦地把脸扭了过去，田野看她身边没人，就威胁说：“如果你不帮我这个忙，那么以后你别想让顾晟玉给你任何机会！”

图雅现在已经是这个样子了，她不想再让表姐为自己分心，不就是把贾璞叫出来吗？她虽然觉得有点对不住贾璞，但觉得也没伤害他什么，就答应了田野。

贾璞吃完早餐，回到房间准备整理一下工地上的材料，这个时候听见敲门声也没理，敲门声还在执拗地继续，贾璞从猫眼里看到是图雅，就把门打开了，图雅对贾璞笑笑，说姐姐有事情找他，在酒店停车场东边，说完就下楼了。

贾璞也没多想，直接到了停车场东边，却见一个衣着暴露的女子扑上来就抱住了贾璞，接着两人都被拉进了一辆黑色的别克轿车中。

躲在远处的图雅看到这一幕，心里想自己这下完了，把贾璞害了。连忙跑回了宿舍，一个人提心吊胆地在屋里乱想。

贾璞看到三个男人控制住了自己，他冷静地问：“你们想怎么样？”

其中一个狞笑着说：“是你自己多管闲事在先，就别怪我们不客气了！咱们找个地方说话。”

贾璞被几个人前后簇拥着到了一个光线暗淡的房间里，然后感觉眼前一黑，就失去了知觉。

等到他醒来的时候，发现被关在了一个类似于仓库的小屋子里，他双手反扣被绑在了一把破椅子上，窗户外面被一些木头板子挡着，他使劲冲房门喊："放我出去！放我出去！"

门外一个沉闷的声音喝道："老实点！再乱动老子不客气了！"

贾璞一看外面有人把守着，就说："你们想怎么样？"门外的声音应着："少废话，是不是嫌命长呢？"

大概过了半个多小时，贾璞听见有人在外面说："你不是很喜欢收集别人的隐私吗？老子今天也给你收集了好几个。"

贾璞想起视频的事情，一摸衣兜，才发现下楼的时候忘记带手机了，他忍住怒气问："你们知不知道这样是犯法的？"

门外的人哈哈笑着："你那样也不合法呀，坏老子的事情，你要再敢拿那些视频出来，老子把你那些风流艳照放网站上，让全国人民欣赏！"

贾璞对这些人的来历心里明白了七之八九，他厉声问道："你们想怎么样？"

"怎么样？住得起阿兰希酒店，就不知道给弟兄们打点一下？一句话，50万，你坏了别人好事，现在你的证据也掌握在我们手里，两下抵消，破财消灾。"

贾璞鄙夷地说："你们想得倒美！"

外面的人不急不慌地说："你先想着，啥时候想通了，老子们再来。"接着又听见他吩咐看管的人："好好看着，不准给吃东西喝水，直到他答应为止！"接着就听见一阵逐渐远去的脚步声。

贾璞越听外面那个说话声音好像在哪里听过，想起视频的事情，他一下子明白了，这个人就是阿兰希大酒店的副总经理田野！

田野这个时候正在和一个叫三儿的黑社会小头目在车里商谈，准备这50万元到手了五五分成，三儿觉得田野还是太黑了点，弟兄们冒了这么大的险，从国际大酒店把人质绑了来，你就这么打发了啊？

三儿正在沉默不语，这时候电话响了，老大要三儿立即去解决一个800万元的借贷纠纷，成了三儿拿30万元，他为难地看着田野：“按理说咱们这事我得罩着，可是老大那里急着叫我，这里我得撤了，你再找个合适的人看着吧！如果需要，你及时给我打电话。”

田野一看三儿要撤，心想：“老子这回就自己拿这50万元，你撤了也好。”

田野想到了游荡在外面的何文，他拨通了何文的电话，何文正好休息，听到田野要他到个地方发财，以为田野大发慈悲了，他立即按照田野的指示到了郊外国道附近一个废弃的仓库，三儿他们看到何文来了，跟田野打了个招呼就撤了，何文才明白要他在这里看管一个什么人。

田野问何文：“这段时间你在哪里躲了？”何文撒了个谎：“在一家小旅馆里住着，也不敢抛头露面。”

田野拍了拍何文：“这回你小子要发大财了，这个人得罪了哥哥，弄50万元回来，哥一定不会亏待你！好好看着他，听哥哥的指示办事。”

说完田野又到了门前对贾璞说：“你最好识相点，赶快叫人准备钱！老子可没那么多耐心！”他又对何文说：“这里有电话，他想通了就拿这个电话通话！妈的，小子出门连电话都不带！他电话里有哥们儿要的东西呢！”

田野在门外等了一会儿，看贾璞没动静，就到车里养神，何文站在门外看守着屋里这个人。

这个时候何文一看让自己参与了绑架的行为，心里就不免七上八下，平时在酒店收集客人的隐私虽然见不得光，但也不至于犯法，破坏消防设备的事情已经让自己无家可归了，现在在这里看管起人质来，万一出什么问题，想想田野的人品，那自己以后就彻底没退路了。

中午过去了，田野从车里拿了些吃的给何文，还特意安顿：“别给里面的人吃东西喝水，什么时候他答应那50万元了再说。”

也不知道过了多长时间，贾璞觉得外面的光线逐渐暗了下来，他向外面喊道：“我知道你是田野，你处处陷害别人，不会有好下场的！我就是死也不会让你得逞的！你们密谋破坏消防设备，早就犯法了！现在就有人追查你，你再绑架人质，查出来别说酒店副总你做不了，坐牢你都罪不可恕!”

何文听到里面的人知道了田野的身份，又想到连消防的事情他也知道，心里不免慌乱了起来。

天完全黑下来了，贾璞在里面动静越来越小，田野看贾璞还不求饶，烦躁地咒骂着，吩咐何文好好看管，自己出去弄点吃的。

田野走后，何文好奇地想看看究竟是什么人知道了消防的事情，他开了门把灯打开，一看是贾璞，吓了一跳，他在阿兰希酒店见过贾璞，知道他是贾锡正的儿子。

何文惊讶地说：“你怎么被田野绑了?”贾璞看何文好像认识自己的样子，就把田野和田雷密谋的事情简单地说了一下。

何文怎么也没想到田野绑架了贾锡正的儿子，他就是有一百个胆也不敢再关押贾璞了。万一贾璞有个三长两短，别说自己，就是田野这辈子也别想再见天日了。

何文急的在地上转来转去，他最后把心一横，干脆豁出去了，他几下解开贾璞的绳子，放贾璞出了仓库。

贾璞要何文和自己一起走，何文说他有办法，让贾璞快走，贾璞问了何文的名字，被何文催促着逃走了。

田野回来后看到仓库门大开着，何文倒在门外，绑贾璞的破椅子扔在何文头顶不远处，贾璞早已经不知去向。

他一边气得跺脚大骂，一边踢着何文的身体，何文悠悠醒来，说里面那个人不知道怎么就出来了，把自己砸晕后跑了。

田野大骂何文不中用，发誓不报此仇、誓不为人。

他看何文还在那里杵着，气得又踢了何文--脚，开着车绝尘而去。

何文捂着被自己打伤的头部，一个人慢慢走向国道，心里却在庆幸事情就这样结束了，他一边慢慢走，一边想着以后怎么和田野把关系断了，他再也不想过这种提心吊胆的日子了。

第五章　所谓的背叛

田野和田雷这几天心里也很不安，他们精心设计的阴谋被贾璞搅了局，如果按常规结案，田野又不甘心，不按常规结案，这个案子再拖下去，怕出什么风声，弄大了也不好收场。

田野这几天查了一下住客情况，931 的客人退房后再没入住，他估计客人被吓跑了。

如果这个客人识相，真的吓跑的话，那么他就可以和田雷结案，然后自己再以功臣的名义在酒店大做宣传了。

田野拨了田雷的电话号码，告诉他今天市委在阿兰希酒店有个接待会议，云书记要来，顾晟玉到时候肯定迎接、陪同，这个时候去搅一下局，她脸皮薄，肯定受不了，虽然消防的计划没成功，但是让这个丫头受点窝囊气，知难而退也不错。

顾晟玉正在和凤展合计今天云书记到酒店的事情，一想到要应酬云书记的酒文化，顾晟玉就开始头疼，今天一连接待三个重要会议，虽然说三个老总分头盯着，再加上杂七杂八的事情，一天下来已经很累了，晚上还要见这样的重量级上帝，顾晟玉马上就是一脸痛苦的表情。

凤展笑着调侃："酒店四个老总，有三个是女人，这回让分管营销的赵总和你一起去，上次她不在，以赵总的口才和看风使舵的手腕，云书记一定满意。”

顾晟玉想到赵总，心里感觉还是不如凤展踏实，她建议凤展和赵总一起去，给云书记撒个谎说自己在外地，云书记大概就不会追究了。

凤展合计了一下，觉得也行，两个副总陪同一个市委书记，应该不会失礼了。

云书记一行说到就到，凤展和赵总叫了几个部门经理，又是一场宏大的阵容列队迎接，云书记和大家一一握手，发现顾晟玉不在，脸上的表情一沉问：“小顾忙什么呢？”凤展和赵总一起解释说：“前两天在T市开一个电力公司的三产经营会议，还没有回来。”

云书记见两位副总这样说，也就作罢，想到顾晟玉上次在自己这个市委书记面前解释的天地相合，心里有点遗憾地去了餐厅。

在酒店一楼大堂，消防人员一阵嘈杂地走过，田雷一边走一边大声喧哗：“这叫什么管理，五星级大酒店连个懂法的人也没有？”大堂值班经理陈舒一个劲儿地让他们到休闲区等一下，她正在联系老总。

陈舒把电话打到了顾晟玉的手机上，顾晟玉正在办公室看文件，听说消防支队的人又在大厅找事，想到赵总和凤展在陪云书记，就给田野打了个电话，约他一起到大堂处理消防的事情。

田野以为顾晟玉在陪云书记吃饭，就专门把自己的解决意见和顾晟玉往详细了说，听顾晟玉在电话里对自己的建议还不住地询问，而且毫不避讳地说和他一起去处理，田野狞笑着心说“一会儿有好戏给你看了”。

顾晟玉先田野一步到了大堂，她看见田雷黑着脸，满身杀气地站在休闲区前边的假山水池边，看到顾晟玉走过去，田雷也不理不睬，顾晟玉也不理他，往田雷面前一站，平静地问：“今天田队长到这里有什么指教呢？”田雷扯着嗓子说：“上次的事情你们准备怎么处理？拖能解决问题吗？过了我们的时效期不解决，我就起诉你们，到时候媒体一曝光，你们要处理的事情恐怕会更多。”顾晟玉微微一笑：“田野副总不是已经和您在处理吗？最后的处理结果是什么？”

正说着，田野快步走了过来，他一见田雷，赶紧双手握上去：“田队长辛苦了，我还正计划明天去找您呢，看这，让您还得亲自来一趟。”

顾晟玉看见田野这个时候来，心里有一些不悦，心里想着消防的事情本来就有人陷害，上次让贾璞把他们打发走了，今天不知道他们又要什么花招，可惜贾璞没有告诉自己他到底和田雷说了什么。

田雷还在那里很嚣张地质问酒店的办事效率，顾晟玉见状也生气了，她严肃地说：“希望你们尽快出台处理意见，如果我们不服，也是可以上诉的。”

田雷一脸狞笑地说：“别他妈在这里装什么五星级总经理，那个替你说话的人现在还满身鸡屎，不知道在哪里销魂呢。”顾晟玉听出来他是指贾璞，心里的气就不打一处来，田雷把自己的手机打开找了个视频给田野看，田野顺手拿过在顾晟玉眼前看了起来，顾晟玉只看到一对男女缠绕在一起，至于是谁根本没看清楚，她厌恶地移开了视线。

田野这个时候惊讶地说：“这不是上次阻挠田队长执法的那个人吗？在哪里销魂让您给看见了？”

顾晟玉听见田野这么说心里一惊，她移过视线一看，果然是贾璞，他闭着眼睛，任由那个女人在他身上缠绕，还很享受的样子。

顾晟玉的心彻底崩溃了，她这几天很少接到贾璞的电话，原本以为他很忙的，没想到是干这些勾当去了，她心里对贾璞又惊又恨，眼泪都快掉下来了，根本没意识到在这几个人面前失了态。

田野对顾晟玉的表情很是不解，就这么个视频，不至于让顾晟玉如此花容失色吧，他哪里知道顾晟玉这几天正和贾璞热恋呢。

顾晟玉经过一阵晕眩，好不容易回过神来，她强忍着眼泪，厉声问田雷：“你什么意思？”

田雷狞笑着：“也没什么意思，以其人之道还治其人之身。”

顾晟玉鄙夷地说：“我们在处理酒店的事情，跟这个人有什么关系?！你只管拿你们的处理意见，我奉陪到底！”说完强忍着痛苦转身就走。

田野和田雷看到顾晟玉这个样子，心里很是得意，他们没想到这个丫头这么经不住折磨，心想看你还怎么去陪什么市委书记，先搅了你的局再说。

田野和田雷又低声交换了下意见，然后目送这帮人扬长而去。脸上浮上了几丝得意的狞笑。

顾晟玉坐在办公室里，心里的痛彻底把自己打乱了，她一个劲儿地流着眼泪，以前本来还认为贾璞不同于那些富二代或者是花花公子，现在看来也不例外，他们有机会做各种各样肮脏下流的事情，也有机会在阳光下把自己打扮的绅士一般有涵养。

自己只不过接受了他阳光下的一面，却以为接受了全部!

女人在受到感情的伤害的时候是没有理智的，顾晟玉闭着眼睛，想象的全是贾璞的背叛，全是自己被欺骗的样子，越是这样想，眼泪越是止不住，越是止不住眼泪，她就觉得自己越伤心。

也不知道过了多长时间，贾璞的电话过来了，顾晟玉看着这个电话，生气地把手机摔在了一边，心里想着以后再也不要和这个人有任何联系。

凤展从云书记的宴席上告辞出来后，给顾晟玉打了个电话，顾晟玉现在谁也不想见，她也不接凤展的电话，一个人呆呆地流着眼泪。

眼看着快到10点了，顾晟玉这才收拾了一下满脸的泪痕，准备回家，一出办公室的门，他看到小高正在不远处，很关心地朝她看来，顾晟玉和小高点了点头，也不说话，步履踉跄地往电梯门口走。

小高看到顾晟玉虚弱的样子，几步赶上来，看她是不是哪里不舒服，结果顾晟玉脚下一软，顺着电梯间的墙就倒了下来，小高一步冲上去，把顾晟玉扶了起来。

楼层当班的服务员杨萍看顾晟玉晕倒了，也连忙过来帮忙，两个人架着顾晟玉从大堂出去的时候，正好遇到云书记一行吃完饭离店，云书记一眼就认出被架着的人是顾晟玉，想到酒店两个副总说顾晟玉在外地开会的借口，心里不免产生了好多想法。

赵总和凤展也不知道是怎么回事，这个时候看到云书记的脸色，她俩尴尬地站在那里，幸亏赵总反应快：“顾总大概刚回来，是不是生病了?”

这个时候田野还在大堂，他也站在了为云书记送行的队伍中，田野和赵总说：“不是生病了，大概是喝醉了。”云书记听到这话脸沉似水，凤展的一双凤眼都快喷出火来似的看着田野。

田野则一脸幸灾乐祸的笑容，心想：“今天的目的总算达到了。”

顾晟玉被直接送到了医院急诊，值班大夫看了看顾晟玉的情况，诊断为劳累型休克，先补充点液体，建议多休息，少受刺激。

顾晟玉这个时候也醒过来了，她看到小高和杨萍陪在身边，自己躺在病床上挂吊瓶，心里想：“今天的事情动静大了！”就挣扎着要下床，被小高坚决制止了。

小高看到顾晟玉红肿的眼睛，知道是哭过，心里想着是不是顾晟玉出什么事情了，要不怎么能伤心成这个样子。

他关心地说：“你都虚弱成这样了，还是听大夫的话，休息一下，补充点液体。”

顾晟玉想起来到现在也没吃晚饭，也没给家里面打电话，她拿起电话告诉爸妈不用等她了，晚上和同事们有个活动，回家要晚一些。

然后看到手机上有45个未接来电，打开一看，除了凤展的一个电话，剩下的44个未接全是贾璞的来电。她看了一眼，把电话放在了身边。

凤展这个时候送走了云市长，她赶忙给小高打电话问询顾晟玉的情况，小高说是劳累过度，正在医院打点滴，打完后直接回家。凤展又和顾晟玉安顿了几句，这才放心回家了。

贾璞的电话还在不住地打进来，顾晟玉也没理会，任由电话响着。

小高看到顾晟玉的神色，心想大概和男朋友吵架了。他在心里骂了对方一句：“这么好的女孩子不知道珍惜，如果是我，绝对不会让她受半点委屈！”

顾晟玉还是不接贾璞的电话，小高看在眼里，示意她接听一下，顾晟玉把电话给了小高，让小高接听，小高拿来一看，电话的名字是小白兔，他看到这么亲昵的名字心里就冒火，心想我们把顾晟玉当女神供着，你却这么不珍惜，今天一定不要你好看！

他接通电话，也不等对方说话，直接冲着电话说：“顾晟玉现在不方便接电话，以后有什么事情，直接和我说。”

贾璞听到一个男人接听电话，态度还不是很友好。就问：“你是哪一位啊？”小高也没好气地回答：“我是顾晟玉让接电话的那位。”贾璞听着电话声音，心里纳闷着，想到在酒店被算计的事情，是不是顾晟玉知道什么了，他想在电话里想询问什么，却又没法说，只好先挂了电话。

顾晟玉看到小高接电话的样子很好笑，想说什么，却又无法表达，她最后只说了句：“谢谢！”

小高得到顾晟玉的肯定，近日来心里的伤口又被撕裂了，他轻轻地叹了口气，走到病房外冷静头脑去了。

杨萍劝顾晟玉好好躺着别费神，借打点滴的机会先休息一下，然后就不说话了，静静地看着顾晟玉，心里想着造物主真会眷顾这个女子，就是生病的样子也楚楚可怜，转念一想，这样一个娇弱的身躯，每天还要处理酒店那么多的事务，这个顾总的忍耐力是非常强大的，再想想酒店最近的事务处理的井井有条，各个部门的效率也提高了不少，尤其是顾总年轻、谦虚，能和他们这些一线的服务员很好地沟通，大家开始打心眼里喜欢这个老总了。

小高整理好自己的思绪，从门外走了回来，他也不多说话，坐在椅子上静静地看着液体缓缓滴落在输液器里。心里却在享受着照顾自己心爱的女人的甜蜜感觉，自打他从妈妈那里知道顾晟玉的事情后，就觉得自己这辈子只要有机会，就一定要让自己心里的女神开心快乐。

液体很快滴完了，小高和杨萍把顾晟玉护送回家，顾晟玉的爸爸妈妈看到女儿被同事送回来，也就没多说什么，送走小高和杨萍，就安顿顾晟玉休息了。

顾晟玉躺到床上，看到贾璞发过来的短信：“晟玉，是不是发生了什么事情了？我现在正在处理一些工作，有什么事情一定要和我说明白，你一定要记住：我爱你！等我回来。”

顾晟玉看到贾璞的短信，眼泪再次喷涌而出，这个口口声声说爱自己的男人，身体却在外面出轨，在顾晟玉的认识里，爱情应该是纯洁的、美好的，没想到一开始就是背叛。想想贾璞和自己的一场场相遇，记忆越深的，伤心也越深。

顾晟玉没有理睬贾璞的短信，她觉得头痛欲裂，就在迷迷糊糊中睡去了。

第二天顾晟玉是被妈妈叫起来的，她只感觉浑身酸痛，头晕晕的。妈妈要她去医院看看，发烧挺严重的。顾晟玉坚持着要去上班，没想到一起床就开始晕眩，只好躺了下来，她给凤展打了个电话，让凤展主持一下会议，自己先休一天病假。

只要是凤展主持会议，田野就有各种理由来搅局，今天客房部有两个房间是维修房，查看记录是背景音乐没有修好，仅仅因为背景音乐维修的问题就报维修房，这对于紧张的客情来说无疑是浪费资源，凤展在这个话题上多说了两句，言外之意是指工程部维修不到位，田野分管工程部，他直接对客房部高总监发难："客人退房后服务员也不关掉背景音乐开关，老开着，不坏才怪，如果使用不合理，那我们一天啥也别干了，就在维修背景音乐上转悠吧！"

高总监表示开完会后马上和工程部联系处理好，加强客房管理，他不想和田野在晨会上争辩，把话题转到了最近的计划卫生方面。

凤展心里惦记着消防的事情，她派出去的人对何文家里有了个了解，他家里只有老娘和上高中的妹妹，何文并没有回老家去，问了几个何文关系近点的同事，也没有何文最近的消息。

说来也巧，凤展为何文的事情大费脑筋的时候，客房主管孙湄告诉她何文在一家生态园打工，她是在那里吃饭无意中发现的。

这个消息对于凤展来说太及时了，她想到顾晟玉还在生病，没有拿这些事情打扰她，约了孙湄就去玉箫生态园了解情况。

到生态园的时候，何文正在那里帮园艺师傅打理生态园的植物，没注意到身后已经站了两个人。

他一看到凤展，心里就慌了，像个等待处罚的孩子似的杵在那里，凤展把何文叫到生态园外面，她开门见山地说："我找你是为了酒店消防设施被破坏的事情。你也别想着逃跑，你家人已经被我们安排好了，如果你不想让她们担心，就好好配合我们的工作。"

何文是知道凤展的厉害的，而且也听说过凤展的另一个身份，他一听家人被安排好了，知道这一劫是逃不过去了，他开始央求凤展放过他，因为家人都需要他照顾。

凤展不置可否，只是问何文为什么要这样做，何文说都是田野利用自己做的，破坏消防设施的时候，他们做了周密的计划，何文准备好器具后，趁行李员中午吃饭的工夫，推着行李车到客房，用高大的行李车架把自己挡着，在摄像头的盲区，先换了消防栓，然后又用网线钳子夹断了应急灯里面的导线，这样做外面看不出导线断裂的痕迹。然后趁巡查的时候用锅炉房的铁钩子破坏了空房的烟感和喷淋装置。

客房的设备破坏后由田野联系消防支队进行突击检查，就是为了震慑顾晟玉和凤展，让她们知难而退，然后田野由酒店功臣上升到总经理位置，也算是名正言顺。

凤展听着他的这些分析，心想果然不出自己所料，就是田野在搞鬼，这些行为，简直就是小人！卑鄙龌龊！她让何文把过程详细写下来，然后等何文签了字后，让何文等候下一步的调查。她和孙湄回酒店准备在第二天的晨会上公布这件事情。

何文想到自己这一辈子可能都要陷到酒店消防和绑架贾璞这个是非中去了，他神思恍惚地回到了自己的休息间，现在给田野打电话也无济于事了，到了这种时候，田野肯定是见死不救了，家里也不能联系，那个山沟里打个电话要到 10 千米外的村子里，母亲和妹妹知道了更担心。

现在何文困在了自己的思维里，显得那么无助，最初那一念之差的时候，就应该想到自己最终的结果，何文真的没觉得事情是这么复杂，他想想田野前后利用自己做的事情，心里突然间充满了怨恨，他拨通了田野的电话，对方却迟迟没有人接。

田野正在和田雷谋划消防结案的事情，田雷的意思是就按常规结了，上级也检查不出什么问题，也能保住自己的乌纱帽。

田野在整件事情中一直没有达到预想的目的，还有点儿不甘心，看田雷要结案，心里有一万个不愿意，但是继续在这个事情上做文章也不会作出再好的结果，他和田雷商量了一下，前期的 2 万元就算是活动费用，两人平分，再向酒店收取正规处罚 2 万元。田雷说那只能开 2 万元的发票，田野听了后说回去让酒店想办法把这 2 万元让财务做成别的费用。

顾晟玉休息了一天，心里的痛还是没有平复，体温降了点，第二天一早就坚持来到了酒店，她在各个岗位上转了一圈，高总监看到顾晟玉还很虚弱，就劝她再休息一天，顾晟玉和他一起巡查了客房，客源情况很稳定，看看到开晨会的时间，她和高总监一起到了会议室。

晨会一开始，凤展就注意到顾晟玉脸色不太好，人也显得憔悴了不少，她问了下顾晟玉的身体状况，各个部门经理才知道顾晟玉是带病上班，大家纷纷劝她好好休息一下，接下来由各个营运网点汇报营运的情况，大家想到顾晟玉的身体，汇报中没什么大事情，财务、人力资源等部门也汇报无事，田野说了说消防检查处理的进度，现在好不容易和消防支队从30万元协调到罚款2万元，现在征求酒店的处理意见。

只听得凤展一阵冷笑："我这里有何文的一个口供，酒店的消防设施被人为破坏后，何文指证田野和消防支队长勾结，进行了突击检查，然后不惜损害酒店利益满足个人不可告人的目的。"接着凤展拿出何文签字的口供，正准备给大家念。

田野一听就暴跳如雷："这是什么年代，拿个口供就污蔑人？何文呢？我还要告他诬陷呢！"

凤展自信地说："何文已经被我说服，随时等待调查。"

田野拿出他一贯的无赖派头："谁知道你拿了个什么东西就说是何文的供词，我现在就不信，你把何文叫来，我和他当面对质，否则你就是诬陷！"说完气冲冲地出了会议室。

顾晟玉听到凤展说找到了何文，心想这世界还是太小了，小高那时候说时机成熟了，做好何文的工作再处理，现在让凤展找到了何文，不知道要掀起什么样的风波。就这么一个阿兰希酒店，也值得为权力和利益的纷争弄个人仰马翻，实在是太过分了。

小高这个时候一听凤展找到了何文，他和顾晟玉对视了一下，两人用眼神交流着如何处理这个棘手的问题。

正好大家也没什么事情，顾晟玉就宣布散会，接下来要调查何文的事情。

凤展一进顾晟玉的办公室，就让顾晟玉给公司党委和主管部门打电话，揭露田野的丑恶行径，因为阿兰希酒店直属于党委下的工会管理，所以酒店的重大事情一般要汇报到公司党委。

话音还没落，顾晟玉就接到党委张书记的电话：“田野向我告状了，酒店搞派系斗争，你和凤展给他安了一个莫须有的罪名，具体是怎么回事呢？现在田野要公司给他个说法。”

顾晟玉向张书记简单说了一下情况：“是酒店一个员工指证田野破坏消防器具，具体情况正在调查中，没有莫须有的罪名，也不是派系斗争，等把证人和具体事情搞明白了，我们会给公司一个回复。”

张书记让顾晟玉把这个事情在一周之内调查清楚，然后拿出解决方案。

回答完张书记的问话，顾晟玉觉得自己憋着一股莫名的怒火。卷进这场名利的争夺战中本身就有点无奈，现在每天除了加倍努力外，还要处理中间出现的这些复杂的问题，真是气死人了！

凤展还在抱怨顾晟玉对田野的事情没有给张书记一个肯定的答复：“本来就是蓄意搞破坏，你还这么姑息他！你就应该在电话里直接告诉张书记，消防检查的事情就是田野在捣乱的。”

顾晟玉对凤展找到何文的事情没有心理准备，既然在晨会上把这个事情说开了，顾晟玉决定立即处理，她对着凤展给田野打了个电话。问田野对这个事情的解释，田野在电话一头咆哮着：“就是伪证！你们随便编个什么理由就来排斥我？没那么容易！我要起诉！”顾晟玉强压着怒火对田野说：“我就是在征求你的意见，你要起诉是你的权力，我不干涉，但是我们也要对酒店这次的消防检查事件展开全面调查，也可能要经过法律程序，你那边要做好思想准备。”

田野听顾晟玉这样说，就证明自己彻底和顾晟玉、凤展撕破了脸，他气急败坏地回答：“我奉陪到底！”

顾晟玉挂了田野的电话，告诉凤展田野的态度，现在她们的首要任务是找到何文，顾晟玉担心田野对何文做出什么过激的行动。

她想给小高打个电话，可凤展一直在身边，如果让凤展知道他和小高一直知道何文的动向，以凤展的脾气，不定又翻腾出什么事情来，所以就和凤展开车去生态园找何文去了。

来到生态园后，正好王潇在大厅，看到一个绝美的女子和一位表情严厉的女士向他走来，他又定睛看了看眼前的女子，今天顾晟玉把长长的头发盘了一个发髻，整个人显得气质优雅，精明干练，王潇见两人都是神色凝重，知道有什么重要的事情，他先打了个招呼："请问两位有什么事情吗？"凤展抢先一步地说："何文在哪里？我们找他有重要的事情。"

王潇推了推自己的宽边眼镜，一脸遗憾地说："我也不知道他去了哪里，一早给我们留了个纸条就走了。"说完从自己的西服口袋里拿出了字条。

凤展看到上面写着："我知道自己犯了不可饶恕的错误。但是我实在无法面对现实，希望你们不要再找我了。"

凤展一看何文的字条，气得满脸通红，何文本来说好要去作证的，现在他走了，田野还在那里不依不饶，本来顺理成章的事情一下子仿佛陷入了泥潭，自己也落了个满身污水。

顾晟玉倒觉得何文的逃走或是出走在意料之中，她还是赞同小高的意见，让何文主动站出来指证田野，现在何文被逼跑掉了，她觉得凤展有点操之过急。

看着王潇满脸的疑问，顾晟玉和王潇解释说："我们是阿兰希大酒店的，我叫顾晟玉。这位是我们凤展副总。我们找何文有一些事情要询问。"

王潇和她们一一握手，也介绍了自己，随后又仔细看了顾晟玉一眼，想到小高就是为了这位女子在感情上越陷越深，也就理解小高的痛苦了。也难怪，这样的女子换了谁都会无法自拔的。

王潇想到了自己的伊云，念出一句："取次花丛懒回顾，半缘修道半缘君。"他作别顾晟玉和凤展，端起刚才放在竹林边桌上的一杯残酒一饮而尽，在心里默默祝福小高修得好运气。

顾晟玉和凤展出了生态园，两人坐到车里半晌说不出话来，现在事情到了这个地步，田野肯定会揪住不依不饶，凤展觉得应该有个应对办法，她正要和顾晟玉商量，看见顾晟玉很疲惫的样子，就催促她先回酒店了。

顾晟玉回到酒店，觉得头重脚轻的，连忙吃了两片药，这时候小高打电话问候顾晟玉的身体状况，顾晟玉告诉他不用担心，接着向小高讲了去找何文的结果。

小高听她说和凤展一起去找的，他安慰顾晟玉，先注意身体，他现在就联系何文，要顾晟玉等消息。

顾晟玉看到小高为了自己的事情跑前忙后的，心里很感激。不知怎么又把思绪转向了贾璞，想到贾璞的那一幕，顾晟玉的心又开始一点点地破碎。

转眼到中午了，顾晟玉也懒得去吃饭，她给凤展打了个电话，说中午不去餐厅吃饭了，想早点休息一下。然后就浑身发软地躺在床上，大脑里空空的，眼睛望着天花板，眼泪又开始不争气地流了满脸。

这时小高一个人坐在办公室里，刚才何文给他回话了，说田野也在找他，他没有回田野的电话，问小高酒店现在是什么情况。

小高把晨会上的事情告诉了何文，他要何文注意安全，不能随便出去，最好尽快到派出所投案自首，万一碰到麻烦，现在谁也帮不了他。

田野现在正疯狂地拨打何文的号码，何文一直没有回话，他一边咒骂何文，一边给黑道上的朋友三儿打了个电话，要他去何文的老家把他的妈妈和妹妹接来。接着给何文发了一条短信，告诉他已经到何文的老家找他的老妈和妹妹。

凤展现在也在计划找何文的妈妈和妹妹沟通，她知道何文不出来，光凭一纸供词是不能扳倒田野的，既然已经卷入了这场争斗，依凤展的脾气就不能罢手。她准备让何文的妈妈和妹妹出面，说服何文配合调查。

何文接到田野的短信，本来矛盾的心理现在被彻底激怒了，他知道凤展报案或者是田野对他一家的威胁都已经是定局，他决定冒险和田野、凤展做一个了断。

何文把自己收拾停当，来到了阿兰希大酒店26楼顶层，他在酒店做过保安，对酒店的每一个角落都太熟悉了，来到顶层后，他把所有通道的门都反锁了，然后站到了霓虹灯的钢梁上，拨通了田野的电话，告诉自己的位置。接着又给小高拨了电话，说自己和田野在阿兰希酒店顶层做了断。

小高一接何文的电话，急忙安顿他别做傻事，他马上到顶层去。然后又急忙给顾晟玉打了电话，告诉她何文就在顶层，要和田野做了断。

顾晟玉一听，一边急忙通知保安到顶楼集合，一边拖着虚弱的身体往顶层赶去，中间又给凤展和赵总打电话，要她们想办法做好报警和酒店安全处理。

等顾晟玉到顶楼的时候，小高已经在和何文喊话，要他冷静，有什么话好好说。

顾晟玉一看安全门被反锁，她立即通知小宋找工程部准备开锁。

田野看到酒店的管理人员越来越多，怕何文把自己的事情全说出来，他隔着铁门对何文说："有本事你就跳下去！自己做了见不得人的事情，来酒店要什么威风啊！"

何文坐在钢梁的架子上，面朝大家，背后就是26层楼高的阿兰希大酒店前院停车场。他表情激动，听到田野这样说，彻底失望了，自己的生死现在已经不重要了，唯一的目的是不要让田野他们去骚扰母亲和妹妹。

何文坐在钢架上大声说："你们谁如果敢去打扰我的家人，我就从这里跳下去，阿兰希酒店出了这样的大事情，你们哪一个也别想逃脱责任！大不了我就是一死，但是你们的好日子也到头了！"

顾晟玉隔着铁门对何文说："你想想你这样做对你的家人有好处吗？至少你得知道你的母亲和妹妹是不是安全的吧？既然你知道保护你的母亲和妹妹，那么你这样做，知道她们心里是怎么样的吗？"

"我要田野保证，我的家人没有受到威胁。"

田野一脸的无赖："我又不是你什么人，为什么让我保证，万一你的老娘今天想不开上吊了，莫非也是我的责任了？"

何文看惯了田野这副嘴脸，对田野彻底失望了，他有点后悔来到酒店了，还不如听小高的，直接去派出所投案自首。

现在说什么也晚了，能做的就是把这个事情弄得动静大一点，让田野把派去的人及时制止，不要去打扰他的母亲和妹妹。

小宋过来悄悄告诉顾晟玉："工程部的木工师傅来了。"顾晟玉和木工师傅做了个手势，把他带到了酒店东边消防通道的门前，这个门和何文斜对着，他现在和大家正面对视，还没把注意力转移到这边来。木工师傅麻利地进行开锁。

派出所的民警也赶到了，顾晟玉和他们简单地介绍了下情况，木工师傅这时候也把门锁打开了，然后有两个民警轻巧地从东门隐蔽到了何文对面的电梯房墙角。

顾晟玉指挥木工师傅继续打开何文正对着的门锁，何文看到有人在打门锁，又把身子往后挪了一点，他有点慌乱地看了看楼底下，从这个高度看下去，底下有几个人拿着一块苫布在比画着，大概等自己掉下去好接着。

何文想着这个高度掉下去必死无疑，他看到门口聚集的人越来越多，突然间思维开始混乱，身体在钢架上开始有些摇摇欲坠。他一下子体会到人轻生时的感觉，原来就在这一念之间啊，至于后悔不后悔那只有自己知道了。

何文看到顾晟玉焦急的神色，也看到了小高向自己做的手势，他突然对他们留恋起来，这些人都是酒店的好人，自己在酒店这 4 年来，看到了田野他们钱权色的交易，也看到了还有顾晟玉和小高这些年轻人努力在一步步实现自己的人生价值。

就是自己太不争气，被田野利用了，没想到越走越远，终于走到了今天的地步。

他有点留恋起刚来酒店的时候了，那时候自己还是个初出茅庐的转业军人，本来想到靠自己的双手好好闯一番事业的，就因为家庭压力太大，再加上五星级酒店见到的诱惑，终于没能把握好。

就在何文有点犹豫的时候，木工师傅何文对正的门锁也打开了。

田野想激将何文跳下去，然后死无对证，看到何文有点犹豫，门一开，田野第一个就冲了上去，小高见状也赶紧冲上去，何文背冲后坐在钢梁上，看到田野冲上来，刚要跳到楼顶，田野一把把他向后推去，何文没抓牢，一下子向后倒了过去，就在这时，小高冲上来抓住了何文的脚，何文慌乱中用手勾住了钢梁。田野一看小高抓住了何文的脚，情急中用脚踹何文抓着钢梁的手，然后用身体使劲顶着小高，企图逼小高放开何文的脚，小高感觉到了田野的用心，毕竟自己比他年轻，他忍着疼痛宁死不放，只听得咔嚓一声，小高感觉自己的左胳膊一下子没了力气，他的右手还在死死地抓着何文。

田野正要对小高下狠手，派出所的两位工作人员也冲了过来，他们抓着何文的手和脚，硬是从钢梁上把何文吊了上来。

顾晟玉看到何文被解救，心里的石头落了地，她把何文交到派出所工作人员手里，然后准备到派出所处理何文的事情。

再回头一看小高，正被客房部主管孙湄扶着，脸上的表情痛苦不堪。她过去一看，小高的左胳膊不能动了。顾晟玉马上和派出所的民警说她必须送小高到医院，何文的事情她随后就去派出所处理。

这时候小高着急了，他知道何文的重要性，坚决不让顾晟玉去医院，让她一定要亲自处理何文的事情。

顾晟玉回头看了看，赵总和凤展和王书记在底楼和派出所的另外两名同志负责安全维护，田野不知道溜到哪里去了，现在小高这个样子，必须先陪他去医院。

她给王书记和凤展打了电话，告诉她们何文已经被救下来，现在小高在救人的过程中受了伤，自己必须陪他去医院，她让王书记、赵总和凤展先和派出所的同志处理何文的问题，自己随后就到。

顾晟玉让司机小王开车，自己带着孙湄、小高直奔 H 市最权威的海龙骨科医院。

她一边吩咐孙湄托好小高的胳膊，一边给医院骨科的刘主任打电话，等他们到了医院，刘主任已经安排好了相关检查人员，一系列的检查下来，小高左胳膊骨折，需要立即手术。

办手续到家属签字的时候，顾晟玉直接在手术单上签了字。小高看到顾晟玉签字，虽然疼痛难忍，但在心里还是暖暖的。

顾晟玉一直等到小高的手术结束，医生说幸亏送到及时，手术很顺利，有一块碎骨头差点把血管扎破。顾晟玉一看表，这个时候已经是晚上 9 点多了。

手术完毕后的小高苍白着脸，胳膊打了厚厚的石膏，他看顾晟玉还在病房等着，想到她一天没吃东西，何文的事情也不知道怎么样了，客房的事情还要孙湄处理，就催促顾晟玉赶紧回家，孙湄回去盯着客房的事情，晚上让席晓宇过来陪自己就行。

这个时候司机小王从外面买了吃的回来，顾晟玉拿起饭菜给小高喂着吃，小高看着顾晟玉离自己这么近，不时还闻到顾晟玉幽幽的体香，心里一热，脸却红了。

顾晟玉注意到了小高的尴尬，她逗趣小高："下午在楼顶的时候像个拼命三郎，现在倒像个大姑娘了。"说得几个人全笑了。

小高坚持着要用右手吃饭，顾晟玉命令他听话，然后一勺菜一勺饭地喂着小高。这个时候顾晟玉想到了贾璞在老人院喂自己的情形，脸上的神色突然悲伤起来。

小高看到顾晟玉神色黯淡，以为她累了，就赶紧吃了几口，然后坚决也不吃了，他一个劲儿地催促着让大家赶紧回去。

顾晟玉和孙湄他们等到席晓宇来到病房，又安顿了席晓宇和小高一番，然后才和大家离开了医院。

出了医院大门，顾晟玉给凤展打了个电话，问何文的情况怎么样了，凤展说正在派出所录口供，今天就在派出所看管了，她和赵总也说了酒店消防设施被破坏的情况，派出所都做了记录，明天过去处理，她和赵总已经回了家。

顾晟玉一天没吃东西，现在事情刚告一段落，突然觉得头晕脑涨，她看到前面有一家豆浆店，就和孙湄、小王到里面吃了点东西，然后小王把顾晟玉送回家，又把孙湄送回酒店。

顾晟玉回到家后，找出药片吃了点，告诉爸妈今天累了，也不洗漱，直接进屋躺在了床上。

她在脑海里把今天的事情过了一遍，觉得田野已经是狗急跳墙了，只要何文安全待在派出所，明天事情就可以水落石出。酒店的事情已经把自己搞得很累了，她又想到贾璞，这个时候了也没打电话过来，顾晟玉心里的失落感又开始一层一层向自己压过来，以至于压得自己胸口发闷，她想找点水喝，一起身，一阵晕眩过来，她忙缓缓躺下，感觉自己的身子轻飘飘地就不知道飘到了什么地方。

突然看见贾璞在前面向自己招手，她疑惑地跟了过去，感觉是来到了老人院的假山后面，走近一看，贾璞抱着小白兔，泪流满面地和顾晟玉说：“小白兔死了，是被院子里的流浪狗咬死的，我们的爱情也死了，我也要死了，你不相信我，我活着也没有什么意义，我死了，你就让小白兔陪着我吧！但是你一定要明白，我的一切都是你的，我爱你，一直都是，永远都是！”说完就倒在了地上，顾晟玉用手摸了摸倒在地上的贾璞，他已经手脚冰凉了。

顾晟玉见状一阵钻心的疼痛，她一边哭一边大声叫道：“来人啊！救命！来人啊！救命！贾璞……贾璞……”

可是喊了半天谁也没有出现，她的眼前晃着田野和田雷的脑袋，他们看到顾晟玉的痛苦表情，一起对着顾晟玉哈哈大笑。

顾晟玉想上去给他们两耳光，可是怎么也抬不起手来，她在愤怒中挣扎着、挣扎着……

田野和田雷的脑袋渐渐远去，她一下子醒了过来，感觉到额头上冰凉冰凉的，用手一摸，原来是妈妈在给自己敷着毛巾。

顾晟玉看看表，已经是半夜3点了，想到这么晚了还让妈妈为自己操心，她心里充满了歉疚。

妈妈给她倒了杯水过来：“是不是酒店的事情不好处理，怎么一下子就病成这样?”

顾晟玉摇了摇头：“没什么，可能是最近太累了。”

妈妈不相信地摇了摇头：“你以前可是连个头疼感冒都没有的人，我看你最近脸色不怎么样，那个总经理有什么好，妈一辈子没工作，不也一样生儿育女，把你带到这么大。你看你年纪轻轻的，把自己的身体搞成什么样？不行赶紧辞职，妈妈养着你。”

顾晟玉看到妈妈这么晚还为自己操心，她喝了水，乖乖地躺下：“我没事，妈妈，你赶紧休息去吧，我马上就睡觉。”

顾晟玉看妈妈走了，又回想起刚才的梦境，她觉得贾璞好可怜，自己连个解释的机会都没给就含恨而去，心里在嘀咕“是不是真的有什么特殊情况，误会了他呢?”但又想到视频里看到的样子:“都那种场面了，怎么还能误会他!”

她想到田雷和田野得意的样子，又琢磨贾璞的视频怎么能到了田雷手上，那就有可能是田野提供的，想到今天田野对小高的行为，心里一个激灵，她拿起电话就要给小高打过去，再一看表，已经是凌晨4点了，是不是他们陷害了贾璞呢?她想问一下贾璞，可一想到那段视频，自尊心又强迫她打消了拨电话过去的念头。

她越想这个事情越觉得蹊跷，明天有何文的事情要处理，贾璞的事情一定要先问一下夜总会，还有小高。这么多事情需要理一个头绪，她一下子睡意全无，就这样瞪着眼睛等着天亮。

第二天顾晟玉早早就到了酒店，虽然说身子还是沉沉的，但想到今天的事情要水落石出，浑身还是充满了斗志。

王书记今天也来得很早，他和顾晟玉一起把各个营运点转了一圈，看到顾晟玉的黑眼圈和憔悴的脸色，关切地说:“小顾，要注意身体了，别思虑过度，事情没有做完的时候，只有放下的时候才是轻松的。”

顾晟玉一边和王书记商量着何文的事情如何处理，一边想着怎么找夜总会的人询问贾璞的事情。

正在这个时候，凤展打电话过来，声音夹杂着焦急和愤怒:“何文昨天晚上在派出所被杀了!”顾晟玉听了，大脑也是嗡的一声:“现在是什么情况?”顾晟玉怎么也没想到是这个结局。

凤展说:“是用匕首捅进了心脏，现在正在第一医院抢救。”

顾晟玉和王书记一起赶到了第一医院，派出所的同志也是非常歉疚地等候在手术室外面。

王书记和派出所的同志交换了下意见，初步定位是他杀。昨天晚上有人进入了关押何文的房间。

王书记问他们:“何文都招供了什么?”

派出所民警小张说:“当时他受到了惊吓，我们一直在做他的思想工作，他的思维很混乱，大致说的就是受田野指使，所有的一切都是他干的，不要为难他的家人，他一遍一遍的说的大概就这些。我们见他暂时也说不清，就把他关押到房间里，等今天继续审问，没想到出了这样的事情。”

正说着，派出所的张所长来了，他和王书记交换了一下意见，现在的任务是全力抢救何文，然后立案侦查。

几个人在手术室门外焦灼地等待着，门终于开了，出来几位大夫，看到张所长和王书记他们询问的目光，大夫们歉意地说：“我们已经尽全力了，没抢救过来……”

大家一看这种情况，都把目光转向了张所长，张所长考虑了一下说：“何文与阿兰希酒店已经解除劳动合同，案件先转到派出所处理，在调查过程中有一些问题还需要酒店配合。”顾晟玉诚恳地说：“希望能尽快破了这个案子，酒店会积极配合公安机关的工作。”

何文的线索就这样被中断了，顾晟玉和王书记都在想着事情，两人默默地走出医院门口。

就在这时，一辆出租车停在医院门口，顾晟玉看到餐厅服务员马小欣搀扶着图雅走进医院，只见图雅脸色苍白，眉头紧皱，就连忙问出了什么事情，图雅看到是顾晟玉，一下子哭了起来，马小欣回答说：“图雅肚子疼得很厉害，而且出了很多血，我送她到医院检查一下。”

顾晟玉和王书记看到这种情况，又转回了医院，到了急诊病室，大夫看了下图雅的情况，建议先做个B超，一行人连忙办理手续，B超的结果是图雅宫外孕，现在情况十分危险，需要立即手术。

顾晟玉一听这个情况，脸都急红了，她怎么也想不出图雅这段时间能交男朋友。

一听是宫外孕，图雅哭喊着：“姐，对不起，让我去死吧，我没脸见你……”

王书记见这种情况，虽然不太明白具体情况，但看见顾晟玉对图雅的关切程度，觉得她们的关系不一般。

顾晟玉听大夫说需要立即手术，她也慌了，不知道这个手术到底有多危险。

还好王书记镇定："不管怎么说，还是先救人要紧！"

顾晟玉在一片混乱中办理了手术的一系列手续，图雅很快被推进了手术室。

王书记询问马小欣："怎么不见她男朋友？""我也没见过她的男朋友。"马小欣疑惑地说。

顾晟玉听到他们的谈话。心里悔恨自己不该把图雅带到这里，图雅不会是没经得起诱惑，做了人家的小三或是什么吧？顾晟玉在心里七上八下地想着。

不一会医生出来了，说图雅情况很危险，需要输血，顾晟玉说："我是O型血，输我的吧。"

医生立即给图雅做检查、消毒，一会把顾晟玉也推到了手术室。在手术室里，顾晟玉静静地给图雅输血，她看到自己的血液缓缓地流进图雅的身体，对表妹的歉疚好像减轻了些。图雅也开始有了点意识，她迷迷糊糊地呢喃："田野，你这个王八蛋，我恨你！"

顾晟玉听到她喊田野的名字，心里一沉，这个流氓，莫非是他把图雅害成这样？

想到这里，顾晟玉怒火中烧，她立即安顿医生做好胎囊取样，告诉医生图雅准备起诉流氓。

这几天的心力交瘁加上刚才输血，顾晟玉的脸色极差，她稍微休息了一下，给父母打了个电话，讲了图雅的情况，让他们到医院照顾一下，然后安顿王书记和马小欣回酒店，自己要等父母过来，她向王书记说明了图雅是自己表妹的事情，图雅自从来酒店自己一直也没照顾好她，今天要在这里陪陪图雅。

王书记看这个女子在这段时间里承受了这么多压力，有点担心她的状况，顾晟玉执意要留下，就叮嘱她要照顾好身体，起身离开了医院。

顾晟玉的父母一起来到了病房，看到顾晟玉脸色苍白地躺在床上，图雅昏迷不醒地躺在旁边的床上。

知道顾晟玉给图雅输了血，妈妈一个劲儿地念叨："这几天你自己本来就

身体不好，再输血，你怎么能受得了啊!”又看看虚弱的图雅：“唉。造孽啊!这可怎么是好呢?”

一阵忙乱过后，爸爸去药膳店给顾晟玉和图雅买鸡汤去了，顾晟玉这才和妈妈悄悄说了图雅的情况，妈妈气愤地说：“这种人绝对不能轻饶，我得告诉你舅舅，让他们告去。”

顾晟玉也是第一次遇到这样的事情，现在图雅生命都受到了威胁，田野竟然连面都没露，面对自己这个恶名昭著的同事，顾晟玉气愤的现在就想上去把这个坏蛋碎尸万段。

图雅悠悠醒来，看到姑妈和表姐都在，她也不说话，一个劲地流眼泪。

顾晟玉看图雅醒过来了，又是高兴又是气恨，她劈头就问图雅：“你怎么就落在了那个流氓手里了呢?”图雅一看表姐知道了，什么也说不出来，一个劲儿地说：“姐，对不起，对不起……是我没管理好自己……被他算计了。”

顾晟玉气得正要找田野算账，这时候爸爸端回了鸡汤，在妈妈的劝说下，姐妹俩喝了点鸡汤，图雅又吃了点心，被妈妈强制性按在床上躺下休息。

顾晟玉在床上躺着，心里的怒气还是不能平息，她一直坚持躺到下午2点，眼看快到上班时间了，坚持着要上班去，妈妈看顾晟玉还很虚弱，说什么也不让去，这个时候凤展打电话过来问顾晟玉的情况，顾晟玉就顺便让凤展过来接她一下，一起去酒店。

妈妈看顾晟玉非去不可，又把点心和水果拿出让顾晟玉吃了点。这时候凤展进了病房，看到图雅躺在床上，这个丫头她是知道的，心里还很喜欢呢，就问图雅怎么了，顾晟玉使了个眼色，和凤展一起出了病房。

在路上，她也没法启齿说图雅的实情，只是说图雅感情生活出了点意外。

田野这个时侯正在和黑道朋友黑五在咖啡馆见面，黑五因为老大的案件顶罪坐牢3年，刑满释放后老大待他不薄，经常在一些效益好的豪华场所维持地下秩序，阿兰希酒店的夜总会和商务会所的秩序也是黑五负责。田野说何文背叛他，被关到了派出所，找黑五帮个忙，干脆做掉算了，省得夜长梦多。

黑五平日最看不上背叛的人，他痛快地答应帮田野处理掉何文。也不知道他用了什么手段，竟然真的在派出所的关押房间给了何文一刀。

黑五做事情有始有终，他把事情的结果向田野说了后，就问田野的意见，田野答应给黑五在自己的金矿里入一股，两人在书面上做了一个凭证，田野除掉了何文这一块心病，一脸轻松地回到了阿兰希酒店。

顾晟玉回到办公室，心里越想越气，她给田野打了个电话，要田野来总经理办公室。

田野正想刁难顾晟玉呢，谁知道一进门，看顾晟玉怒气冲天的样子，他心里虚了下，顾晟玉厉声问："图雅宫外孕大出血，今天差点死在了医院，你个无耻的小人！这件事情你必须有个交代！"田野一听是图雅的事情，以他玩女人的经验，就算是图雅倒霉了，一般这种情况家里的人是不愿意声张的。田野横了横小眼睛："是她自己犯贱，她勾引我的，她要是不愿意，我能把她怎样？"顾晟玉一听田野的无赖言语，气得说不出话来，把手里的茶杯向田野扔去，田野刚躲开，顾晟玉又一个耳光打了上去。田野看顾晟玉就像疯了似的，赶紧躲闪着，悻悻地逃出了总经理办公室。

田野被顾晟玉打了两耳光，心里的窝囊气没地方发泄，看到电梯门口的垃圾桶，上去狠狠踢了一脚，嘴里不干不净骂着："等老子回头收拾你！"

顾晟玉身体本来虚弱，被田野这么一气，顿时浑身瘫软，她无力地呆坐在大班椅里。

徐亮今天来阿兰希酒店签一个煤矿借贷项目，上午和对方洽谈好相关程序，下午正在房间里看合同样本，看了会觉得脑袋有些迷糊，他站起身来向窗外望去，阿兰希酒店不愧是H市的地标性建筑，270度观景视野，前面就是一个大公园，从窗户外看出去，公园借鉴了欧式设计风格，树木层次分明，都被修剪成各种整齐的造型，茵茵的绿草地上点缀了几个花坛，还散放着几只梅花鹿，给公园增添了无限活力。

他在心里赞叹："谁说中国落后了，现在不是和国际接轨很快吗？连欧式这样的园林设计都被搬到了近几年快速发展的H市。"

徐亮最近接了个合作项目，有一些设备是欧洲引进的，合作双方有一个考察，所以徐亮一起被邀请到欧洲，对于徐亮，他只关心资金安全的事情，

考察完厂家，后来的时间也就是一次观光旅游，旅途中还赞叹国外的园林设计，回来就看到H市竟然也有在设计上不亚于瑞士的美丽公园，心里不免升起一股民族的自豪感。

他在欧洲给顾晟玉买了一些礼物，这次来阿兰希酒店，顺便给她带了过来。

徐亮想到顾晟玉，合同的事情怎么也看不下去了，他拨通了顾晟玉的电话，电话那头传来了一个虚弱的声音，徐亮听到顾晟玉声音不对，立即关切地说："晟玉，怎么了？我住在你们酒店，你忙吗？现在方便过去看你不?"

顾晟玉听徐亮在阿兰希，她觉得于情于理也不能拒绝徐亮，就告诉徐亮自己在办公室等着。

徐亮很快地就来到了顾晟玉办公室，他看到顾晟玉的样子吃了一惊："你这是怎么了？把自己整得这么憔悴?"

顾晟玉疲惫地说："好几件事情赶在一起了，有点累。"

徐亮拿出送给顾晟玉的礼物，顾晟玉一看，漂亮的新款LV包包，里面放了一个首饰盒，打开是一只精致的手链。这个手链还是限量版。

她冲徐亮笑笑："我一天就一身职业装穿到底，你让我把这些挂脑门上啊!"

徐亮感慨地说："从认识你就没见你像个女孩子一样打扮过自己，所以特意买给你的。"

顾晟玉想想自己也是，上学时不习惯戴首饰，毕业了又来到阿兰希酒店，已经习惯了一身简单的职业装，就从没有过机会去像女同学们整天把自己打扮的美美的。

现在看到徐亮送自己首饰，心里突然意识到自己在他面前还是个女生，她笑着说："我都忘记了自己是女生了，幸亏你提醒，不过，我想拒绝你的礼物。"

徐亮说："你？拒绝我的礼物？我们什么关系？你没搞错吧?"

顾晟玉本来想告诉他自己和贾璞的事情，可一想到贾璞的视频，那么现在她和贾璞算什么呢？话到嘴边，她叹了口气："总之如果是前几年你送我，我会很高兴的，现在真的不知道把它放在哪里。”

徐亮想到自己以前的失误，他诚恳地说：“我认为一直也没错过你，缘分让我们又相见了，你只要给我一次机会，我们成熟点考虑将来好吗？”

顾晟玉听到徐亮提起缘分，又想起了和贾璞的缘分，她看着徐亮问：“你说缘分是什么呢？”

徐亮郑重地说：“茫茫人海中两人从相遇，相识，相知，或是相亲相爱，这就是缘分，缘分无须等待，缘分是人争取的，是人创造的。”

顾晟玉悠悠叹道：“可是又有多少人，能在缘分来的时候，抓得住它，珍惜它呢！”

她想着终究要和徐亮说清楚他们之间的事情，硬是坚持着给徐亮讲了个故事：“什么是缘分？有人问隐士。隐士想了一会说：缘是命，命是缘。此人听得糊涂，去问高僧。高僧说：缘是前生的修炼。这人不解自己的前生如何，就问佛祖。佛祖不语，用手指天边的云。这人看去，云起云落，随风东西，于是顿悟：缘不可求的，缘如风，风不定。云聚是缘，云散也是缘。

感情也如云，万千变化，云起时汹涌澎湃，云落时落寞舒缓。感情的事如云聚云散，缘分是可遇不可求的风。

世上有很多事可以求，唯缘分难求。茫茫人海，浮华世界，多少人真正能寻觅到自己最完美的归属，又有多少人在擦肩而过中错失了最好的机缘。或者又有多少人有正确的选择却站在了错误的时间和地点。有时缘去缘留只在人一念之间。

缘即如风，来也是缘，去也是缘。已得是缘，未得亦是缘。”

讲到这里，顾晟玉已经是精神疲惫，连说话的力气也没有了，徐亮看她这个样子，就坚决不让她讲下去了：“无论我们将来结果如何，我会好好把握这个缘分的，这是我的问题，现在你必须好好休息，也该下班了，我送你回家。”

顾晟玉想到司机小王还要给小高送饭，自己这个样子开车很危险，也就同意徐亮送她回家。

她又给小高打了个电话询问身体情况，小高说一切都好，妈妈明天就来陪他。然后她又给爸妈打了电话，爸妈还在医院照顾图雅，顾晟玉说自己先回家休息，就由徐亮陪同着走出了酒店。

两人出去酒店大门口的时候，田野看见顾晟玉和一个气宇轩昂的男子一起走了，就问行李员那个人是谁，行李员小李摇了摇头，田野带着满腹的疑问走了。

顾晟玉坐到徐亮的路虎车里，心想比自己的公车奥迪感觉就是好。她找了个舒适的姿势坐在副驾驶位置上，歉意地对徐亮说："本来应该给你接风的，可是我今天实在太累了，改天联系平平他们一定给你补上。"徐亮笑了笑，也不说话，径直把顾晟玉送回了家。

到了楼底下，顾晟玉坚持自己上楼，让徐亮先回酒店。徐亮看顾晟玉的样子，坚持着要送她回家，顾晟玉也没拒绝，由徐亮陪自己回了家。

徐亮怀着好奇的心情跟着顾晟玉进了家门，家里温馨整洁。

徐亮坐好后，顾晟玉看见厨房里有妈妈炖好的鸡汤和鸡肉，冰箱里还有一些现成的熟肉和蔬菜。看着这些也够自己吃了。

她给徐亮倒了杯水，自己靠在沙发上养神。

徐亮看顾晟玉实在累了，想要告别，又实在不想离开她，就要下楼给顾晟玉买点吃的，顾晟玉用眼神制止了他："厨房里有鸡肉和鸡汤，一会儿简单吃点就行。"

徐亮看见顾晟玉也不兜揽自己留下，只好安顿她早点休息，随后开车回了酒店。

送走徐亮后，顾晟玉立即倒在了床上，她心里暗暗叹了一下，徐亮的性格还是那样，不知道该如何关心人，如果是贾璞，一定会让她早早躺下，或许还会在厨房给自己做一口好吃的。

想到贾璞，顾晟玉又陷入了沉思，她一直没接听贾璞打来的电话，也不知道贾璞着急成什么样子了，眼下也没时间和他打感情官司，事情往后靠一下吧，解决了眼前这几个难题再说。

她想到这里，一阵倦意涌来，顾晟玉也没吃饭就沉沉地睡了过去。

第二天顾晟玉是被风展的电话叫醒的，她一看表，已经是上午 9 点了，开晨会的时间！她第一次感到自己的生物钟紊乱了，会议时间马上到了，她还没梳洗，想到可恶的田野还有凤展的步步进逼，突然觉得不想去上班，毕竟还是年轻女孩子，她在心里恶作剧似的转了几个念头，告诉凤展主持会议，自己到小高和图雅那里看一下情况。

妈妈昨天晚上陪图雅，爸爸回来后看她睡着了也没惊动。

顾晟玉一边抱怨爸爸不叫醒她，一边开始洗漱，这时候妈妈回来了，买回来一大堆营养品，妈妈一边给顾晟玉准备早餐，一边说："身体都这样了，还上班，人家献血还给一个礼拜假期呢！今天不去了，上午图雅出院，回家里来住，她刚吃过早点，再休息一会，不是你搞得这么神秘，图雅哪能出这样的事情？图雅住到咱们家谁敢来家里欺负她？"

顾晟玉现在也是有点后悔没照顾好图雅了，当时本来是为了让她从基础开始，踏踏实实学好酒店的餐饮管理，多一些锻炼的机会，就让图雅住到了酒店的宿舍，没想到田野瞄上了她，自己也没有及时发觉，总觉得图雅的事情跟自己脱离不了干系。她也理解妈妈的牢骚，所以乖乖地听妈妈数落着，乖乖地吃了妈妈准备的丰富的早餐，她收拾好后，把还在责备她的妈妈按到椅子上："放心吧妈，我以后会好好照顾她的，图雅出院就接回咱们家，和我住一个屋，行吧？我现在就去看看她。"

妈妈看到自己的女儿这几天也是心神疲惫，她心疼地把准备告发田野的话压了下去："你还是乖乖待在家里吧，你身体也不好，别给我添乱了！"

顾晟玉看妈妈也累了一晚上，她执意要自己去，妈妈也拗不过她，给图雅带了件长袖衣服，由顾晟玉安排去了。

顾晟玉的车放在了酒店，她打电话让小王过来把自己接到了第一医院，图雅看到顾晟玉和小王，想到自己未婚先孕的事情很丢脸，也不多说话，顾晟玉找医生问了下图雅的情况，医生说没什么特殊情况，一两天就可以出院，顾晟玉又安顿了医生几句，然后告诉图雅中午过来陪她。

顾晟玉和小王给小高买了些补养的东西，一进小高的病房就愣住了，站在小高床前的不是照顾包老师的陈阿姨吗？还有生态园的王潇也在。陈阿姨看见顾晟玉，赶紧招呼她坐下，小高在床上腼腆地笑着："我早就知道你和妈妈认识的事情。一直没机会告诉你。"

然后看着王潇："这位是我大学同学王潇，生态园老板。"顾晟玉和王潇握手："第二次见面了。"王潇冲着小高挤挤眼睛，小高只是在那里笑，也不说话。

顾晟玉看见陈阿姨，心里很歉疚，因为酒店的事情，小高差一点出了意外，万一有个闪失，陈阿姨怎么办呢？

她拉着陈阿姨坐下："是我不好，没照顾好小高，让阿姨担心了。"

陈阿姨听顾晟玉这样说，眼圈一下子红了，她擦了擦眼睛，反过来安慰顾晟玉："这怎么能怪你呢？幸亏没出什么大事，再说救人的事情，谁遇上了也会去救的。"

小高把妈妈支出去打热水，他从司机小王那里知道了何文被杀的事情，所以把王潇也叫来了，他们俩准备给公安机关提供信息，顾晟玉说："现在公安机关正在调查，你先养伤，这些事情看他们调查的进度，毕竟我们现在证据不足。"

小高说："何文那天在楼顶，差点被田野推下去，要不是公安局那两个人来得及时，我也差点被他推下去。"

顾晟玉听小高这么说，安慰道："何文已经被杀，现在我们还不能有所动作，不过田野这个坏蛋作恶多端，事情总会水落石出的。"

王潇见顾晟玉说话办事有自己的思路，小高稳重踏实，真诚帅气，心想这两人还挺般配。

陈阿姨打水回来了，看这几个年轻人聊天，她为儿子有这么优秀的朋友而高兴，丈夫十几年前出了场意外去世了，她含辛茹苦把小高带大，每天吃斋念佛，只希望他平平安安的，一听儿子住了院，差点把心吓得跳了出来，现在有这几个朋友关心着，她也放心了不少。

顾晟玉又和阿姨聊了一下包老师的情况，陈阿姨说她来了后包老师由另外的阿姨照顾去了，要顾晟玉放心。

小高的视线一直没离开顾晟玉，他看到顾晟玉憔悴的脸色，心想这个女孩子的内心真的很强大，这段时间的事情多得已经让她风雨飘摇了，还要过来关照他，心里觉得很温暖，但是也为没帮上顾晟玉而暗暗着急。

顾晟玉看小高有人陪着，就想到了图雅，她告辞了陈阿姨和小高、王潇，准备先回酒店看看情况，然后中午去陪图雅。

顾晟玉回到酒店后，先给凤展打了个电话，凤展说今天田野也没来开晨会，跟王书记请的假，酒店没什么大事，市委的 VIP 接待已经安排好了，她刚去检查的会场。然后告诉顾晟玉何文的母亲已经来到了 H 市，只是中间有一段插曲，在凤展安排当地派出所民警去了何文家的时候，何文的母亲正被几个人准备强制带走，幸亏那里地势偏僻，这几个人找不着路，所以被派出所控制了，据他们招供是社会上一些游荡人员，因为何文欠了钱，所以准备找他父母还债。现在相关人员已经被移送 H 市派出所了。

顾晟玉听了凤展说的事情，案件暂时也没什么进度，就处理了些酒店日常的文件和签字，先过去看图雅去了。

田野今天没来开会，也是因为他的朋友三儿告诉他派往何文老家的人出事了，被派出所的人带到了 H 市。

田野听到这个消息，感觉事情有点不妙，直接请假去找姐姐商量了，姐姐一听田野的事情，气不打一处来："说你多少次了，不要用非常手段，你现在让我怎么处理，现在跟人家协调不是自投罗网？你呀！什么时候能让我省心点！什么也别说了，看他们处理的进度，我最近听说你们要改革，酒店要出售，与电力系统脱钩，电力的正式职工是要回主业再行安排的，你现在的位置还是个问题，其他的就不要操之过急。"

田野无所谓地笑了笑："改革？早说了好几年了，现在也没动静，还不知道猴年马月呢!"

姐姐批评他："现在是什么年代？国企改革的力度很大的，你也别不在意，前几次跟你们电力公司有个工作协调，我特意关注了一下酒店去留的事情，我觉得事情会很快有结果的。你现在最好不要轻举妄动，小心引火烧身。"

田野看不惯姐姐一副自以为是的样子，心想："电力系统的事情我还不比你清楚？谁有这么大魄力一下子能把酒店这个电力系统和 H 市共同的形象工程拱手让人?”

他被姐姐教训了一通，满心不屑地走出了 H 市政府，自从顾晟玉做了酒店总经理后，田野觉得自己事事不顺，他一边恨恨地想着如何收拾顾晟玉和凤展这一干女人，一边又想起了别的女人的事情，图雅也真倒霉！怎么就整了个宫外孕！唉，女人还真麻烦，如果自己身边那些个女人不怀孕该多好！

想到图雅，田野有点隐隐的不安，自从顾晟玉打了自己一个耳光后，他觉得图雅的事情不会轻易罢休，不如把图雅先哄好了，把眼前的事情缓一缓再说。

他拨通了图雅的电话，电话那头一直没人接，心里骂了一句："这你可别怪老子了，是你自己不接电话!”

顾晟玉这个时候正在医院陪图雅，图雅看到了田野的电话，怕顾晟玉追问，所以没有接。顾晟玉看图雅犹豫的样子，叹了口气："莫非你还想跟他有什么牵扯?像这种社会垃圾，最好离得远远的。”

图雅想起贾璞的事情，她问顾晟玉："你是不是和贾璞在恋爱?”顾晟玉想到贾璞的视频，恨恨地说："差点恋爱了，不过现在不是了。”图雅问："是不是发生了什么事情?有什么误会了?”顾晟玉最近让图雅和何文的事情搞得把贾璞都快忘记了，现在图雅问起来，她的一腔心事就像开了闸的洪水，不知道该怎么控制，眼泪不争气地流了下来。

图雅想到自己对贾璞做的事情，又看到姐姐伤心的样子，心里实在歉疚，就忐忑不安地一点一点向顾晟玉坦白了："姐你一定要小心田野，他已经知道我和你的关系，不过还不知道你和贾璞的事情，他好像和贾璞有过节，有一天要挟我敲贾璞的房门，我觉得只是敲个门而已，也没多想，就把贾璞约到东门停车场外，结果有个女的扑了上去，贾璞就被他们带走了，我也不知道他们后来对贾璞做了什么，我一看贾璞被陷害，自己先吓得跑了……”

顾晟玉听图雅这么说，心里的疑问一下子解决了，贾璞的视频可能是这样来的。她握着图雅的手怜爱地说："你怎么不找我说呢?他能要挟你什么啊！事情总会有解决办法的，你一个人闷着，看看你现在的样子，早说了就不会是这样了……”

她觉得这样和贾璞冷战也不是办法，于是拨通了贾璞的电话，电话那头是贾璞激动的声音，他告诉顾晟玉现在正在签订一个重要的合同，他们马上就可以见面了，让顾晟玉再耐心等待几天，顾晟玉听他在忙，只是淡淡地安顿他要注意安全，再没多说什么就挂了电话。

顾晟玉心里的疑问解决了一大半，心情也好了起来，她告诉图雅："你明天出院后就回家里住，姐姐保证不让你再受伤害。至于田野那个坏蛋，我们用法律武器和他解决!"图雅顺从地点了点头。

顾晟玉下午到酒店的时候，接到了旅游局孟局长的电话，告诉她下周省旅游局举办一个周边 9 省五星级旅游饭店协会工作大会，今年安排在了阿兰希酒店，这是 9 省市第一次把会议安排在了北方地区，不仅是 H 市的荣耀，也是北方地区旅游行业的骄傲。阿兰希酒店作为 H 市的形象工程，孟局长要顾晟玉好好准备一下研讨材料，做好工作准备。

顾晟玉把这个消息告诉了凤展，凤展听到会议安排在了阿兰希，也很高兴，在这个季节，正是 H 市的旅游黄金周，会议安排在了这里，对于阿兰希酒店在周边 9 省的影响是重大的。

顾晟玉和凤展先计划了一下会议程序，等明天晨会上讨论后再和张书记沟通一下。

凤展和顾晟玉面对酒店行业这样挑战性的问题，心情是很兴奋的，在她们眼里，把酒店管理做到最好才是人生价值的体现，她们俩一起把各个营运岗位走了一遍后，对酒店的硬件还是比较有信心，酒店的设计是按照国际标准进行的，当时还在全国五星级以上酒店设计中获了银奖。客房、餐饮、前厅的用品都是目前国际上最流行的，但是像这样高标准的会议，参会人员都是各个省市的旅游局最高领导和饭店管理专家、教授，他们除了在标准化管理上用专业的眼光要求外，当然对软件的要求也是非常高的，金钥匙服务、个性化服务都要拿出最高级别的水平，所以，顾晟玉和凤展这几天就要非常忙碌了。

孟局长告诉顾晟玉作为一个旅游饭店协会的会员酒店，也是举办方，是要拿出一个好的成绩来展示的，顾晟玉个人有一个对酒店管理的经验介绍，要她好好准备一下，一定要给 H 市一个漂亮的成绩。

对于阿兰希酒店的管理，她和凤展是最有发言权的，所以和凤展沟通了一下，两人对这次的会议有了一个清晰的轮廓，顾晟玉马上开始准备发言材料，明天上会讨论，结合大家的意见，在全酒店进行一个总动员，让大家铆足精神迎接这次空前的盛会。

第二天晨会上讨论这个事情的时候，前厅部、客房部、餐饮部、营销部根据凤展和顾晟玉的思路，又提了不少建设性的意见，大家的积极性非常高，每个部门都觉得自己的付出终于等待来一个专业的评判，都想展示自己在酒店服务方面的亮点。最后决定各个部门明天都拿出一个接待计划，讨论通过了就立即实施。

田野在今天的会上出奇地安静，在开会前他接到了田雷的电话，还是消防结案的事情，田野害怕结案过程中顾晟玉和凤展意见达不到统一，牵扯出这几天的事情，再惹出什么麻烦，他正在绞尽脑汁地想办法解决消防的事情，所以对会议情况反而没有发表过多意见。

一散会，田野就到了田雷的办公室，田雷说结案时间已经超过两天了，再不汇报，上级支队就要考核了，问田野怎么办，田野说现在顾晟玉和凤展正在盯着他，如果处理消防案件，她们肯定不会配合，搞不好再出点什么意外，让田雷想办法再拖几天，

田雷一看眼下也没有最好的办法，他也不愿意自己的工作受到考核，眨巴眨巴小眼睛，想到了一条无奈之举，先把田野代阿兰希酒店送的 2 万元作为处罚，上报 8000 元，然后让田野再从酒店争取罚款，以填平他们个人的亏空。

田野和田雷又商量了一下，觉得目前只有这样才能先按下酒店和消防的冲突，两人觉得这个事情做得很晦气，田野就自作主张地在田雷写好的消防支队处理报告上签了字。

第三天是图雅出院的日子，顾晟玉处理好医院的手续，把图雅接回家后，舅妈也来了，她听顾晟玉说了图雅的情况，急得直哭。

顾晟玉一家人要图雅起诉田野，舅妈怕图雅以后没法子见人，还没结婚，事情传出去不好找对象，所以一直犹豫，顾晟玉让舅妈这两天好好想一下，

不能让坏人就这么得逞。

妈妈开始给姐俩大补身体，顾晟玉看事情告一段落，忙着准备会议的发言材料，中间贾璞的电话天天打过来，顾晟玉想到他一直没和自己解释视频的问题，心里还是有个结，因为有酒店的事情要忙，顾晟玉的回话也是不咸不淡的，搞得贾璞心急如焚。

阿兰希酒店完全进入了备战状态，小高听到消息后，怎么也在医院待不住了，他不听医生的劝告，直接戴着石膏回到酒店。

顾晟玉看小高这么不听话，怕他将来恢复不好，留下后遗症，坚决不让小高工作，小高说："在医院待着很无聊，睡不着觉，还是回酒店休息心情好，再说这几天伤口已经消炎了，需要换药的时候再去医院。"反正是怎么劝说也不管用。

凤展看出小高对顾晟玉的依恋，在旁边帮小高说："你回来可以，但是不用开晨会，不用巡查，时间自由安排，如果你做不到，那就乖乖听大夫的话住在医院。"

小高立即满口答应，自己只是在酒店安排一下工作，其余时间还在认真接受医院的治疗。

顾晟玉看凤展给小高这么说，也就默认了小高的要求。

今天要做发言稿，顾晟玉下班稍晚了些，他走过小高的办公室，看他单手在电脑上鼓捣什么，就走了进去，小高一见是顾晟玉，脸上立即神采飞扬，他让顾晟玉打开一个文件夹，里面是酒店客房管理的一些心得和对酒店发展趋势的看法，顾晟玉没想到这样一个言语不多的小伙子，竟然有这么多的专业积累，她兴致盎然地看了起来。

小高坐在顾晟玉旁边，偶尔对一些文章做个简单的解释，大多数时间是静静地看着顾晟玉专注的样子，他很欣赏顾晟玉做事情的态度，在酒店管理上，她仿佛什么事情都是心里有数，永远不急不躁，事情到了她手里，也就一步步解决了，她像个艺术家似的，把酒店的败笔一次次慢慢修改，最后修改成了一幅完美的图画。

顾晟玉看了小高的文件，对自己的演讲稿又有了新的感悟，她笑着和小高说："你今天没走对我的帮助太大了，我正被演讲稿整得焦头烂额呢，看了你的文章，我又有了新的思路。"

小高温柔地注视着顾晟玉："你这几天太累了，还是先把身体调理好，这次会议固然重要，大家都齐心协力在准备，你可以适当放松一下的。"

顾晟玉因为有了陈阿姨的关系，感觉和小高亲切了许多，她看小高这么关心自己，也提醒小高一定要听医生的话，好好配合治疗。

田野下班的时候看到顾晟玉在小高的办公室，脸上立即显露出掌握了重大情报的神情，他想到前几天顾晟玉和一个帅哥结伴而行，今天又和小高共处一室，心想："这个丫头最近桃花运很旺啊，那我就拿这个做点文章，你们不让我好受，我也不让你们太得意！"想到这里，他故意咳嗽一声，一脸得意地离开了酒店。

顾晟玉和小高看见田野走过，在心里鄙视了一下，她安顿小高注意休息，就收拾东西回家了。

回家后，妈妈和舅妈已经做好了晚饭，就等她回来开席，图雅今天的状态也很好，顾晟玉小声问图雅和舅妈考虑的怎么样了，图雅愁苦着脸，对顾晟玉摇了摇头。

顾晟玉看舅妈一脸心事，也就没再多说话，一家人吃了一顿气氛沉闷的晚餐。

晚上睡觉的时候，图雅问顾晟玉和贾璞怎么样了，顾晟玉叹了口气："贾璞什么也不解释，我心里很不痛快，这几天我们都在忙，还没顾上谈论这个问题。"

图雅看到姐姐感情进展受到了阻碍，心里很自责，她暗暗发誓，一定要帮姐姐出这口恶气。

顾晟玉一大早就来到了酒店，她在巡查的时候看到了凤展和王书记，三个人碰了碰情况，就在这时候，顾晟玉接到了张书记的电话，要她和王书记一起去公司开一个紧急会议，顾晟玉和王书记跟凤展说了下情况，要她主持会议，就立即往电力公司赶。

到了张书记的办公室，顾晟玉才知道要开一个公司的经营会议，张书记说阿兰希酒店这次在公司改革的项目中，已经和大卫国际达成协议，用他们的煤炭项目交易酒店股权，今天在会上就要宣布，说完三个人一起来到会议室。

在电力公司的经营会议上，顾晟玉作为电力公司三产阿兰希大酒店的总经理，在公司主业的位置其实是很小的，也就有资格坐在主席台的最末。但就是这样一个位置，现在很多人都撕破了脸来争取，她坐下后心里在感慨："电力改革势在必行了，有太多的经营弊病影响着行业的脚步，这次的改革，三产究竟花落谁家呢?"

关于电力经营的会议，顾晟玉参与的时候经常走神，因为一些项目和自己的经营无关，她也不发表意见，经常观察一些参会人员的表情，有的悄悄发短信，有的一副无所事事的样子，有的看着会议材料，思绪早不知道去了哪里。

她看到这些的时候常常这样想："如果这些企业是私企，谁敢这样松懈呢?"

不过她今天正在聚精会神地听公司关于阿兰希酒店和服务公司这两块三产的改革处置，关于三产的改革说了好几年了，人们从最初的紧张状态已经松弛到见怪不怪了，没想到事情来得这么突然，顾晟玉在感慨之余还是一字不落地听完了公司的处理意见。

总之这次改革公司也很无奈，因为是央企，很多举措是跟国家政策走的，现在国家不允许央企经营第三产业，那么对于阿兰希酒店这样有影响力的三产公司就更不敢攥在手里不放。

对于改革后电力公司的人员去留问题，公司的文件是这样决定的："凡阿兰希酒店的电力在职员工，在完成交接手续后，统一回到主业重新分配工作，不准以任何借口滞留，至于酒店外聘的管理人员，则留给大卫国际重新编制。"

就这么一纸文件，意味着顾晟玉这个五星级酒店的总经理马上面临失业的可能。

她虽然觉得这些事情有点好笑，但现实摆在面前，对于刚刚在事业上有一些成绩的顾晟玉来说，心里还是觉得很委屈。

从本质上来说，她不是追名逐利的人，可是阿兰希酒店就像自己的一幅作品，从开业到现在，6 年的时间，这幅画刚要浓墨重彩的时候，突然停工，这种结果对于一个追求完美的女孩子，无疑是一个很大的打击。

张书记主持会议的时候，看到顾晟玉的脸色在不住地变化，他很理解顾晟玉的心情，会后又把顾晟玉叫到办公室，问顾晟玉有什么建议，可以先和总公司沟通一下。

顾晟玉有点无奈地说："阿兰希的电力编制员工，也就是正式的电力职工，搞了这么多年酒店工作，回来后能做什么呢？大多数管理人员年龄段在 35 ~ 40 岁，正在事业的高峰期，让他们再从头开始，怕人们情绪会不稳定。"

张书记说："现在就你和王书记知道酒店股权转让这个事情，为了让大家心甘情愿地回来，你回去是要做点工作的，我们这里给你造一个势，凡是先回来的员工，岗位优先挑选，最后回来的，哪里缺人，哪里幸苦就补充到哪里。至于你，公司这段时间考虑成熟了会给你有一个答复。"

"我想让大家把旅游饭店协会年会这个事情圆满结束了再谈论酒店的去留，您看这段时间不公布行不？"

张书记为难地说："尽量协调吧，大卫国际恐怕着急要处理接手的一系列工作。"

顾晟玉心情沉重地告别了张书记，她回到酒店，想到大卫国际，就是贾璞老爸的企业，现在就是阿兰希酒店的主人了，她一会儿为酒店有这样一个实力雄厚的公司做后盾而高兴，一会儿又想到酒店在自己的手里要处理转让的事情，有点壮志未酬，她知道同事们合作了这么多年，对酒店是有感情的，再说大家对酒店从不了解到积累了这么多的管理经验，现在一下子要换个方式，真的很矛盾。

顾晟玉和王书记一路无话回了酒店，对于王书记来说，自己退居二线，就等正式退休，酒店归属对他的影响不大，他看顾晟玉情绪不高，就劝她："也别想那么多，国企就是这样，得跟着国家政策走，我们也没办法，你还年轻，在哪里都会做得非常出色的。"

顾晟玉和王书记分开后，她很想找凤展谈谈心里话，凤展在电话里告诉她在4楼客房巡查，顾晟玉和凤展见面后，把酒店易主的事情告诉了凤展，凤展听了，也不管顾晟玉在身边，一副大快人心的样子："这个酒店如果就让电力系统这帮人搞下去，迟早也是个完蛋，现在可好了，酒店归了个人，电力这帮大爷们就要有好戏看了！"

顾晟玉解释说等接待完旅游协会的会议后再说，凤展说："恐怕等不上，你看吧，明天这帮人就开锅了！"

"无论怎么说，我们也要把这次会议办好。"顾晟玉像是给凤展说又像是给自己坚定决心。

但是凤展的话还是让顾晟玉有点担忧，她回到办公室，在心里计划着明天怎么稳定电力和外聘员工的情绪。

小高这个时候过来了，他看顾晟玉一个人发呆，就把客房的补充计划拿出来放到桌子上，顾晟玉看到小高的计划很周密，签了个字，看着小高西装里隐藏着吊起的胳膊，责怪地说："你就不要来回走动了，这样影响伤口的痊愈，计划交给下面落实就行了，不用那么亲力亲为。"

小高抬了抬肩膀："怕我给你影响酒店形象吧，我觉得放在西服里很隐蔽，再说一般情况我不出来，这会儿大家都在忙，我坐不住了，没事的，我自己知道分寸。"

小高把客房最近的情况和顾晟玉分析了一下，其他方面都没问题，他建议把15楼等待区的椅子换一下，本来走廊的地毯是金色的，椅子颜色有点偏暗黄，在视觉上衬托得不是那么完美。

顾晟玉笑了一下："你不是没有乱走动吗？怎么15楼的椅子你也看到了？"

小高认真地说："旅游协会的参会会员全是五星级酒店以上的专业人员，我们应该拿出最好的形象、最高标准的服务来展示酒店的实力，虽然我们酒店在北方地区的影响力很大，但是与南方的同级别酒店比，还是有差别的。"

这一点顾晟玉深有感触，在南方开会的时候，酒店从上到下能感觉到一种竞争的气氛，个性化服务做得比较有特色，服务相对来说很灵活，整体感

觉是全员营销，一到北方，基本上体现的都是标准化服务，各个部门工作界限泾渭分明，服务员的服务相对死板，营销部和前厅、客房关系经常脱节，酒店管理授权比较谨慎，也影响了相关人员的工作积极性。

顾晟玉早上没有参加晨会，看小高这样细致地安排了工作，正在想别的部门的准备情况怎样了，结果就见餐饮部王经理和营销部郝言结伴过来了，这两人是电力职工，所以愿意经常在一起，而小高和凤展是外聘人员，尤其凤展自恃是酒店专业管理人员，无形中就与人们的关系分开了。

餐饮部王经理以前是电力公司的后勤主任，40 多岁，看上去像个好好先生，阿兰希酒店开业后，让他在餐饮部把关，他知道自己管理五星级酒店的餐饮是外行，所以要求酒店招聘的时候挑最专业的人才，结果专业人才是有，来这里发现管理体制上的别扭，最后还是留不住，所以他这个餐饮部经理不得不自己到处物色人才，中餐的厨师长张正是 T 省人，以前在 T 省几家五星级酒店做过，技术顶尖，但个性太强，和老板意见不合就撂挑子走人，他打听到后，直接推荐给酒店，结果两人配合得还很好，张正还把自己的几个弟兄也带来了。西餐经理姜 sir 是德国留学回来的，在 H 市另外一家五星级酒店工作，和阿兰希中餐现任主管任红谈着恋爱，他把任红挖过来之后，硬是说服任红把姜 sir 挖了过来。

所以同事们经常和王经理开玩笑：“最近干啥去了？是不是又去哪里挖墙脚了?”他也总是呵呵笑着：“别人也挖咱们的墙角，来而不往非礼也!”然后继续做他的挖掘工作。

不过就这么一个不专业的人，却把餐饮部的工作做得很稳定。顾晟玉上任后，和前任总经理一样，对餐饮部的工作一直很放手。

郝言就不同了，虽然年龄和王经理相仿，但据说他是有背景的，和公司干部处刘处长是连襟，从电力系统一个电气工人到了阿兰希酒店的工程部主管，然后又去了营销部，去年任了营销部经理。外交手腕用在政治上的多一些，营销工作基本上就靠阿兰希的品牌营销，没有做出自己的特色。

今天顾晟玉没有开晨会，直接去了电力公司，郝言有一种直觉，酒店肯定要发生什么事情，他看到顾晟玉在办公室，就约了王经理一起来坐坐。

因为是在顾晟玉办公室，大家说话很放松，王经理每次见顾晟玉的话题就是要人，顾晟玉开他的玩笑："你把旅游学院的一个班都要去了，还不够?"王经理还是呵呵笑着："机灵的也就那么几个，比起前厅那些精华，不够、不够。"

顾晟玉听王经理在揭自己的短，心里想，别看王经理一天笑呵呵的，心里啥都明白，自己任前厅经理的时候，一旦招聘到新人，因为兼职总经理助理，先挑好了人充实到前厅部，剩下的才分到各个部门。所以前厅部实力雄厚，一直是酒店的样板部门，一方面和管理有关，另一方面也和自己挑选的人有关。

王经理收回了玩笑，一脸正色地说："张正说最近库房的好几种备料换了厂家，他坚持用原来的。"

顾晟玉听王经理说，直接给采购部打了个电话，回答因为是定点采购，最近的天气情况不好，航班延误，材料一直没运过来，等联系好了，可以和他们调换的，顾晟玉叮嘱完毕后几个人谈论起了最近的工作。

郝言谈了下营销部的情况，顾晟玉说起旅游协会的会议，大家都建议借这个会议的影响力，再把营销工作面扩大一点。

郝言问起顾晟玉今天开会的事情，顾晟玉看到郝言和王经理都是电力公司的员工，就谈起电力改革的事情："现在改革进度很快，酒店也要改，最终是要私企化的，自负盈亏。如果我们继续选择酒店行业，薪酬跟着私企的管理，没有了自己当家作主的优越感，完全脱离了电力的一切关系，你们怎么看?"

王经理说："我都快退休的人了，私企存在能不能保证以后养老等一系列问题，在电力，我最少可以有退休金养活。"

郝言则一肚子抱怨："改什么革，我从电力出来，学了酒店管理不到六年，现在又要改革，我们这些人就像猴似的，被企业玩来玩去!"然后话题一转，又问："公司是什么态度?"顾晟玉也没明说："我琢磨着公司肯定是要求我们回到主业的，主要是看到什么位置了。"

郝言分析了下："现在主业都是一个萝卜一个坑，我们回去还真没地方

待，我们酒店的部门经理在电力的编制上连个主管都不如，我们回去了最好的地方也就是在各个生产部门当个勤杂员。但是如果和电力脱离了关系，不是我贬低大家，就我们的水平，保不定哪天就失业了，私企肯定不会养我们这些人。”

王经理也说：“酒店这帮人待惯了这么豪华的场所，回去面对电力的环境，肯定不适应，这样改革，会引发一些矛盾。”

顾晟玉皱了皱眉，看来问题要比自己想象的严重，她问：“前两年讨论改革的时候大家是什么看法?”大家一致回答：“当然是要求回电力。那时候大家对电力还不陌生，现在待多年了，公司的空缺岗位都没有了，我们回去真的不知道干什么。”

“不管怎么说，我们在酒店管理上付出了很多心血，大家对酒店都是有感情的，只要我们在一天，就好好珍惜一天，等将来回想起来，我们的人生还有这么浓墨重彩的一笔，也很值了。尤其是下周的旅游协会会议，我们尽全力办好了，也算是对自己有个交代。对于将来改革的事情，无论去留，我集中大家的意见后，会努力和公司领导去谈，争取给大家一个满意的答复。”顾晟玉一点一点做着工作，心里却一阵阵发愁。

王经理和郝言听顾晟玉的话里话外，也感觉到了改革的气息，不过对这个丫头这么有担当，还是另眼相看了。

他们又集中谈论了一下旅游协会中重点注意的问题，看看快下班了，才一起告别出了总经理办公室。

第六章　涅槃

大家走后，顾晟玉一个人静静坐着，她好像已经形成了这样的思考习惯，平时遇到难题时，先坐下任思绪漫无目的地飘荡，然后潜意识里就好像有了指引。

可是今天怎么静坐，她大脑里也是一团乱麻，脑海里浮现的都是曾经在酒店的一幕幕情景，那时候初生牛犊不怕虎，什么工作也敢挑战，什么问题也能解决。现在做到总经理的位置上，每一步却是如负泰山，如履薄冰。

面对酒店这一政策性改革，她作为一个被企业操纵命运的管理人员，是有一点患得患失，但更多的是无奈。

眼下，如果随电力公司的政策回到主业，那么和酒店 100 多名电力员工都要从头再来，相当于大家的职业生涯就要出现一个大的转折，对于电力公司的安排，自己是不是愿意，大家是不是愿意，如果不愿意，怎么争取一个双赢的局面，她一遍遍在脑海里问自己。

如果自己留在酒店，从专业发展角度，是很有潜力的，可是现在酒店的新主人是大卫国际，贾璞老爸的集团，顾晟玉从心里感觉跟随了大卫国际，有点亵渎对贾璞的感情，她心里向往的爱情是很纯净的、不掺世俗的杂质的那一种，可苦苦追求了这么久，怎么到现在还没有答案呢？想到和贾璞曾经的一幕幕情景，她又一次黯然神伤。

顾晟玉正在沉思冥想的时候，风展的电话过来了：“我刚遇到云书记在江南厅参加宴会，他一直很关照我们酒店，把大多数接待任务安排在我们这里，好几次都是我应酬过去了，今天特意问起你，让我传话说你是不是故意躲着他这个老头子，看来你得出面了。”

顾晟玉本来就不喜应酬，就连联合国秘书长的接待都授权风展安排，但是云书记今年确实把很大一部分接待任务安排在了阿兰希，云书记这个人平时又喜好排场，酒店总经理不出面，他会觉得没面子。她想了想后问风展：“是些什么客人?”风展回答：“我看到外事办的人在，大概是美国那个稀有金属合作项目。”

H 市近两年在矿产方面外资合作项目很多，这个稀有金属项目，日本、美国、法国、德国等国家都有合作，总之就是各家合作用高科技手段把金属元素提炼分离出来以后，不同的金属氧化物有不同的作用，广泛用在医疗、军事、铸造、汽车、照明……说简单点，H 市的宣传广告是：没有这种稀有金属，美国的导弹没那么精确，日本的汽车不会那么先进，欧洲的医疗没那么发达。

顾晟玉想到现在正好是开餐时间，不如先去和云书记打个招呼再找机会离开。

她略微补了一下妆，稍微整理了一下头发，整个人越发显得端庄淑雅、明艳动人。

在金碧辉煌的江南厅，除了云书记、风展、外事接待人员五个中国人外，全是金发碧眼的美国人，顾晟玉走进江南厅，几个美国人看见进来一位女士，立即起身让座，风展也随外宾站了起来，只有云书记一行四个中国人端坐在那里等顾晟玉打招呼。

顾晟玉和云书记、外事接待的人一一握手打了招呼，翻译在向美国的客人介绍顾晟玉的时候，特意说她是这家酒店的总经理，外国客人们一致赞叹顾晟玉：“太漂亮了!”对她的职位反而没有太多在意，这一点和中国人很不同。

顾晟玉用英语熟练地问候了外宾，云书记把顾晟玉让到了自己的身边，通过介绍，顾晟玉才知道今天的客人不仅有外事办，还有省发改委的季主任。今天是外事接待的宴会，云书记没有发扬他的酒文化，这让顾晟玉轻松了不少。

季主任说今天接待美国客人属于政府行为，因为现在一些项目未能真正认识到资源的价值，导致H市的稀有金属开发变成了极大的资源浪费——生产无序、竞争无度，我们在拥有对这些稀有金属资源垄断性控制的同时，却完全不具有定价权，使得矿产价格长期在低位徘徊。

现在虽然政策上有了一定的保护，但是合作的外国公司对我们的政策性紧缩不满意了，目前一步步开始洽谈，我们作为当地政府，一方面积极拥护国家政策，另一方面也要为当地GDP增长做一个协调，所以在一些项目上是谈了又谈。

一位外宾听到他们反复说："稀有金属"这个名词，对顾晟玉做了个鬼脸，用英语说："我们合作是为了赚钱，你们政府要管，所以每天和政府谈判、谈判，好累。"

顾晟玉微微一笑回应道："我们政府在管我们自己的事情，你们总统还想管别人的事情，更累、更累。"

几个美国人听了哈哈大笑，美方代表杰克说："这句话是我们在枯燥的谈判后听到最幽默的一句。"

顾晟玉和云书记翻译了他们谈话内容，云书记见顾晟玉英语这么好，就让她继续和外宾谈，云书记问外宾对H市印象深刻的是什么？其中一位叫麦克的回答："马路很宽，和我们国家对你们的描述不太一样；你们政府很有钱，政务接待可以这么豪华，我们不可以的；你们的官员很多，办事情手续太复杂，没效率；你们的官员们不可爱，腐败，工人们可爱。女孩子那么漂亮，但大多骑自行车，在美国，几乎人人都有汽车的。中国的特色菜很多，也很好吃，但是有的餐厅把手纸当作餐巾纸使用。还有，我现在学会了闯红灯。"说完还调皮地耸了耸肩。

顾晟玉见翻译一个劲儿地看云书记的脸色，就强忍住笑，看着云书记，云书记哈哈一笑："肯定不是好话，但你一定原样给我翻译出来。"

顾晟玉也不管翻译为难的神色，她原样把麦克的话翻译给了云书记和季主任，心想这些问题本来就存在啊，现在和国际接轨越来越密切，我们总不能一直自欺欺人。

顾晟玉以为云书记和季主任听了会很不高兴，没想到他们倒很坦然，云书记哈哈一笑说“他还没说全面，我来给补充，我们市里的商场多、宾馆多、豪华俱乐部多，公共卫生间少、停车场少。所以我们一直在致力于提高城市的文明程度和效率管理，让整体更加和谐，你告诉他们，中国人改正缺点的效率是非常高的，不用像他们上议会讨论个没完没了。我们一个文件就解决了。”说完又哈哈一笑：“这看来也不像是优点。”说得大家都笑了。

顾晟玉笑着对麦克他们说：“中国有自己特色的文化，一些缺点我们不能否认，比如漂亮女孩子骑自行车，也可以理解为是替我们的自行车王国做形象代言，官员们办事效率不高，我也不喜欢，但是中国的改变也是非常快的，改革开放30年，你们的媒体也非常吃惊中国的变化。政府接待豪华，那是对你们展示实力，这个消费我喜欢，因为钱消费到我这里了。”

说得麦克他们连连点头：“顾晟玉很直率，我们喜欢。”桌上的气氛也融洽起来了。顾晟玉也笑着说：“今天在座的政府官员也很喜欢你们的直率!”

翻译在给云书记和在座的转达顾晟玉他们的谈话，云书记语重心长地对翻译说：“以后就像顾总一样翻译，老外说话是比较直接的，只要不侮辱我们民族的尊严，有一些看法在国内、在你们中间听不到，在他们那里反而比较容易听到，这对我们的工作促进是很大的。”

在顾晟玉眼里，云书记一直是那种官本位思想的领导，没想到他在工作思路上是很开放的，看来官场有官场的潜规则，他们表面上那些姿态，不一定真正能反映一个人的内心世界。

顾晟玉看酒桌的气氛已经热烈起来，她和凤展告别了云书记一行，两人在顾晟玉的办公室休息了一会，继续打点精神，迎接电力改革和旅游协会的双重挑战去了。

正如凤展所料，酒店的晨会还没开始，电力的经理们就已经吵成一片，在电力公司，真的是没秘密可言，记得有几次公司高层调动，会议还没开，会议内容已经传得沸沸扬扬。

会议室里，田野最是气急败坏的，他苦心经营了半天，也和酒店的高层斗争了半天，最后却落得如此结果，实在是不甘心，正在建议大家联名抗议。

有几个经理在心里打小九九：联名抗议如果能解决问题也好，大家以后还能在酒店有一席之地，但是即使是联名抗议也得顾晟玉出面，光靠田野的人品，怕是影响不了几个人。

顾晟玉和凤展走进会议室的时候，看到里面讨论激烈的样子，两人对视了一眼："果然大家都知道了。"

顾晟玉看到晨会时间了，大家还在议论不休，她也不作声，就坐在那里听他们谈论，一阵轻微的躁动过后，议论声就在顾晟玉的沉默中安静了下来。

按照晨会惯例，各个营运部门开始汇报酒店的营运情况，等到大家都汇报完毕后，顾晟玉把工作安排了一下，讲了公司对酒店改革的大致思路，也提到公司张书记对先回去的人岗位优先安排的设想。

田野尖刻地说："优先安排啥呀，老总回去肯定比我们待遇高，好岗位给你留着呢！"其他几个部门经理嘴上没说，心里也是赞同田野的说法了。

顾晟玉看到大家矛盾的眼神，心想既然把这个话题谈开了，也不妨亮明自己的观点，她诚恳地说："政策性的东西我改变不了，公司的意思是等我们回去重新安排岗位，在岗位的选择上，我会给大家争取，如果你们回去没有一个合适的地方，那么我就待岗，直到大家对公司的安排满意为止。"

别人也没说什么，顾晟玉看见田野挑衅的眼神，心里暗叹："喜欢算计的人算计一辈子，光明磊落的人磊落一辈子，人和人的区别就在于心把自己指引到哪个方向，无论做什么，自己问心无愧就行。"

她知道这次改革对田野的打击很大，算计筹划了那么久，最后却是这样的结果，真是期望越高，失望也就越大，不像自己，只是做了眼下应该做的事情，没有勾起太多的贪念，所以对去留相对来说比较泰然。

田野看大家不吱声了，他一拍桌子："我们对改革方案不服，我要跟公司抗议，大家有谁愿意的，现在就和我写联名状，找他们抗议去！"

顾晟玉看他这样失控，沉了沉声说："我先联系公司张书记，看他们最后敲定的方案是什么，等我们有个准确的消息，大家再做决定也不迟，如果大家有什么别的思路，也可以在这里讲出来，我们一起想办法，或者是会后私下谈也行，总之遇到了这样的考验，我一定和大家站在一起渡过。”

顾晟玉的一席话把在座的稳定了下来，没有人提出什么意见，她看再讨论也没什么结果，就宣布散会。

凤展告诉顾晟玉在四楼巡查，顾晟玉的心情有点郁闷，也上了四楼，准备找凤展倾诉一下，遇到杨萍值班，她问了凤展的去处，就要到拐角的时候，一间客房门开了，贾璞笑吟吟地站在门口，顾晟玉愣了一下，贾璞也没告诉自己要回来，给了她一个措手不及。

贾璞看她发愣，直接把她拉进了客房，顾晟玉还带点生气地甩开了贾璞的手。

贾璞坚持拉着她的手，扶她轻轻坐下，然后认真端详着顾晟玉，看她憔悴的脸色和心事重重的样子，贾璞心疼地一点一点用手指把顾晟玉的眉头展开，慢慢地抚摸着她的脸，她的头发、眼睛、鼻子、嘴唇，直到把顾晟玉的气理顺了，才把她拥入怀里。

顾晟玉想起视频的事情，她把贾璞推开，盯着贾璞的眼睛问：“你那个 A 片是什么时候的事情?”贾璞那双眼睛里清澈得一点杂质也没有：“什么 A 片?”

顾晟玉一看贾璞一脸无辜，生气地说：“你那风流销魂的视频怎么落在了田雷手里?”

贾璞想了半天也不明白怎么回事，突然想到被田野打晕的事情，他恍然大悟：“前段时间图雅不知道怎么就来敲我的门，说是你让她带什么话，我到了约定地点，谁知道扑上一个女人纠缠我，然后田野他们把我绑架到了一辆车里，随后带到一个仓库，一进房间门，我就被打晕了，他们做了什么我真的不知道。当时有个叫何文的看管我，后来那个何文在田野买晚饭的时候放跑了我。

“这件事情之后，我觉得他们不会善罢甘休，本来要起诉他们，可是怕对你不利，毕竟这件事情发生在阿兰希酒店，之后就想到爸爸之前说过要购买阿兰希的事情，我想干脆把酒店买下来送给你，就不会有人处心积虑陷害你了。所以这段时间就在忙这个事情。”

“陷害我？”顾晟玉一脸疑惑。

贾璞打开笔记本电脑，从邮件里面找出一段视频，顾晟玉一看田野和田雷坐在一起，贾璞把声音放大，等顾晟玉看完后，贾璞说：“这就是我那天拿给他们看的视频，所以他们也设计了我，说起这个视频，我还要谢谢这两个人呢！如果他们不密谋你，我们也不会再遇见。”

顾晟玉听贾璞说的和图雅的对上了号，也就把心里的疙瘩解开了，她开始埋怨贾璞怎么不早告诉自己。

贾璞温柔地说：“我看你一天拼命的样子，哪能再让你有忧心呢，再说要不是赶上电力体制改革的深入落实，我也不确保就能买下阿兰希酒店。”

“你买下阿兰希酒店送给我？你也不问问我会接受不，现在，我们在阿兰希的电力职工马上就失业了！公司要求我们全部撤回主业。我都不知道该怎么和他们交代。”顾晟玉一脸无奈地说。

贾璞劝顾晟玉不要担心，他和父亲商量过，阿兰希酒店的人员一个也不动，如果他们愿意留下，待遇一律不变，只是需要重新调整一下岗位。

顾晟玉正要说什么，凤展的电话过来了：“我怎么没看到你？在哪里呢？我现在去找你。”

顾晟玉起身要走，贾璞拉着她，一副赖皮的样子，她轻轻一笑，推开贾璞，理了理自己的仪容，起身出了贾璞的房间。

顾晟玉和凤展一路巡查各个岗位，有的员工也知道了酒店要改革的事情，但是大家的情绪相对来说比较稳定，因为对于他们外聘人员来说，酒店一改革，管理岗位空缺，他们的事业有了发展机会，心理上没了和电力员工的比较，也相对平衡。

说起旅游协会的事情，顾晟玉说：“你们现在机遇和挑战并存，如果办好这次旅游协会，那么大卫国际也会以此为荣，在你们中间一定会产生一系列明星服务员和管理人员，所以一定要把握好机会，做好自己分内的事情。”

顾晟玉原来担心酒店一改革，一定人心惶惶，现在看样子，只有电力员工情绪不稳定，这些人都占据了酒店重要管理岗位。营运部门运作很正常，大家还是全力以赴为这次会议做准备。

上午旅游局孟局长打电话来咨询酒店的准备情况，顾晟玉把情况汇报了后，想先请当地旅游局过来参观指导一下，进一步完善接待方案。

孟局长同意了顾晟玉的邀请。

日子过得飞一般快，马上就周三了，离旅游协会会议日期就剩两天了，就在阿兰希酒店紧锣密鼓地准备迎接会议的时候，今天晨会上缺席了田野，顾晟玉看了大家一眼，没人为田野请假，就没再等，先让各个部门汇报会议准备情况，在座的大都是电力管理人员，汇报虽然全面，但是看上去大家的积极性不高。

会还没开完，公司张书记的电话打来了，顾晟玉听得出张书记口气很严肃："小顾啊，你们怎么联名告到总公司了呢？"

顾晟玉一头雾水："什么联名？"

"联名上书阻碍电力改革，不让出售阿兰希酒店啊！总公司的意思是凡在联名书署名的，一律严肃处理，安排到最艰苦的岗位去！而且在一周内待岗处理！公司让我做好你们的工作，回头我给你们再开个会。"

"联名上书？阻碍改革？"顾晟玉回头看了在座的一眼，有的人听到这个消息，头先低了下去。

顾晟玉想到这几天田野的事情，心里明白了八九分，她告诉张书记："我们正在开晨会，我把这个情况和大家说一下，您说的待岗处理，现在我办不到，我们正在迎接旅游协会的会议，不管公司什么处理，在没正式移交大卫国际之前，阿兰希的人一个也不能动！否则，我第一个抗议！"

说完，顾晟玉激动地挂了电话，在座的听到顾晟玉和张书记谈话的内容，都默默地等着结果。

顾晟玉看了大家一眼，叹了口气说："你们也听到了，所有联名的人都要严肃处理，大家心里着急，我能理解，但是我说过了，等我和张书记沟通好了，公司最后的决定出来再说，你们没等啥结果就联名上书，现在总公司让所有联名的人待岗处理，本来张书记还是给大家准备回去后岗位优先安排的，现在好了，要一律到最艰苦的岗位去！我们目前的任务是接待好这次旅游协会的会议，这些决定我和他们交涉去。你们等我协商的结果，这样好不好?”

大家这时才发现田野不知道跑哪里去了，原以为他这一闹腾，公司会松一下口气，没想到在硬性政策面前，公司的做法更强硬，大家的心里都没了底。

顾晟玉一看晨会开到这里，已经过了1个小时，她想到营运上还有那么多事情，马上宣布散会。

自己给大家苦心经营的计划让田野他们的联名上书给破坏了，现在的结局让顾晟玉感到很委屈，她一心为大家的前途着想，可就有一些人要盲目蛮干，收拾现在这个结局，要比协商解决前面的问题困难多了。

她憋着一肚子气，叫上凤展准备查看客房和餐饮部的准备情况，顾晟玉说：“酒店管理权归了大卫国际，对外聘员工来说是件好事，但是电力员工的归属实在让人担心。”

凤展一听就不乐意了：“这是政策的问题，让你管酒店，做你的管理就行了，电力员工的问题又不是你造成的，难道他们的后事你也要管?”

顾晟玉为难地说：“我也是电力员工啊，如果他们没个好去处，我这心里放不下。”

“你是自找苦吃，那些人才不会理解你的。”凤展还是一味偏激地说。

她俩一路巡查，看到小高在办公室，就一起走了进去。

小高吊着胳膊正在整理宾客资料，看到她俩进来，连忙起身让座，顾晟玉问了下小高的治疗情况，小高说：“这几天就是吃药，昨天拍了个片子，基本上问题不大了。”

说起何文的死，派出所到现在还没有线索，现在酒店面临改革，眼下也顾不上这么多了。

小高想起什么似的说：“何文说过，田野派人绑架过大卫国际贾董事长的儿子，是他认出来后放跑的，这次他们买下了酒店，是不是和这件事情有关?”

凤展一听小高这样说，立即叫小高把事情的前因后果说一遍，小高就把何文和自己在生态园说过的话告诉了凤展。

几个人又聊了些旅游协会会员的事情，顾晟玉和凤展才各自回到办公室。

凤展在办公室怎么也冷静不下来，她觉得田野绑架贾璞，被何文放掉，这么重大的线索没向派出所提供，太便宜了田野这个败类。

她打通了张所长的电话，把小高的情况汇报了，张所长笑着说："我们对何文的案子还在调查中，现在有个情况正要找你们，你们的副总经理田野昨天在北天堂夜总会被抓，当时发现他吸食毒品，对于他的行为，我们会展开一系列调查。"

凤展和张所长挂了电话，她立即告诉了顾晟玉田野被抓的事情，顾晟玉听到这个败类被抓，心里也很痛快，可是想到他是酒店的员工，还得到派出所看一下，凤展生气地说："告诉他家人去，你去干什么!"

顾晟玉给王书记打了个电话，两人一起到公安局了解田野的情况，结果看到妈妈、舅妈、图雅和酒店西餐服务员徐小轩都在，通过王书记介绍，才知道田野的老婆也到了。

张所长把图雅和徐小轩的笔录做好后，向顾晟玉和王书记介绍了田野的情况，他们昨天扫黄打黑集中行动，在北天堂商务会所现场查获了田野参与吸食毒品活动。今天早上又接到图雅和徐小轩的报案，田野利用职权强奸阿兰希大酒店服务员图雅和徐小轩，导致两人流产，导致图雅宫外孕大出血。刚才还收到阿兰希酒店凤展提供的情况，田野还可能参与了一起绑架案，现在田野本人收监候审，案件还在进一步调查，家属和单位负责人在笔录上签字。

田野的老婆一直没有说话，只是在该签字的地方签了字，王书记上去安慰了几句，要她有什么事情和单位打个招呼，能解决的尽量解决。

顾晟玉在一边和妈妈、舅妈、图雅说话，她提醒图雅："你的胎囊已经做过医学鉴定，如果需要的话，这个也是确凿的证据。"

图雅告诉顾晟玉这几天终于说服了舅妈，还做通了另一个受害者徐小轩的工作，没想到刚到公安局，田野正好被抓，真是报应。

顾晟玉让舅妈和图雅先回家，自己还要回酒店安排工作，田野的老婆也走了。

顾晟玉和王书记回酒店后，接到张书记电话，下午开电力员工大会，公司张书记一行到会讲话。王书记电话向张书记汇报了田野被抓的事情，两人商量后，决定下午开会一并处理。

顾晟玉安排办公室通知会议，她和王书记先去餐厅吃饭，在员工餐厅为他们准备的小包间内，凤展问了田野的情况，顾晟玉和王书记简单说了一下，凤展又给王书记说了何文提供过的情况，王书记连连感叹：“自作孽哦!”

下午的会议公司来参会的有张书记、工会刘主席、人力资源部李部长三人，他们首先传达了总公司转让阿兰希股权一事，并宣读了公司对电力员工重新安排岗位的文件，然后就田野被抓一事做了通告。

张书记严肃地说：“你们在这样豪华的大酒店待着，好东西不知道学了多少，坏习惯倒培养了很多，看看田野，一个工人，好不容易到了副总经理的位置，却做出了这么多难以收拾的事情，原因是什么？这就是价值观的问题！你们真正学到的东西有多少？

联名上书，上什么书！阿兰希酒店改革是政策，我们也无力改变，现在你们从这么豪华的场所回去，工人们本来就对你们不抱好感，你们还要挑三拣四，今天公司专门针对你们的问题开会，也不管是不是联名签字过的，凡阿兰希回去的员工，一律分配到 208 车间，那里是 208 最艰苦的地方，让你们回去，就是让你们知道，工作没有贵贱之分，你们出来好几年了，觉得自己高人一等了，现在一并打回原形！要么你们就完全脱离电力系统，继续留在阿兰希酒店等新董事长重新安排岗位，不过，据我看，以你们的专业知识，阿兰希酒店会不会像现在这样重用你们呢？你们自己心里也有数。”

接着工会刘主席讲了 208 车间的情况，李部长宣读了阿兰希在册电力员工的名单。

在座的人都没有说话，一个电力员工大会成了训话大会，大家对自己的前身也明白，就是抓住了阿兰希酒店开业的机会，很多人都是从工人岗位上出来，当时是为了在阿兰希有个发展，现在回去继续做工人，按理说也正常，但是人人心里觉得失落了什么，还说不出来。

顾晟玉没有去过208电厂，不知道里面是什么情况，看到大家这么紧张，心里想尽全力为他们争取个好去处吧！

张书记一行走后，有几个员工随着顾晟玉去了总经理办公室，顾晟玉看了一下，大家都来自酒店当家做主的岗位，有设备主管、财务主管、采购主管等，他们平时不开晨会，一些信息还是想从顾晟玉这里确认。

顾晟玉等他们坐好后，简单讲了一下最近公司的改革方向，他们很担心回去以后的待遇，顾晟玉开玩笑说："那么就留在阿兰希。"

"阿兰希现在是很好，但是酒店业竞争也日趋激烈，将来还不知道是什么方向，我们都40多岁了，在电力干了大半辈子，还想有个安稳的养老去处呢！这些待遇在私企肯定不会有。"

"反正现在公司的态度是我们回去就到208电厂输煤车间，别无选择，爱回不回。"采购主管李德乐说。

顾晟玉做了个简单的调查，电力公司在册的106个员工里，年龄在40岁以上的占了90%以上，他们都愿意回电力，为的是将来养老有保障，但是都不愿意去208车间。

她看到这种情况，对在座的几位说："既然大家都不愿意回去，在岗位上我努力跟公司争取，实在不行，我一个人去那个208的输煤车间，直到你们的岗位安排满意为止。"

接着顾晟玉就给张书记打了电话，说了自己的想法，张书记迟疑地说："小顾啊，你不是让我为难吗？刚才开会已经决定了，再说他们回来真的应该放下在阿兰希酒店的架子，认认真真投入到基础的工作中去。否则，对公司这边的员工不好交代。"

"我现在是阿兰希酒店的最高管理人员，我愿意到208车间接受安排，毕竟他们都40多岁了，安排在输煤车间实在是有点困难。"

"来阿兰希酒店的时候他们都说不管以后什么结果，都自愿来的，现在真的遇到改革这样的情况了，那也得为自己当初的行为负责。"张书记搬起了旧事。

顾晟玉心想在电话里也一下子决定不了，她继续和张书记谈："反正我这里遇到困难了，就这个情况，明天我去公司再找您面谈吧。”

几个电力员工看到顾晟玉为他们这样牺牲自己，感激得谢了又谢。顾晟玉让他们一定稳定心态，做好眼前的工作，等自己协调的结果。大家这才千恩万谢地走了。

田野被抓，他们的联名状成了抗议书，人们开始担心回到公司以后岗位的安排受到影响，现在把唯一的希望都寄托在顾晟玉身上了。

顾晟玉一刻也没停留，她反身就去了公司和张书记谈判，张书记一开始说一点余地都没有了，这是公司常务会的决定，顾晟玉说：“我也是常务会成员啊，你们开会决定问题怎么也得征求一下我的意见吧！”张书记看顾晟玉无奈地笑笑：“你从来在常务会上发表过自己的意见吗？再说了，这次改革力度很大，公司全力支持我们的决定，也许有一部分人有情绪，但是没办法，你回去做好大家的思想工作。”

顾晟玉想想每次的常务会，她确实像个局外人，他们处理公司的事情，自己还真的只是出席，没有发言。

现在她还是得理不让人：“这个问题关系到酒店100多名员工的事业前途，让我回去做员工们的思想工作，我的思想工作就没通。我有个建议，要么我一个人到车间，大家待岗安排，只要他们没安排好，我就在车间待着。”

张书记看她跟自己杠上了，眼下没办法，只好先把这个执拗的丫头哄回去再说：“你的问题我再考虑一下，尽快给你个消息。你先回去把大家的工作做好，还有旅游协会的会议要接待好。”

“那好，我今天先回去，明天我还会来，希望明天能给大家个答复。”顾晟玉说完告别了张书记，又回去和酒店的同事们简单说了一下情况，大家对这个小丫头的韧劲不得不佩服了。

顾晟玉的心思被电力员工改革和旅游协会的事情牵扯着，再加上酒店日常的管理工作，一天忙下来，竟然没有时间和贾璞联系，贾璞打了两个电话，看她忙着，也就没有再打扰，于是只好用短信陪着她：“我最近老做梦，梦见在很远很远的坤山脚下，野花一团一簇地点缀在绿毯似的草地上，旁边有小溪玉带般轻绕在我们身边，孩子们开心地荡漾在鲜花编织的秋千上，我们一家人开心地笑啊、跳啊，笑声感染了飞舞的彩蝶，激励了愉快的鸟儿，世界如神话般地美丽……”

顾晟玉看了这个长长的短信，心里暖暖的，想到贾璞为了自己差点落在了田野的手上，她顿时满心歉意地回信：“等我处理完这几天的事情，一定给你画一幅神话般美丽的世界。”

贾璞的短信：“我要现实的，我们俩创造的现实的世界。”

顾晟玉想到了坤山之行和老人院的画面，想到自己对贾璞的误解，她带着满心的甜蜜和激情又投入到了工作中去，计划着把这几天忙完了，一定好好陪陪贾璞。

事情总是一件赶一件，旅游局孟局长的电话到了，后天就要召开旅游协会，今天他们先来查看一下酒店的准备情况，顾晟玉和凤展把这几天的准备情况又做了个总结，两人又把会议流程和接待方案完善了一下，就等孟局长他们的评价了。

旅游局这次检查一行 6 个人，除了孟局长和董副局长、罗主任认识，其他几位还没有见过面，孟局长一一介绍后顾晟玉才知道省旅游局也来了两位主任。

一行人在会议室听了顾晟玉和凤展的接待方案，觉得安排上非常细致，不得不赞叹顾晟玉他们的工作确实做到位了。

接着一行人又在各个岗位上巡视了一遍，省旅游局的马主任满意地说：“硬件和软件上目前都无可挑剔，就按现在的标准走，到时候不走样就很好了。”

孟局长看了看前台接待人员，笑着对顾晟玉说：“不愧是大手笔，调教出来的服务员给人一看档次就很高。”

顾晟玉和凤展相视一笑，心想，这里精华荟萃了，可不是让人耳目一新。

晚饭接待设在酒店的江南厅，在这个标志性的雅间里，旅游局孟局长对雅间的布置和摆台的角度大加赞赏，省旅游局两位主任对雅间的颜色搭配和餐具配备都连连点头：“太豪华了！太豪华了！”

雅间椅套和桌布都是金线团秀，灯光也经过了特殊设计，人落座后，灯光柔和地照在脸上，更显得容光焕发，与整个大厅的金碧辉煌相印衬，尊贵无比。

顾晟玉和风展看到最近的工作受到肯定，也松了口气，她们在一些细节问题上又进行了交流和讨论，宴会一直持续到晚上10点才散，顾晟玉和凤展送走孟局长他们，又把细节问题落实到了各个岗位才回家。

第二天的晨会大家的积极性很高，电力中层干部听到顾晟玉和张书记协调的事情，都被她的韧劲触动了，大家在一片安定祥和的气氛中结束了会议。

顾晟玉晨会一散，把工作安排给凤展和赵总，又去公司找张书记。张书记看她来了，放下手中的工作，笑吟吟地看着她，不知道她今天又要怎么做。

顾晟玉往沙发上一坐，拿出一份名单，上面列举了阿兰希在职电力员工的职位、年龄、来阿兰希之前的原始岗位，往张书记面前一放："您看看，这里除了我和工程部三名年轻大学生，剩下的人平均年龄42岁，我了解了一下208车间的情况，全部是体力活，他们绝对经不住考验的。"

这时候后勤小武来找张书记签字，是员工住宅区物业管理申请补人的问题，顾晟玉眼睛一亮，对呀，员工住宅区三个物业点，以前都是雇用的临时工，现在让阿兰希酒店的人回去充实一下也可以啊！总比去输煤那个改造劳改犯的地方好一些（这些都是她后来了解到的）。

小武走后，顾晟玉继续等张书记的答复，张书记知道今天不给顾晟玉个说法她是不会走的，他一边思考一边说："我们现在是运行口缺人，原计划是把他们往运行口安排，看这样子，将来也难保不出问题，现在管理科室人满为患，一个也安排不进去的，你看，所有的岗位都在这里，你说这100多个人我怎么安排?"

顾晟玉昨天其实和人力资源部的李部长私下沟通过，李部长的建议是先回来，下一步再具体解决，毕竟安排100多个人呢!

她又联系了几个熟悉的中层干部，答案和李部长差不多，真的还没有合适的岗位。

现在只能先把物业这一块占下，她看张书记一下子也实在拿不出具体方案，只能摊牌了："物业不是缺人吗？我们要这一块。"

张书记一听就笑了："这三块加起来也就需要30多个人。"

顾晟玉也不着急："还有保安这一块呢？"

张书记给人力资源部打了个电话，回答保安这一块三个地方加起来有60多个临时工。

这样计算下来能安排90多个人，还有10来个没地方。顾晟玉说："年轻的跟我去208车间。等把这次会议开完了，我就去报到。"

张书记看着顾晟玉："你真的要去？考虑好了？"

顾晟玉坚定地点了点头："我去就是为了要阿兰希回来的员工有个好去处，如果安置不好他们，我就是去了都不安心。"

张书记看顾晟玉是铁了心的要个答复了，他们原来也计划过物业，只是一线车间缺人，科室里的人又不愿意再下去，只能拿阿兰希回来的人做工作，虽然有点不公平，但是也没办法，国企就是这样，只要岗位上了个平台，一般也不会再让他降下去，很多人都是千方百计才到了管理科室，一下子又回去一线，工作很难做。现在看顾晟玉这个样子，不给她解决好，这丫头真的要天天来找麻烦了。

张书记拿着顾晟玉的名单说："90个人充实物业，这个我能在常务会上争取，剩下的人你来做工作，到一线运行岗位，你看怎么样？"

顾晟玉看谈的结果还理想，就先答应了回去落实这90个人的名额去。

顾晟玉的电话不住在响，酒店的很多事情还要处理，她告别了张书记，一路匆忙地又投入了酒店的工作。

顾晟玉把消息带回来后，着实让电力员工高兴了一会，其实人也是很容易满足的，在没的选择的时候，有了一线希望，却也是总比失望的好。

现在电力走100多个员工，还都是酒店的关键岗位，一直都是电力员工在当家做主，外聘员工就没有锻炼的机会，一下子要做管理上的衔接，顾晟玉担心酒店管理上会出现混乱。

这个问题现在也管不了了，目前还是稳定大家的情绪，做好眼前的工作。

好在现在大家心里稍稍踏实了点，想到就要离开自己奋战的岗位，都有点悲情。

顾晟玉每每看见这种表情，就鼓励大家给自己的酒店生涯画上一个漂亮的句号。

其实改革的事情对她自己来说，压力也相当大，对于一个在事业上刚刚起步的年轻人，突然转身放弃，任何人都会很矛盾，不过这么多的事情需要处理，她只能把自己的问题放到最后来解决了。

想到明天会议人员就要陆陆续续入住，她和王经理对菜谱又进行了细致的讨论。

王经理看顾晟玉忙碌了一天，呵呵笑着说："忙过这一阵子，我也不用和你要人了，大家都能消停了。"

顾晟玉惋惜地说："王经理从一个外行把餐饮搞得这么好，可惜了。"

王经理还是一副坦然的样子："工作毕竟不是一辈子的事情，生活才是一辈子，有些东西放下了，才能享受更多的。"

顾晟玉看着王经理淡然的样子，心想：40 多岁的人对人生一些感悟很深，不像自己，就是一味地要求完美，当你全身心地扑在一件事情上的时候，其实身边很多的风景已经错过了。

这就是她这个年龄段和王书记他们一些观念和想法上的不同，其实也不错，毕竟自己没有他们的经历，年轻的时候有追求应该是正确的，就这样一路呼啸向前吧，该思考的时候会有机会思考的。

顾晟玉看上去很稳当，其实是个很喜欢挑战的人，最近的事情忙起来，反而觉得很兴奋。

王经理走后，小高和凤展一起来了，顾晟玉看小高吊着胳膊还在工作，又要批评，小高先发制人："我可是好好在养病了，啥也没干，是凤总约了我一起来的。"

顾晟玉想起自己的发言稿还没写完，就安排小高："给你找点活吧，今天有时间帮我把发言稿再完善一下。"说完就把文件传到了小高的邮箱里。

因为电力改革的事情，顾晟玉每天上午的时间都用在协调回去员工的岗位问题了，酒店的事情大都是凤展在管理。

三个人又谈了会儿工作，顾晟玉想起酒店后备管理人员的问题："大卫国际接收阿兰希酒店后，除了你们两个，其他营运岗位和管理岗位都缺人，虽然说大卫国际也可能派人，但是，我们这里专业做得不错的，可以先推荐给他们。”

凤展一听：“你是不是真的要去那个208车间当工人去？”

顾晟玉点了点头：“我已经和张书记说好了，我去车间，直到这些人都有了合适的地方。”

“那不是白白浪费人才吗？你干脆辞职不干得了，咱们还一起搞酒店管理。”凤展进一步做顾晟玉的思想工作。

顾晟玉也感慨道：“公司要求我们必须回去，如果我带头辞职了，对大家的安排各方面影响不好，所以还是决定回去。”

你现在是年薪制，怎么一年也得20万元收入，回去做工人，一年工资最高最高了给你三四万元，从经济收入上讲也不值，更别谈什么实现人生价值，你为了那帮人，要牺牲掉一个很好的机会，我认为没必要，别想那么多，干脆辞职算了。”

顾晟玉听凤展的分析，其实自己何尝也不是这样想的，只是现在不回去，那么就得在阿兰希继续干，一想到贾璞，顾晟玉不希望他和贾璞的爱情有什么别的成分，所以权衡左右，还是决定离开阿兰希。

小高一直没说话，他理解顾晟玉的苦衷，也尊重顾晟玉的选择，在他心里，顾晟玉无论回去做工人，还是做总经理，他都爱她，只要她喜欢，他就无条件支持。

三个人又说了会儿话，已经是晚上7点了，贾璞打电话过来，要约顾晟玉晚上吃个饭，凤展和小高才起身离开。

顾晟玉这几天确实也累了，她看工作告一段落，想想贾璞为自己做了那么多，真的想立刻就见到他。

贾璞还是在老地方等她，顾晟玉上车后，贾璞轻轻抓住她的手，看到顾晟玉累了一天，见到自己还强打精神，他爱抚了好一会才问：“想去哪里呢？”

“不管去哪里，越远越好。”顾晟玉发自内心地说。贾璞微微一笑，把顾晟玉安顿到舒服的位置，他开着奔驰一路向南飞奔。

H 市的南郊是湿地自然保护区，水域辽阔，风光旖旎，北依青山，南接黄河，浩浩荡荡，缥缥缈缈，碧波荡漾，群鸥翔集，兰舟桂棹，渔歌对答，素有“塞外西湖”之美誉。

贾璞把车停到码头附近的空地上，他们简单地吃了点饭，就原路来到了码头回廊的深处，那里停着一只游艇，他上去说了几句话，把顾晟玉拉上游艇，穿好救生衣，师傅一路特技狂飙，在水上腾挪辗转，非常刺激，顾晟玉靠着贾璞，享受着一种极度的放松。

一会儿工夫，师傅就把他们载到了一个小岛上，贾璞和师傅定好返回时间，师傅径直返回去了。

天色已近黄昏，岛上看不到几个人，刚才飞舟刺激的感觉还没缓过来，两个人在小岛上追逐打闹了一会儿才安静地坐在一片沙地上。

贾璞怕沙地凉到顾晟玉，把她抱起来放到自己的腿上，两人甜蜜地依靠着，看远处微波粼粼，渔火点点，飞鸟归巢，气氛格外的宁静。

突然几声炮响，小岛的上空炸出了美丽的焰火，顾晟玉抬头看去，一阵火树银花过后，竟然放出了丘比特图案的礼花，又是几声炸响，一串串“I LOVE YOU”字样的礼花放了出来，礼花放在他俩的上空，仿佛是专为他们定制的爱情表白，顾晟玉一扫几日来的压抑心情，开心地拍打着贾璞，一个劲儿地问：“怎么回事？怎么回事?”

礼花过后，贾璞才温柔地说：“今天是你们这里的河灯节，你忘记了?”

顾晟玉这几天都忙晕了，贾璞这么一说她才想起来，H 市的河灯节是在每年的农历八月初二举行，关于河灯节的来历众说不一：一说是祭河神，因为这个时节正是雨季，黄河水上涨之时，湿地边上的养船户及居民为河运畅通，避免水患，每年都要在这个时间制作各式河灯放入黄河，以敬河神保佑，人丁无患。二说是纪念龙女战胜湿地黑妖龙。

河灯节时白天唱戏、逛庙会，晚上一盏盏河灯飘然而下，有的是用粗瓷碗上糊灯罩、有的是小木板上糊灯罩。

如今，这个节日已经演变成 H 市民休闲度假的文化节，河灯的内容也是五花八门，有的是祝福爱情美满，有的是祈祷身体健康，每年的这个时候，湿地旅游区灯火辉煌，天空中的焰火和湿地湖面的各式河灯遥相呼应，煞是壮观。

顾晟玉马上嚷嚷着要放河灯，贾璞看着她一脸的孩子气，从背包里拿出两样东西，打开一看，原来是两只连在一起的精致的鸳鸯灯，也不知道他是怎么弄来的，顾晟玉也不管，兴奋地打开就要点，贾璞帮她点着后，又放进去一张小纸条，两只鸳鸯顺着湖面悠闲地远去了。

这时候湖面陆陆续续飘来各式各样的河灯，也满载了人们美好的心愿。这对恋人幸福地依偎在一起，静静地看着河灯渐渐远去……

河灯越来越少了，开游艇师傅也赶到了，贾璞和顾晟玉上了游艇，师傅一路缓慢地避开河灯，把他们送上了河岸。

岸上看焰火的人们正在逐渐离去，贾璞看着顾晟玉兴奋的熠熠闪光的双眸，心里也是幸福满满。

贾璞担心玩太晚了会累着顾晟玉，所以在夜色中依依不舍地把她送回了家。

顾晟玉回到家里，一家人正在看电视，电视上正在播报河灯节的新闻，顾晟玉看到今晚的焰火由大卫国际赞助，想到礼花中爱的表白，心里一阵激动，图雅看到她一脸兴奋的样子，拉起姐姐，俩人躲屋里说悄悄话去了。图雅知道顾晟玉和贾璞和好了，心里的歉疚也减了不少。

第二天顾晟玉神采奕奕地上班，没想到好事成双，张书记告诉顾晟玉员工的安排计划按他们昨天商量的去做，她把这个消息告诉大家后，极大地安慰了这些中层干部，大家暂时抛开了担忧，集中精力迎接会议的事情。

会议报到接待很顺利，大家提前把房间和各地到会人员的饮食习惯、生活习惯、年龄甚至用药状况都做了细致了解，X 省旅游局局长休息就爱枕荞麦皮枕头，睡觉时不能看到亮光，他报到后发现房间专门做了遮光帘，大床上荞麦皮枕头的清香很熟悉。床头放着 H 市的报纸，还有一份自己经常看的 X 省日报，惊讶得连连赞叹。

S 省明珠大酒店的吴总对前台的接待赞不绝口，悄悄和顾晟玉说要挖几个人回去。

D省旅游局于局长对门迎和停车场指挥很感兴趣，他说："门迎的服装很像瑞士的军服，小伙子穿起来英武帅气，给人一种异国情调，指挥车辆的小伙子们一个个仪表堂堂，训练有素，司机被他们指引着车辆是一种享受。"他报到后站在大门口观察了很久。

对于这次行业内的盛会，H市旅游局几位负责同志主动担任起了协调任务，这让顾晟玉很感动，他们把接待过程中一些细节及时传达到了服务总台，所以让与会代表们感到服务非常及时。

准备工作做充分了，其实接待的时候很顺畅，到晚上7点，150人组成的专家、教授、领导安排妥当，顺利开餐。

旅游局孟局长代表H市致欢迎词，协会段会长讲话后，顾晟玉代表阿拉希酒店致欢迎词，宣布宴会正式开始。

阿兰希大酒店的150平方米的宴会演播厅装备比H市电视台的配置还要高级，来自各地媒体的记者饶有兴趣地看着自动控制的灯光设备和摄像机，感觉在录制一场春节联欢晚会。

节目有H市特色的民族舞蹈和器乐演奏，省内两位知名的歌唱家蒙古力和金花也献出了自己的成名曲。

现代化的电子效果和演员们的精彩表演，使得整个晚会美轮美奂，给参会代表们留下了深刻的映像。

第二天就是正式会议，顾晟玉一早就来到酒店，陪同孟局长和协会段主席吃早餐，段主席通过两天和顾晟玉接触，觉得这个女孩子表面看上去稳重优雅，实际上对大局的掌控能力很强，他甚至开玩笑说下次这个会长就由顾晟玉来做，那也一样做得有声有色。早餐在愉快的气氛中结束，会议进入正式流程。

段会长首先报告了行业会费缴纳情况，协会几个委员分别就旅行社和饭店管理及前景做了一些简单的回顾。

下午和第二天是专家团集中讲座，分析旅游饭店行业国内外形势，客房用品和国际接轨等。

顾晟玉和凤展做了分工，她负责会议内部协调，凤展抓外部服务质量，两天会议下来，代表们对酒店的整体形象和软件服务都给予了较高评价。

最后一天是评选十佳饭店和各地旅行社签约活动，这一天对于阿兰希酒店是非常关键的一天，因为只要和这几个大省的旅游局签了意向书，就代表每年的团队和会议接待集中到了阿兰希酒店。

顾晟玉准备了一周发言稿，早已有了思路，通过三天的参会讨论，她心里的框架已经制定得很完善了。

她代表阿兰希酒店做发言报告的时候，会场一片寂静，大家都好奇地想知道这个美女总经理是怎么经营这个 H 市最高级的五星级大酒店的。

对于演讲，顾晟玉在大学时代就得到了很好的锻炼，再加上她是实战型管理出身，所以讲起酒店，引用的题材都是实实在在发生在酒店的案例，让参会人员听着报告一点都不枯燥。从报告中，让人感觉到这个总经理对酒店投入的热情和心血，感觉到了一个年轻人在挑战面前的勇敢和勇往直前的精神。

一场报告下来，会场几次都被掌声打断，接下来的评选活动中，十佳旅游饭店的荣誉也当之无愧地被阿兰希酒店夺走。九省的旅游局和阿兰希大酒店也签订下了全部旅行社国际接待的合同。

三天的会议在大家对阿兰希酒店的赞叹和欣赏中结束，顾晟玉看到会议的累累成果，感觉把五星级酒店这幅画顺利完工了。

极度的紧张过后就是极度的放松，顾晟玉觉得像是打了一场大仗，送走旅游协会的代表后，她什么也不想做，所有的事情一下子停了下来，回到家里倒头就睡，晚饭也没吃，一觉睡到第二天早上 7 点。

顾晟玉一到酒店，就接到张书记电话，分管阿兰希国际大酒店的集团公司党委和工会两个小组的人今天上午入住酒店，与大卫国际进行交接。

关于交接的准备工作在前几天就安排好了，顾晟玉吩咐办公室主任通知到各个部门，一会儿召开自己在阿兰希酒店最后一个店务会。

她让前台把接待任务安排好后，表情泰然地走进了会议室。店务会参会的是阿兰希酒店所有部门的负责人，顾晟玉看到 95% 以上的系统内员工，大家脸上的表情都很凝重，想到要告别阿兰希酒店，本来一脸镇静的她，心里还是不平静了，她坚持着听完了各个部门的情况。

这次店务会是配合最好、最有效率的一次会议，会上谁也没有扯皮、推诿，所有的协调都及时解决了，整个会场弥漫着一种悲怆的空气。

看大家这个样子，顾晟玉稳了稳情绪：“这次旅游协会会议举办得非常成功，对H市的旅游工作做出了非常大的贡献，是我们酒店成立以来第一次获得这么大的荣誉和这么多的签约，九省的专家和学者对我们在座各位的工作给予了非常高的肯定，在这里，我也要谢谢大家对我工作的支持，虽然我们就要离开酒店了，但是，我们交出了在阿兰希最完美的答卷!

今天大卫国际就要和集团公司对酒店进行交接，各位散会后把交接的材料再仔细过滤一下，一会到会议室等待交接，对于大家回去的岗位安排有什么问题的，随时和我联系，在交接手续没办完之前，我会一直留在办公室。”

顾晟玉刚说完，有几个女同志的眼泪忍不住了，办公室任主任满含热泪地宣布散会。

大卫国际负责交接的是贾璞带领的几位负责人，他们正在大厅听贾璞的安排，看见顾晟玉从大厅走过，贾璞快步走了上去，这是他们俩在公众场合第一次接触，贾璞看着顾晟玉，心疼地说：“今天要辛苦你了，不过等事情过了，我一定让你好好休息几天。”

顾晟玉对贾璞笑笑：“你都准备好了吗?”贾璞点了点头。顾晟玉一直没有告诉贾璞自己决定去208车间的事情，她觉得无法开口，只是把集团公司对电力员工的安排和贾璞说了一下，对电力人员走后各个岗位的情况又给贾璞说了一下，重点把凤展、小高这些优秀的外聘员工推荐给贾璞。

贾璞看顾晟玉考虑得这么周到，情不自禁地要抓顾晟玉的手，顾晟玉轻轻躲开。贾璞温柔地说：“以后你想怎么管理就怎么管理，只是不要太辛苦，其实我这两天哪里也没去，就在酒店看你忙乎了，你这个样子让我真的很心疼。”顾晟玉正要告诉贾璞自己决定去208车间的事情，刚说了一句：“其实我……”

张书记这时候刚好到酒店，顾晟玉只好打住话题，给张书记介绍贾璞，张书记已经得到集团公司党委张书记的消息，知道大卫国际未来继承人贾璞要和他们办理交接手续，他看到贾璞成熟稳重，谈吐不凡，也非常欣赏。

三个人正说着话，集团公司党委派来的交接工作组也到了，贾璞代表大卫国际接待了他们，酒店各个部门的负责人已经等候在会议室，双方工作组的人根据合同内容，一项一项办理交接手续。

在接收方负责人签字的时候，贾璞把文件递给了顾晟玉，顾晟玉突然想起来还没和贾璞说明情况，她为难地看了贾璞一眼，起身说要接个电话，直接出了会议室。

顾晟玉一出会议室就给贾璞打电话，贾璞的手机关到了静音，根本没听见，顾晟玉在会议室外急得直转，看到服务员小王，她嘱咐了两句，小王一会儿把满脸疑惑的贾璞叫出了会议室。

顾晟玉简单把情况和贾璞说了，贾璞听得连连顿足："你这是何苦呢？这是何苦呢？我费了这么大心事，就是让你能做自己喜欢的事情。很简单，你辞职就可以啊！聘书我都给你写好了！"

"为了从酒店回去的系统内员工有个好去处，我要求去了208车间，这个决定是我考虑了很久才做的，对大家都有好处，至于酒店的事情，一些重要部门人选我已经做了个推荐表，交接完毕后给你参考。也怪我这几天太多事情，你们交接也这么快，所以没来得及跟你说明白。"

贾璞看顾晟玉这样说，他思考了一下："我先接管，等你把事情处理完毕再说，这个位置一直给你留着，直到你回来。"说完两人先后回到会议室。

在座的看到贾璞一脸落寞地回来了，一会儿顾晟玉也镇定自若地进了会议室，大家虽然有点疑惑，不过也没想明白，还是继续在进行交接签字了。

一天的交接工作下来，签字部分已经完成，剩下的是各个部门的清点，顾晟玉安排好了后，到张书记办公室继续协调系统内员工的安排。

张书记说："清点、签字怎么也得一两天时间，你好好考虑一下，真的要去208车间？"

"我都在大会上承诺过了，只要把大家都安排好了，我立即去报到。"顾晟玉坚决地说。

张书记看她主意已定，也没有再多说什么。

酒店营运上有风展在管理，顾晟玉索性把酒店的工作全部放下，全身心地投入到和酒店回系统员工的协调中。

一次又一次的谈话，一次又一次的协调，101 个人终于有了着落，除了 5 个马上要退休的员工，还有新来的 3 个大学生决定留在阿兰希，顾晟玉到 208 车间，其余 92 人都安排在了物业管理。

顾晟玉给大家把调令办理好，又给回公司的员工开了个会，大家对安排没有意见了，就等着签字完毕，做最后的交接。

顾晟玉拿着自己的调令去找张书记，张书记先建议她去参观一下 208 车间，心里想就顾晟玉娇弱的身体，看到现场的情况，吓也把她吓跑了，谁让她强出头呢！92 个人张书记也是费了好大劲儿才协调下来，要不是顾晟玉强烈要求去车间，还真的不好给一线人员交代呢。

现在她去了，算是把事情平息下来，等上个半年六个月，再把她调出来，这样大家都没话说了。

到了现场后，输煤车间的刘主任接待了他们，刘主任看顾晟玉文文弱弱的像个书生，笑了笑说：“我们这里的女工全都是体格健壮、能吃能干型的，你这小身体，两天就累坏了。”顾晟玉看了张书记一眼，也没多说，张书记让刘主任给顾晟玉找了一身崭新的工作服和一个新安全帽，刘主任又给他俩一人发了一个大口罩和一副新手套。顾晟玉机械地听刘主任的安排，等一切收拾停当，她悄悄在刘主任办公室的镜子里看了一下，不禁想笑出来：全身除了眼睛，其余部位几乎全被捂得严严实实。

收拾停当后，他们随刘主任来到了一个大门口，门上挂着帘子，也看不到里面的情况。

刘主任走在前面，一开门帘，就是一段很窄的楼梯，楼梯是用角铁焊接的，走在上面有点摇摇欲坠的感觉。

顾晟玉低着头小心地走完了 10 来级楼梯，抬眼看去，这是一条通廊，两条长长的皮带载着煤块一路呼啸而去，原来这就是输送原煤的地方。

通廊里光线还可以，她看到粉尘在灯光中肆无忌惮地飞舞，有几个工人拿着胶皮水管在冲洗皮带漏下的煤块，他们身上沾满了煤粉，除了眼球和牙齿是白色的，脸上几乎看不出皮肤的本色。

工人们和张书记、刘主任打过招呼，又继续冲洗地面去了，顾晟玉看到远处有一个工人一边用铁锹铲煤块，一边不住地咳嗽，不住地吐痰。

她在阿兰希酒店从没有见过随地吐痰的人，刚看到时吓了一跳，可想到他们在这样恶劣的环境下工作，随之也就释然了。

刘主任说这只是一条通廊，车间像这样的通廊有13处，刚才看到的是环境还不错的一处，其他地方条件更恶劣。

回到办公室，顾晟玉发现自己就这么一会儿工夫，口罩上、脸上、手套上都沾了煤粉。

张书记看着顾晟玉的表情："现场就是这样，你去洗一下脸吧。"他指了指办公室的脸盆。

顾晟玉倔强地用面巾纸擦了下，对刘主任说："酒店交接完毕我就来报到。"

回到酒店后，交接工作已经接近尾声，大家把手头工作上报后，就算与阿兰希酒店彻底脱钩了。

酒店暂时由贾璞接管，凤展还是副总，不过代总经理执行工作，小高配合总经理工作，把前厅部几个能干的丫头放到了营销和管理岗位上，餐饮部由任红管理，酒店基本上运行稳定，酒店原来在管理上人满为患，所以现在也不显得人员紧缺。

顾晟玉和大家做完交接后，一身轻松地回了家，和图雅说了会儿话就倒头睡了，一觉睡到第二天早上6点，想想自己要去208车间报到，起来洗漱了一下，简单吃了早点，习惯性地找自己的奥迪车，想了想今天是去当工人，就又换上单车出发了。

阿兰希酒店回来报到的人都被安排到会议室，张书记和物业公司的李主任来和他们说了下物业公司的情况，公司费了好大劲儿才给大家争取到去物业，希望大家调整心态，认真地投入到下一份工作中。

从万众瞩目的阿兰希国际大酒店一下子到了公司的保安、园艺管理人员，大家的心理落差还是很大的，好在没有去车间，所以对这个安排也只能接受了。

又看到顾晟玉为他们主动去了车间，大家对公司安排也不敢有什么异议，一个个陆续被领到新的工作岗位了。

顾晟玉安顿好大家后，来到刘主任办公室报到，刘主任在办公室一个劲儿地抽烟，看顾晟玉穿一身工作服来了，一边让座，一边在心里合计怎么安排这个曾经在阿兰希风云一时的美女总经理。

顾晟玉一直在刘主任的办公桌前站着，刘主任看她不坐，也站了起来。他让顾晟玉先在办公室实习几天，然后再做安排。

顾晟玉都和人力资源部打过招呼了，来这里就是去现场，看到刘主任和自己都站着，心想还不如快点去现场，两个人都自在些。

在她的强烈要求下，刘主任打了个电话，说是叫顾晟玉的班长上来，让班组进行安排。

一会儿工夫，上来一个30多岁的班长，戴着安全帽，工作服上沾满了煤粉，看着顾晟玉，眼里有好奇也有不安，工人们不会掩饰自己的情绪，他似笑非笑地看着眼前这个美女，怎么也想不通堂堂阿兰希酒店的总经理为什么要给自己做手下。

顾晟玉一边说："班长好!"一边要和他握手，他一看顾晟玉细嫩的手，吓得把自己粗黑的手掌往背后一躲："不行！不行！我的手太脏了!"

这时候听到门外有"嗤嗤"的笑声，原来工人们听说有个美女要来车间报到，都挤在门外来看热闹，看到班长紧张的样子，忍不住笑出了声。

刘主任一再安顿班长："先到班组熟悉工作，要做好安全管理，尤其是人身安全，一定要注意!"

班长答应着示意顾晟玉和自己走。顾晟玉和班长出了刘主任办公室，又到了一个大的办公室，里面摆了好几张长条椅，前面是个办公桌，桌上放了一台电脑，看样子好像从来没有人使用过，电脑上满是煤粉，桌前的椅子上也残留着一些煤粉。

班长姓元，大家叫他小元，他有点羞涩地安排顾晟玉坐到长条椅子上，感慨地说："你怎么想起来这个地方？在这里就是不安排你干活，两天下来人也黑了，皮肤也粗了，这是何苦呢!”

顾晟玉郑重地说：“是我要求到最艰苦的岗位的，你也别考虑太多，按正常程序安排工作就行。”

元班长叫来一名女工刘姐，让她带顾晟玉去更衣室领更衣箱，刘姐把她带到一个挂满晾晒衣服的房间，把挨着刘姐更衣柜的一个箱子打开，把钥匙给了顾晟玉。

顾晟玉又观察了一下屋里的环境，有几个铁制的长条椅子，大概是用来更换衣服的，有一根长长的晾衣绳穿在房间的南北两端，剩下的就是满墙壁的更衣柜。

刘姐说现在女工们都在岗位上，中午吃饭的时候就都回来了，今天由她和顾晟玉一起给大家打饭去。

刘姐帮顾晟玉收拾好两个大铁箱子做的更衣柜，看她什么也没带，就安顿明天应该带的随身用品，今天和刘姐合用。

刘姐干活很麻利，两人一会儿就把更衣柜收拾好了，看看时间是中午 11 点，刘姐要打饭去，顾晟玉就和她一起收拾打饭的器具，她们拿了两个不锈钢大桶，几个塑料袋，刘姐说 40 来个人的午饭，只能打到这个大桶里，另一个桶装馒头，这样就不会被煤粉污染。

她们把桶放到一个三轮车上，刘姐熟练地骑着车，让顾晟玉坐到车上，两人一起去了食堂。

食堂的人看到顾晟玉，就像见了外星人似的围了过来，刘姐看了看大家，对顾晟玉说：“别理他们，他们没见过美女。”

食堂很大，足够容纳 1000 人同时吃饭，打饭的窗口有十几个，感觉上就像大学里的食堂。

刘姐把两个大桶放到了写着“运行”字样的窗口，递进去一沓子饭票，报了人数，师傅就把一大盆大烩菜端起来倒在了不锈钢大桶里，然后又数了馒头，放在了另一个大桶里。刘姐又用塑料袋打了点凉菜，两人吃力地把大桶搬到了三轮车上。

刘姐一路骑着三轮车，顾晟玉在后面推着，走了大约半千米，才到了值班室，值班室里放了一桌子的饭盒，刘姐把桶里的菜一勺一勺分到了饭盒里，把馒头按一人两个放到了饭盒上。

顾晟玉没有带饭盒，刘姐就把自己的饭盒给她用，她和元班长分了一个饭盒盖子盛着菜吃。

三个人吃着饭，顾晟玉感觉这个大烩菜做得有点过火，看刘姐和元班长吃得有滋有味，就没吱声，吃了点馒头和凉菜，剩下的怎么也吃不进去了。

这时候刘姐吃完了，看顾晟玉盯着剩下的菜发愁，给她使了个眼色，拿起顾晟玉的饭盒出了值班室，然后把剩饭倒在了值班室后面的一个小树坑里，一边倒一边说："这里的菜是喂小狗和小鸟的，不过，能不剩饭尽量不要剩，如果给大家看见了，会批评你浪费粮食的。"顾晟玉对刘姐又一次升起了一股敬佩之情。

两人回到值班室的时候，工人们已经从岗位上回来了，大家看见顾晟玉，一个个吃惊得饭也顾不上吃了，不管男的女的都盯着她看，有一个男的端着饭盒看呆了，馒头掉地上也没发现，惹得大家一阵取笑。

元班长的班组里来了个美女，消息一下子在工人中传开了，大家路上路下的都要往班长的办公室看看，把个班长弄得很被动，他把刘姐从岗位上调下来，专门陪顾晟玉熟悉现场。

刘姐领着她熟悉车间生产线的地理位置和值班情况，所以大部分的时间在现场，这样就减少了人们围观的机会。

顾晟玉最为难的时候是回到更衣室，十几个女工脸上挂着煤粉，穿着大雨鞋随地就那么一坐，一边收拾洗簌的东西，一边说着脏话，大声开着黄色的玩笑，还时不时问顾晟玉好多问题：

"班长把你分到什么岗位了？"

"这里环境这么差，你能受得了吗？"

"班长肯定会给你个舒服的岗位，你是高级人，不像我们，你是大学毕业吧？"

"你以前来过车间吗？"

面对大家的询问，顾晟玉一一礼貌地解答，但大家对她的礼貌很不自在，反而觉得有点不习惯。

一个班下来，顾晟玉觉得过了很长的一个世纪，刘姐把洗簌的用品准备好，让顾晟玉和她合用，两人到了澡堂的时候，里面已经有好多人在洗澡了，地上流着一股股从女工们身上冲洗下来的乌黑的煤泥，她们在肆无忌惮地吐痰和擤鼻涕。

大家看着顾晟玉，用眼神不住地交流着，在这里的女工，平均年龄42岁，艰苦的工作早早把她们的身体拉变了形，顾晟玉的到来，让她们感觉到自惭形秽，甚至引发了女人们天生的嫉妒心理。

顾晟玉在大家的注视下迅速洗完了澡，再回头看时，刘姐帮她把工作服也洗好了，她怀着感激的心情和刘姐一起出了澡堂。

女工们也洗好了，大家穿着干净的衣服在等交接班，到现在顾晟玉才知道原来车间是要倒班的，今天上午班，接下来就是两个下午班和前夜、后夜，然后是休息。

洗浴完毕的顾晟玉越发显得清新脱俗，淡雅如诗，引来了一阵阵议论声。她和刘姐在一起等着大家交接班，听着有几个岗位卫生清扫不到位，下一个班的提出了问题，当班的则说几句好话，答应下次一定打扫干净，然后大家一起散了，就算是一个班结束。

顾晟玉和刘姐原来住的并不远，刘姐知道她是骑单车来的，两人便约好了以后一起骑单车上下班。

在路上，刘姐给她详细介绍了车间的情况和更衣室女工们的性格，输煤的环境比较恶劣，女工们也没上过什么学，说话比较粗鲁，让她不要计较。

顾晟玉倒没觉得要计较什么，她认为在一个价值观念和生活背景完全不同的新环境，产生共鸣的唯一条件是真诚，只要真诚待人，别人就会以真诚回馈，这一点她深信不疑。

顾晟玉回到家里，一家人全部在观察她的情绪变化，她做了个无所谓的表情：“第一天报到，还行，没什么的，慢慢就习惯了。”

她坐下和大家说了一会儿话，想起一天都没开手机，打开一看有贾璞的电话和信息，就到屋里给贾璞回电话。

期间妈妈和图雅在门口观察了几次，发现她的情绪确实没什么变化，大家才带着一点点疑惑各自回屋。

图雅看姐姐打电话很平静的样子，心里对这个仅大自己 4 岁的姐姐敬佩不已，像姐姐这样年纪的女孩子，一下子从事业的高峰跌到谷底，竟然没有情绪上的大起大落，这种心态一般人是很难做到的。

第二天是下午班，顾晟玉不用很早就去想着一天的事情，突然觉得很轻松，她不紧不慢地和贾璞煲着电话粥。

贾璞电话里还在做她的思想工作："你觉得对大家有承诺，现在你也去了 208 车间，承诺也兑现了，待一两个月就能说得过去了，当时你也没承诺待多长时间，还是尽快回阿兰希，否则过几天你都忘记我长什么样子了。"

顾晟玉在电话这头轻轻笑着，她很喜欢贾璞有时候孩子气的说话，让人感觉很轻松，不像自己在阿兰希酒店，每天都要老气横秋地说一些斟酌很久又在嘴边转了三个圈才说出的话。

贾璞一个劲儿地问顾晟玉："你离开我这么远，就不想我吗？"

顾晟玉也调皮地说："还真忙得没想起来。"就听得贾璞在电话那边一声叹息："明天你一定给我留出时间来，否则我就到你们单位找你！"

顾晟玉早和贾璞约好了，两人的恋爱不影响单位工作，不到对方工作地点接送，就让一切都在自然相处中真实地、慢慢地进行。

所以贾璞就威胁着要去找顾晟玉，这让顾晟玉觉得男人着急起来，原来也很难缠。

贾璞听到顾晟玉在电话里说话越来越慢，知道她上了一天班累了，就安顿她早点休息，在挂电话前还送上了一个电话飞吻，顾晟玉听他的动静，咯咯地笑出了声。

第二天下午，刘姐打电话约顾晟玉一起骑单车上班，到了女更衣室，大家从里到外把衣服换了一遍，顾晟玉穿着昨天的新工作服，刘姐又给她拿了一双大号雨鞋，这一打扮，虽然是一身工作服，但整个人显得英姿飒爽，气度不凡，引得姐妹们又是一番感叹。

大家打仗似的把工作服换好后，就来到接班室开始接班，女工们一进屋，就听得后面的男人们一阵骚动，他们把目光齐刷刷都投在了顾晟玉的身上。

顾晟玉也不理他们，和刘姐还有五个女工并排坐在了长条椅子上。

班长坐在办公桌后面，故意清了清喉咙，大家这才安静下来，班长交代了一下上个班的情况，就让工人们汇报岗位检查出来的问题，然后是安排运行方式，然后散会。

顾晟玉第一次参加工厂一线工人的班前会，感觉和酒店管理也差不多，散会后，人们开着玩笑嘻嘻哈哈地回到了更衣室。

顾晟玉很奇怪班长室的电脑为什么一直关着，上面还落了厚厚一层灰，好像从来不用的样子。她好奇地问刘姐，刘姐哈哈笑着说："他们根本不会用，工人们大多初中文化，而且平均年龄都在40岁以上，别说用电脑了，会写字的都没几个。"

女工们正在杂七杂八地说着话，就听得楼下一声大喊："上煤了！"大家停住了说笑，陆陆续续走出了更衣室。

顾晟玉也跟着出去，看到女工们分散地走了开来，她不知道该去哪里，正在犹豫的时候，班长让她到值班室，她懵懵懂懂地到值班室待命。

这个时候从外面进来一个小伙子，班长介绍说："这是副班长苑三军，昨天家里有点事休息了，你没见到，今天由他带领你熟悉岗位。"

顾晟玉微笑着和苑三军打了个招呼，小苑不好意思地笑了笑，顾晟玉看着这个二十五六岁的小伙子，高高的个头，圆圆的脸，戴着眼镜，笑的时候有点羞涩。

苑三军也不多说话，示意了一下顾晟玉就在前面带路。顾晟玉跟着他走了很长的一段水泥路，来到了一个大门帘面前，走进去才知道和她上次参观的皮带通廊差不多，也是一段长长的皮带通廊，走了好几段角铁焊接的小楼梯，才到了通廊的现场，地上刚被上一个班冲洗过，有一条排水沟里还在缓缓地流着水，一直流到了一个大坑里，坑里有一个水泵，小苑说是把污水排到外面的排污池里。

这是一条地下通廊，小苑在给她介绍："这是皮带的第一段，叫一号皮带，煤场的煤首先到这条皮带上，然后才能被运走。"

说完用手指了指皮带上一个庞然大物说：“就是这个叶轮给煤机把煤场的煤吃到皮带上的。”

顾晟玉正在看这个叶轮给煤机，突然听得“轰隆”一声，顾晟玉吓得一激灵，定神再看时，是皮带转了起来，一阵尘土飞扬，通廊里顿时粉尘弥漫。

幸亏刘姐给顾晟玉准备了口罩，她连忙戴上。

小苑却像没事人似的，继续在粉尘里和她说话，一会儿又听得一声轰鸣，叶轮给煤机也转起来了。

顾晟玉走近一看，是女工香姐在开动，香姐一边开给煤机一边大声和小苑开玩笑：“给你个美女徒弟，好好教！”

小苑上去就给了香姐一拳，香姐放肆地笑着：“乖儿子，打得你娘我生疼！”然后抬起脚就要踢小苑，小苑轻巧地躲开了。

顾晟玉看着他们这么生猛的玩笑和动作，心里有点暗暗担心自己以后的处境，她平时不苟言笑，一下子还不习惯工人们这么粗犷的动作，万一他们开个玩笑，她还真不知道怎么应付。

小苑又给她介绍了这个皮带通廊的原理和注意事项，就把她带到了 2 号，这里也是一段皮带，也是轰鸣作响，不过是从煤沟到地面的一段上坡，皮带上悬挂了两个圆形的大铁托，小苑说是用来除铁的，避免煤沟里的角铁或别的铁件划坏皮带。

就听得一阵叮咣作响，皮带的煤块被送到了一个大口子里，小苑说入口是破碎机的入口，地下有个机器在破碎煤块，出来后就能到锅炉的原煤斗了。

她和小苑又走了两段皮带，皮带功能都差不多，都是运输煤的，然后到了一个屋子里，刘姐在里面值班，她看顾晟玉来了，就主动给她介绍：“这是集控室，是统一控制皮带的传输线路的，是整个输煤系统的技术含量最高的地方。”照这么说来，刘姐是输煤的技术骨干了！顾晟玉在心里想。怪不得她显得和别人不一样。

刘姐和苑三军聊了会儿天，从集控室看到设备运行正常了，小苑就把顾晟玉带回了值班室。

接下来就是学习《安全规程》和《运行规程》，顾晟玉领了两本书，在班长的指导下开始认真学习。

后两天的工作基本都是熟悉岗位、学习规程，等到了夜班，顾晟玉才知道自己遇到了个难题，前夜班倒好说，半夜3点下班，后夜班的上班时间是半夜12：50，如果骑单车，到单位需要半个小时，太不安全了。

贾璞听她说半夜上班，就要开车接送，顾晟玉想到他要开着奔驰车送自己到工厂，断然拒绝了。

刘姐是坐通勤车上夜班的，她告诉顾晟玉通勤车的站点可以申报到自家门口，随后就和车队打了电话，这样顾晟玉从家门口就可以直接坐通勤车上班。

前夜班的时候，顾晟玉在家门口等车，果然看到通勤车停下了，她上了车，满车人的目光刷一下集中到了顾晟玉身上，她今天穿了件鹅黄色小外套，黑色散腿长裤，衣服虽然简单朴素，但仍然把身材的曲线勾勒得完美无缺。

看到刘姐在向她招手，她躲避着人们的目光，坐到了刘姐身边的空位置上。

通勤车上有很多个部门的人，大家都知道有个美女总经理来了输煤车间，人们一阵窃窃私语，也有人发出几声感慨。

上班的任务还是对她进行三级安全教育，然后是熟悉现场，今天苑三军和她来到了8号皮带，刚一上去，就看到皮带跑偏，地上撒了一大堆煤，有两个人在那里用铁锹往皮带上铲，苑三军也和大家一起铲起煤来。

顾晟玉看到一个女工铲累了，就把铁锹拿过来，也学着往皮带上铲煤，没想到铁锹太沉了，一铲子上去，铁锹和煤粉一起跑到了皮带上，眼看着皮带把铁锹缓缓带走，她着急的就要上去取，苑三军眼疾手快把铁锹从皮带上拿了下来，然后指着转动部位对顾晟玉讲开了怎么安全地避开这些托辊。

顾晟玉对自己的举动很是惭愧，看似简单的活儿，却把握不好，真不该来这里逞能。

下班回到更衣室的时候，顾晟玉和刘姐说起了撒煤的事情，刘姐和其她姐妹听了笑得前仰后合，到现在8号的菊姐还没下来，肯定是上班打盹，皮带跑偏没注意到，把煤撒了。

她们一起笑着批评顾晟玉多事，撒煤一部分原因是监岗不认真，由主要责任人处理，别人可以不管，这样他们下次就不会再犯了。

顾晟玉心里觉得这有点太残酷，这么重的体力活，女同志一个人怎么能处理完呢！

第一次见识到撒煤，顾晟玉想想自己的体力，心里对这个事件有点恐惧，心想以后一定要好好调教这些机器，绝对不能让煤撒了。

没想到还有更恐怖的事情，第二天的堵煤事件彻底让顾晟玉知道了什么叫做体力活儿。

后夜班刚一开始，就听到有人汇报班长 5 号皮带堵煤，顾晟玉和苑三军、元班长一起到了堵煤地点，这是一个斜坡皮带，坡上不住地滑下煤粉，坡底的地上小山似的堆了一大堆煤，值班员带着哭音说机头堵塞，处理不开，一下子撒了这么多。

班长看着这堆煤也犯了愁，大家都在监岗，就没有什么人能帮值班员处理，现在两个班长暂时在现场，再一个就是顾晟玉了。四个人处理这堆煤没有 3 个小时处理不完。

这个时候值班员提出来雇用临时工，班长联系了半天，也没联系到临时工。

没办法，两个班长带头又开始铲煤，顾晟玉也找了一把铁锹，学着他们的样子把煤一铲一铲地铲到了皮带上。

顾晟玉今天牢牢地抓着铁锹，就怕再被皮带带跑了。半个小时过去了，她觉得双手有点辣辣地疼，松开手一看，满手掌全是水泡，有几个泡破了，流出的水和煤粉混在一起，摩擦得手心生疼。

她怕班长们看到，硬是咬着牙继续和他们往皮带上铲煤。不一会儿，她就觉得嗓子冒烟，胳膊怎么也抬不起来了。

苑三军接过她手里的铁锹，让她到值班室等电话，顾晟玉倔强地拿着铁锹不放。

苑三军急了："你的手再不处理，小心感染、发炎！"原来他已经知道顾晟玉手受伤了。工人们还是比较朴实的，不会太多地表达自己的关心，苑三军说什么也不让顾晟玉再坚持下去了。

看顾晟玉不走，他又给刘姐打了个电话，让顾晟玉找刘姐拿点药水擦上。

顾晟玉一看也没办法了，就顺着皮带到了刘姐的集控室，刘姐一看顾晟玉除了眼球是白的，其他地方都分不出颜色了，再看她的手，有刚破皮的粉红色皮肤，也有黑乎乎的水泡。

刘姐一边批评她瞎逞能，一边把她拉到了水池边冲洗，她忍着痛让刘姐用肥皂水把手洗干净了。

刘姐从集控室的抽屉里拿出一瓶碘酒和红药水，用卫生棉蘸着继续给她清洗伤口，瞬间，她的手掌被刘姐用红药水染得通红。

顾晟玉好奇地问刘姐："这里怎么还准备了红药水，是经常有人受伤吗？"

刘姐笑了："我们的手都出了老茧子了，哪里还起水泡，这是前几天苑三军的腿被角铁划破了皮，临时拿来的，没想到给你派上用场了。"

顾晟玉就在刘姐的集控室坐着，一直等到下班，这时候天已经亮了，两人停了机器一起回到更衣室。大家一看顾晟玉的手，引来一片唏嘘，连连感慨来这里真的是自找苦吃。

顾晟玉看到处理煤堆的值班员还没回来，就起身要去看看，大家见她的手都这样了，再说大家都累了一个晚上，劝她别去给添麻烦。

顾晟玉说："我觉得大家一起干活，应该互相帮助，我们都回到值班室了，他们还在干活，去帮一下他们，大家一起下班多好。"

刘姐看顾晟玉这样，笑着说："我和你过去吧，我今天没干什么力气活，还能抵挡一会儿。"

菊姐和香姐这两天和顾晟玉相处得很好，也一起站起来，四个人到了5号皮带，底下连班长带值班员四个人都成了大花脸，汗水把脸上的煤粉刮得一道一道的，大家喘着粗气，地上的煤粉还剩大约1/10。

刘姐和几个姐妹抢过他们手里的铁锹，不到20分钟，地上的煤粉就被他们处理完了。

班长吩咐他们赶紧洗澡，别误了下班的班车。顾晟玉看他们一个个的大花脸，忍不住笑出了声，大家一看她，也哈哈大笑起来。

顾晟玉回到更衣室一照镜子，哪里还有点人样呢！满脸细密地沾满了煤粉，眼珠子一活动，才给脸上留出一点白颜色来，怪不得刚才他们也笑呢！大家原来一个个都成了煤黑子。

她在心里本来是觉得好笑的，可不知怎么眼泪就下来了，正好大家张罗着洗澡去，她就和大家一起到了洗澡堂。

在洗澡堂，刘姐把顾晟玉的手托着，不让淋到水，先把她满脸的煤粉冲洗干净了，几个姐妹也过来帮忙，前后左右地把顾晟玉给洗干净了，然后大家才各自分头去洗。

顾晟玉和大家都赶上了下班的班车，她到家门口一下车，就见贾璞的车停在附近，见她下车，贾璞从车里出来，顾晟玉一见贾璞，赶紧把手藏在了身后，心想贾璞大早上的不去上班，却来这里等他，一点都不敬业。她忘记了今天是礼拜六。

贾璞这几天没见到顾晟玉，思念和担心让他不能安心工作，他老是想着顾晟玉在工厂里别遇到什么危险。

今天周六，他早早地等在车站，见顾晟玉下车了，上前正要拉她的手，一看到她的手变成了那个样子，心疼得连连抱怨顾晟玉不注意安全，立即把她推上车，驾车直奔医院。

在去医院的路上，顾晟玉和妈妈撒了个谎，声称和同事出去玩儿，不回家吃早点了。

到了医院，医生又是打破伤风针又是清洗伤口，顾晟玉想到工人们的手受伤了，现场可没有这么好的条件清洗伤口，心里突然对他们充满了同情。

贾璞不住地责怪她不小心。顾晟玉淡淡地说：“那些工人的手不知道被磨破了多少次，现在满手老茧子，也没见他们到医院去处理过。”

在回来的路上，贾璞一个劲儿地动员顾晟玉辞职，堂堂阿兰希大酒店的总经理，真的就当工人去了？看看现在受得什么罪呢！

就在贾璞边开车边抱怨的时候，顾晟玉已经在座位上睡着了，贾璞看顾晟玉睡得那么香，又是心疼又是不忍，他把车匀速开到公园的一个停车场，静静地看着顾晟玉在车里熟睡。

也许是周围的汽笛声吵醒了顾晟玉，她一脸朦胧地看着贾璞，反应了半天才满怀歉意地朝贾璞笑了笑："几点了？怎么也不叫醒我？"

贾璞轻轻抚摸着顾晟玉柔弱的肩头："我再也不能让你去车间工作了，要不我替你上班去，替你履行承诺去！"

"这是我做人的原则，希望你能理解，我保证不再受伤，不再让你担心。"顾晟玉忍着一脸倦意，露出一个灿烂的笑容。

贾璞看她那么累，快中午了还没吃早点，看看时间，就开车带着她到了养老院。

原来养老院的老人们中午开饭比较早，现在正是午饭时间，贾璞把顾晟玉安顿好，一会儿，杨姐就送来了两份精致的午餐，顾晟玉的手受伤了，贾璞不让她动手，一口一口地喂她吃饭，顾晟玉很享受被贾璞宠着的感觉，两人在这个安静的二人世界仿佛又回了初见。

吃完饭，杨姐把东西收拾好，贾璞看杨姐走了，一把把顾晟玉抱到床上，顾晟玉以为他要做什么，心里一阵慌乱，贾璞看她略显惊慌的样子笑了笑说："丫头，你想到哪里去了，这里很安静，你先睡觉。"

午饭后最容易生困，顾晟玉的倦意一阵阵袭来，她就在贾璞温柔的注视中甜美地睡着了。

贾璞看她睡着后，轻轻走出房门，来到后山，小白兔听到有人来了，从假山里探头探脑往外看。

小白兔恢复后，也不怕生，看贾璞来了，就在他身边蹦蹦跳跳地玩着，贾璞凝视着小白兔，心里思考着怎么才能说服顾晟玉脱离目前的状况。

顾晟玉这一觉睡得天昏地暗，晚饭时间到了也没醒来，贾璞也不叫醒她，任她睡了个足够。

顾晟玉一觉醒来时，天已经黑了，贾璞没有开灯，就在房间的椅子上静静地等着她。看她醒了，贾璞把灯打开，又把晾好的水加了点热的，顾晟玉喝了一口，温度正好，她幸福地看着贾璞，把杯里的水一口气都喝了下去。

贾璞从卫生间里把洗簌的用品整理好，帮顾晟玉洗了脸，又给她的手上了药，然后就出去让杨姐准备晚饭。

晚饭很简单也很清淡，都是素食，比起阿兰希酒店的奢华晚宴，顾晟玉发现还是喜欢和贾璞在一起吃素食的感觉，贾璞悉心地喂她吃饭，顾晟玉任由他爱护着，感觉到身体的每个细胞都洋溢着幸福的味道。

晚饭后，两个人聊着天，贾璞给她说了阿兰希酒店目前的运作情况，有几个旅行社的合同有些混乱，顾晟玉一听到酒店管理的事情，立即进入了状态，她简单明了地告诉了贾璞处理办法，然后又建议贾璞遇事多和凤总商量。贾璞看她兴奋的样子，趁机建议她考虑重新回到酒店上班，车间的工作可以请假或者怎么处理。

顾晟玉这才反应过来，她娇柔地靠着贾璞，一脸笑意地说："用心险恶的坏男人！你想让我这么年轻就失信于人吗?"

这个时候房门开了一条缝，突然间跑进一只白兔，然后就听见杨姐爽朗的笑声。

顾晟玉看到小白兔，惊喜地用手指逗它，白兔过来闻了闻她，随后就在地上蹦蹦跳跳地玩去了。

顾晟玉还要追逐，贾璞拉住她："人与自然、与动物要和谐相处哦，不要强迫。"

顾晟玉想起刚才贾璞动员她回阿兰希的事情，调皮地说："你和我也要和谐相处哦，不要强迫。"

贾璞看她得意的样子，知道她一下子也不会改变目前的决定，就暂时作罢，想到她晚上还有个夜班，就建议她继续休息，要不身体受不了。

顾晟玉睡了一下午，暂时还真的没有睡意，她继续和贾璞聊着天，为了让她能早点睡着，贾璞像抱婴儿似的把她抱在怀里，一边抚摸着，一边和她说着话。

顾晟玉温暖地享受着贾璞的爱抚，真想让时间就这样停滞。

时间还是飞快地过去了，眼看上班时间到了，贾璞和顾晟玉都有点不舍得分开，热恋中的情人就是这样，恨不得每天、每时、每刻都在一起，要不怎么就有"一日不见如隔三秋"、"衣带渐宽终不悔，为伊消得人憔悴"等脍炙人口的佳句流传下来了呢！

顾晟玉让贾璞把她送到家门口，贾璞看着她上了运行班车，才开着车回到了阿兰希酒店。

到了车间，人们怀着睡意晃悠着上了岗位，顾晟玉被苑三军叫住了，因为她的手受伤，今天在值班室熟悉台账，他打开安全台账，写一会儿喝杯水，两杯水进去了，台账还没有写出一页，眼看天快亮了，顾晟玉看苑三军抓耳挠腮的样子，就口头诉说安全台账的内容，问苑三军是不是这样的思路，苑三军一听，比自己憋了一个晚上的思路清晰多了，就这样，由顾晟玉口述，苑三军写，很快就完成了台账记录。

元班长和苑三军互相交换了一下眼神，满怀谦意地说："小顾，来这里真的委屈你了，不过，我们可真的来了个强大的帮手，以后你就帮我们把台账理顺了，这里真的需要你的帮助。"

苑三军给她打开文件柜，顾晟玉看到十几种台账记录本，几乎全是手写，就奇怪地问："为什么不用电脑打字呢？那样工作效率会更高。"

两个班长不好意思地摸了摸头："输煤的人文化程度不高，会写字的都没几个，更不用说用电脑了，你看这个电脑在这里都是摆设，我们都是电脑盲。"

顾晟玉一直很奇怪那个电脑为什么总是关机，而且还满是灰尘，原来大家不会用啊！

她恳切地建议班长一定要学会电脑办公，那样对班组管理和提高工作效率都有很大帮助。

两个班长一商量，决定等下个班来了，一定要让顾晟玉教他们使用电脑。

这时候元班长写交班记录，突然一拍脑门："坏了，支部要的稿件还没完成呢！"

顾晟玉看他这么着急，就问是什么稿件，原来党支部要求每个班组每月要有一个基层报道的稿件，班组人员文化程度不高，哪里写得出来，每次都月底了，元班长就自己写一点算是交差，现在又到月底了，稿件完不成，要扣班组的分数的。

顾晟玉听他这么说，也不要求稿件的体裁，看看离下班还有一个小时，她笑了笑："给我半个小时的时间，我构思好了，你们写出来。"

两个班长一听，立即像找到了救星似的，顾晟玉坐在那里构思，他们谁也不敢打扰，生怕这稿件被打扰跑了。

半个小时过去了，顾晟玉要苑三军写下了这样的一首诗：

输煤车间的女工

在输煤车间
有这样一群女孩子
她们工作起来
一台台生硬的机器温顺地俯首称臣
那粗糙的双手
将呼啸的皮带奏成时代的强音

在输煤车间
有这样一群女孩子
她们高兴起来
会发出毫不造作的笑声
那爽朗的声音
颇似泉水涌动的潺缓之音
即使在夏日
也让人感到丝丝凉爽的惬意
最令人喜爱的
还是她们那不经雕琢的朴实
她们也曾把一些漂亮的东西
顺着通廊的水流飘走
在老下雪的冬季
她们早就穿上厚厚的护膝
一股风吹来

直穿过她们朴实的工衣
我常常在想
她们喜欢做什么样的梦
为什么她们经常在高高的皮带尽头
凝视太阳
原来那个简单的圆
会让她们
看到条条电网
会让她们
再次点燃心中的理想

苑三军写完后，两个班长惊喜地看到这个满手是伤的美女不仅不怕吃苦，还能整理台账、会使用电脑、会写诗，也许还有更大的本事呢！心里是骄傲的不得了，他们再也不用让书记因为稿件的事情找去谈话了，现在这篇小诗，足够他们在书记面前昂首挺胸一个月。

下班时间一到，两个班长喜气洋洋地回来汇报：“书记对我们班组交上去的小诗赞不绝口，很快就能在报纸上发表，我们的稿件还没在报纸上发表过呢！估计这一发表，班组肯定加高分！”夜班就在大家的惊讶与羡慕中顺利地交班了。

休息了两天后，顾晟玉手上的伤已经好得差不多了，班长开始让她把电脑利用起来，顾晟玉把班组的台账分类后，除了班长每天手写的记录本，其余的全部做成了电子台账。

就这样一眨眼三个月过去了，自从顾晟玉到来后，班组的面貌焕然一新，她写的文章每次都被公司的报纸发表，整理过的台账在检查中获得了第一名的好成绩，两个班长把她待若上宾，每次到岗位实习都不让她动手，一切体力劳动就由苑三军代劳。

当她获得许多光环的时候，大家有羡慕的，当然也就有嫉妒的，尤其是三个月的实习后该正式上岗了，就有两个女工在背后开始嘀咕：

“输煤岗位本来就缺人，现在好不容易来了一个，大家以为能轻松一下，没想到三天两头帮班长做事情，大家一样还是在岗位上累死累活。”

“不就是长得漂亮吗？两个班长舍不得让她到岗位了吧？你们不知道吧，听说在岗位上实习她都不动手打扫卫生，全是苑三军给打扫呢！以后你们和她一个岗位的也别指望能减轻劳动，她是新手，又那么文绉绉的，干不了什么活，万一不小心撒煤了，你们谁和她一个岗位谁倒霉！”说这话的是女工中最爱传小道消息的外号叫“三姑娘”的杜桂花。

车间的主要体力劳动就是打扫岗位卫生，大家对繁重的体力活充满了抱怨，尤其是遇到撒煤，对女工们来说简直就是噩梦。

杜桂花的话在大家中引起了一阵议论，顾晟玉没有值班经验，谁和她一个岗位都得适应一段时间，那么就意味着自己要在体力上多付出一些，大家都很累，面对这个事情的时候，谁也不愿意勇敢地站出来多承担那些体力活，谁也不愿意和一个新手在一起干活。

但是当大家满脸煤粉、满身疲惫被地从岗位上下来，看到顾晟玉干干净净地待在值班室，心里又觉得很不平衡，心底里希望她和她们一样都在岗位上受累了才正常。这就是人们的攀比心理。

顾晟玉早就从女工们的眼里看到了不满、期待和观望的表情，她也早就和班长说了要到岗位上值班，现在正式上岗的考试已经通过，班组的事情可以在停煤的休息间隙顺手做一下，她又一次和班长要求到岗位值班。

班长也不是没有考虑她上岗值班的事情，他们也知道班里有人喜欢斤斤计较，为了平衡这种感觉，他们把顾晟玉安排到了距离较短的 2 号皮带，这里工作量不大，班长也能顺手帮一把。

一轮班值下来，苑三军每次都等到打扫卫生的时候再到 2 号皮带巡查，每次都能帮顾晟玉处理岗位上的事情，1 号和 3 号皮带的值班工看到了，在闲谈中无意说了出来，杜桂花一听这个消息，马上神神秘秘地告诉了所有的女工。苑三军和顾晟玉成了他们议论的话题。

刘姐从来不参与她们的闲言碎语，这次她看不下去了，主动和班长要求让顾晟玉到集控室上岗，她和女工们到其他岗位轮岗。

顾晟玉在实习的时候也操作过集控的设备，其实也没什么技术活，输煤的女工们大多没文化，对设备的仪表和按钮心里没数，怕出事担责任，谁也不敢来集控室值班，所以到最后，其他岗位都轮岗，只有集控室固定刘姐一个人值班。

两个班长想到集控室也比较清静，班组的台账和稿件也可以在集控室完成，也就同意了刘姐的要求。

顾晟玉来到输煤，一切都准备从零开始，心理上已经把自己放得很低调，她都是服从安排听指挥，班长要她到集控室，虽然她知道还会有人要不平衡，但是也没吱声，先听班长安排再说。

头两个班苑三军不放心，他陪顾晟玉在集控室监岗，后来看到顾晟玉操作很熟练，遇到报警处理也很及时，对这个女孩子越来越佩服了。

整个一轮岗下来，顾晟玉在集控室很顺利地完成了任务，杜桂花还在继续散布不满："就她有能耐？要不是苑三军帮着，她能拿下集控的操作？据说苑三军整天待在集控室，都不去别的岗位上巡查了，谁知道两个人在集控室还干什么了……"说完还故作神秘地和大家交换一下眼神，有几个女工也附和着小声笑了起来。

在输煤，每 10 天一轮岗，下一轮早班的时候，顾晟玉主动要求去运距最长的也是体力最累的 8 号皮带，正好和杜桂花一个岗位，杜桂花一听要和顾晟玉一个岗位，说什么也不同意，她私下和菊姐调换到了 3 号皮带，汇报班长后，班长也同意他们调换，这样菊姐就和顾晟玉一个岗位了。

菊姐是个很爽快的女工，就是爱在岗位上打盹，上次就是她因为打盹撒煤的。

顾晟玉和菊姐一到岗位上，两人看设备运转正常了，就聊了一会儿天，然后顾晟玉就到皮带两头不住巡查，菊姐看她认真的样子，笑着说："没事的，转正常了 30 分钟巡查一次就好了。"顾晟玉想到了操作规程上明明说的是 15 分钟一巡查，遇到特殊岗位随时巡查的规定，她冲菊姐笑笑："没事的，我去巡查，你在这里待着就行。"

托辊托着皮带一直轰隆隆地运转着，满皮带的煤被运送到了锅炉车间的原煤斗，这里有个专给原煤斗供煤的师傅，他用犁煤器把皮带上的煤分别输送到6个原煤斗，煤落到原煤斗的时候喷出一股股煤烟，师傅的衣服上、脸上全是煤粉，他戴着防尘口罩，根本认不出是谁，看到顾晟玉巡查，他竖了竖大拇指，拿起水管把地面冲洗了一下，煤粉稍微小了点，整个通廊里弥漫着潮湿的味道。

顾晟玉一上午就这样来回巡查着，等到10点多的时候，她在一段皮带听到一阵轰鸣声中夹杂着金属摩擦的声音，顺着声音过去，看到一个托辊转动得很不正常，快要脱落的样子，连接托辊的耳子磨损的马上就要断裂，发出了刺耳的金属声。

她立即叫住了附近的上煤师傅，师傅一看，就近按下了报警按钮，提醒上一段皮带停止，然后拉停了本段皮带。菊姐看到皮带停了，也连忙过来看情况，托辊就在皮带快停止的时候终于承受不住，一下子掉落在了地上。两个托辊耳子把缓慢停止的皮带划出了几道浅浅的划痕。

上煤的师傅把脸上的猪鼻子防尘面罩一摘，顾晟玉一看，原来是苑三军，她才想起每一个轮岗的早班，副班长要在8号皮带协助上煤，以防轮岗后上煤师傅不适应。

苑三军和菊姐对视了一下，两人异口同声说："幸亏发现及时!"

菊姐惊魂未定地对顾晟玉说："要不把皮带划了，把煤撒了，今天咱俩就哭去吧!"

苑三军联系检修的师傅很快就换好了托辊，皮带在一阵轰鸣声中又正常运转了起来，上午班在有惊无险中结束了，接下来的打扫卫生是一项很强的体力活，要用水管进行冲洗，水的压力很大，长十几米，盘起来直径四五米的粗水管，光拿一下也很吃力，还要抬起来用力压住出水口，借水压把地面的煤粉、碎煤块冲走，顾晟玉冲洗了不到十分钟，胳膊就酸软无力了，她看菊姐熟练地操作着，心里有点不服输，但是手不听使唤，胳膊一软，水管破裂处的水喷了出来，腿上、鞋子里全进了水。

汗水和煤泥覆盖了她俊美的脸庞，现在身上又被水管里处理过的工业废水淋了一身，整个人狼狈不堪。

苑三军几次过来要帮她，都被她倔强地拒绝了，顾晟玉和菊姐几乎是同时完成了皮带通廊的卫生处理，她浑身湿透地走出通廊，外面冷风一吹，嘴唇都冷得发紫了。

她们回到更衣室的时候，大家正在吃饭，杜桂花拿着盒饭凑到菊姐的身边，神神秘秘地问菊姐："怎么这么快就处理完了？是不是班长又帮你们了？今天好像该他到8号皮带。"菊姐冲顾晟玉的方向努了努嘴："全是她自己干的，谁也没帮上忙，你看，浑身全湿了。"

杜桂花看着和刘姐默默吃饭的顾晟玉，不解地摇了摇头。

接下来的几天顾晟玉还没有学会操作水管，每天都是浑身湿透地从岗位上下来，眼下11月份的天气，湿透的衣服再经过寒风一吹，要在平常她早感冒了，现在经过岗位上的体力锻炼，竟然没什么事情。每次浑身冰凉的时候，她就到澡堂子彻底洗个热水澡，然后轻轻松松地下班。

通过在岗位上的磨炼，同事们对她的各种好奇与猜疑也渐渐过去了，顾晟玉现在已经是一名合格的输煤女工，大家能干的工作她也都能干，而且从不偷懒，她的领导能力也逐渐显露了出来，姐妹们有什么困惑、矛盾，她都能及时化解，这帮姐妹习惯了简单思维，有这么一个工作中的主心骨，她们协调一些事情也相对省心，所以对顾晟玉越来越尊重。

贾璞这段时间却是忙得焦头烂额，到年底，铁路工程上的各种账务也要结算，要钱的人排着队等他，他一天奔波于阿兰希酒店和口岸的铁路工地，工程上的三角债一直是大卫集团的老问题，这几天T市的风投公司总经理徐亮也在和他协调进口采矿设备年底结算的问题，所以贾璞和顾晟玉见面的时间很少，每天只能互相发送信息问候一下。

贾璞为了安静，铁路工程的账目结算地点就定在了顾晟玉的蒙古包度假村，这里虽然冷了点，但是因为有顾晟玉的气息，他每天都在和顾晟玉在短信里交流着草原上话题。

和贾璞做结算的公司为了协调方便，也住在了这里，整个度假村在淡季反而热闹了起来。

徐亮和贾璞的蒙古包紧挨着，自从徐亮昨天在贾璞的手机保护屏上发现了顾晟玉和贾璞焰火背景的亲密合影后，心里就开始很不平静，他怎么也想不出顾晟玉和贾璞怎么有机会走在了一起。

因为度假村所处的地方离市区还有十来千米，徐亮和贾璞还有几个公司的老总每天就在度假村用早餐，所以这几天徐亮见到贾璞的时候觉得很尴尬。

而在餐厅吃饭的另一个人也觉得很尴尬，那就是阿兰希的客务总监小高，他从阿兰希酒店请了假回去探望母亲，见到图雅回了度假村，带着对顾晟玉的思念，他也经常来度假村看看。

看到贾璞在这里，小高只好上前打招呼，贾璞问了小高母亲的病情后，决定亲自去探望老人家，小高只好把他带到了山脚下的念佛堂，陈阿姨正躺在床上休息，一个清瘦的老人在轮椅上闭目养神，还有两个阿姨在陪着他们。

小高给他们一一做了介绍，轮椅上的老人听到贾璞是大卫集团的未来继承人，立即睁开了眼睛，他仔细端详着贾璞，两行眼泪顺着脸颊流了下来。嘴里一个劲地念叨：“太像了！太像了！”

陈阿姨做完心脏支架手术不久，她大概是因为小高在阿兰希酒店的事情受到了惊吓和劳累，回来后心脏病一直不见好，医生检查后建议立即手术，阿姨刚开始还不同意，最后在小高的一再要求下才做了手术，现在已经大见好转了。

贾璞见陈阿姨这样，还有轮椅上的老人要照料，所以就让小高多陪陪他们，暂时不要考虑酒店的事情。

小高也因为贾璞和顾晟玉的事情，觉得在阿兰希很尴尬，他借这个机会和贾璞要求留在这里陪母亲一段时间，暂时辞去阿兰希酒店客务总监的职务。贾璞见小高去意已决，就建议小高先考虑好了再说。

念佛堂的两个阿姨给他们做了可口的素餐，贾璞对阿姨们的手艺赞不绝口，他和两个阿姨谈到了母亲也信仰佛教，是个虔诚的佛教徒，他从小就受到母亲素食的影响，所以很喜欢阿姨们做的饭。两个阿姨听了也非常高兴，一个劲地要贾璞多吃点。

小高在一口一口地喂包老师吃饭，贾璞看在眼里，心里对这个年轻人更多了一份好感。

包老师的视线一直没有离开贾璞，仿佛要从他的脸上找到什么，这让贾璞感觉很疑惑。

这个时候何敏来电话，告诉贾璞有两个签字手续要办，贾璞才告别了小高，开车回到度假村。

中间凤展打来两个电话，贾璞听了凤展的汇报，就让她自行安排去了。

阿兰希酒店一直依赖凤展管理，凤展知道贾璞和顾晟玉的关系后，对顾晟玉返回系统的决定很是反对，经过凤展的调整，阿兰希酒店经顾晟玉挑选、培训过的优秀管理人员都到了酒店的关键岗位上，大家的专业能力得到了充分的发挥，这个时候酒店运作也稳定下来了，大家越来越怀念与顾晟玉在一起的日子。

有几个管理人员打听到了顾晟玉现在的一些状况，大家一听她受了那么多苦，都很惋惜，几次与凤展商量让顾晟玉重新回来管理酒店，凤展也和贾璞多次提出过这个事情，贾璞都一脸无奈地摇了摇头。

凤展看到自己培养出来的精英被埋没在输煤车间，而顾晟玉全力担保回去的那些电力职工都像没事儿人似的，对她的付出没有一点感恩，心里早就不平衡了，现在贾璞这么忙，也没时间考虑顾晟玉的事情，正好酒店现在的管理人员都很想念也很惋惜她，所以和大家商量后，准备请顾晟玉回来。

凤展在顾晟玉回去的这段时间里，也多次打电话询问情况，动员她回来，无奈顾晟玉一直没有同意。

现在凤展决定来一个影响力较大的活动，她让几个部门经理做好条幅，明天就到顾晟玉工作的地方等候，几个人听了后高兴地去安排了。

第二天一大早，顾晟玉扎了个利索的马尾辫，穿一件稍厚的驼色戎线衣，正和刘姐几个女工在更衣室嘻嘻哈哈谈论着减肥的问题，香姐气喘吁吁地跑进来："不好了！不好了！还有条幅呢！找顾晟玉的！"

顾晟玉看香姐着急的样子，耐心地一句一句问清楚了状况，原来是有人拿着条幅，好像是示威，是针对顾晟玉的。

顾晟玉一边听一边纳闷，她已经走到事业的谷底了，还会得罪谁呢？管他呢，先换好衣服再说。

在姐妹们的催促下，顾晟玉换好了工作服，穿上了高腰雨鞋，走到更衣室楼门外看情况。

只见凤展和以前前厅部几个得力助手一行十来个人，举着一幅“强烈要求顾总回归阿兰希”的红色条幅，齐刷刷地站了一排，挡住了顾晟玉她们的去路。

顾晟玉在这个环境里重逢昔日的同事，想起了她们曾经并肩作战的一幕幕情景，心里一热，眼泪不争气地流了下来。凤展几个一看顾晟玉的打扮，一个个也都是满含热泪。

凤展责怪地说：“何苦呢？你就这样断送了自己的前途？”以前前厅部的几个女孩子握着顾晟玉已经粗糙的手，一下子都不知道说什么好。

现在已经是前厅部经理的雅兰说：“你和凤总不是还想成立一个酒店管理集团吗！现在我们几个都有了锻炼的机会，你却躲在这里受苦，你的理想哪里去了？你常常给我们建立目标，你的人生目标哪里去了？”

凤展一看顾晟玉这身打扮，眼神立即严厉了起来：“这帮瞎了眼的狗东西，还真的让你去岗位干活啊？你看看你！整天和一帮工人们混在一起，就为了那帮人，你一个人在这里受刑，你值得吗？”

顾晟玉这时候情绪已渐渐平静，她对大家笑了笑，收起条幅，把姐妹们带到了更衣室。

大家一看这么简陋零乱的更衣室，衣架上搭满了女工们洗完的工作服，凳子上煤粉斑斑，大家站在那里，都没个落座的地方，更是唏嘘不已，强烈要求顾晟玉重新回到阿兰希酒店。

凤展一个劲儿地说：“你看看，你到底图的是哪一样呢？工资这么低，环境这么差，要说有发展也行，就你们这里能发展个什么样子？赶紧辞职，一起去完成我们的梦想，现在我们有这么好的机会，人的一生中能抓住这么一两次机会也足够了，你还犹豫什么！”

顾晟玉慢慢地说：“我也不知道到底图什么，就是觉得应该这样，也能为回来的这帮人做点什么。”

现在是营销部经理的金瑶反应最快：“我们也需要你为我们去牺牲，不要忘记了，我们也是你手下、是阿兰希的一部分!”

“是啊是啊，不仅仅这里是你的家人，我们也是啊！你更得考虑我们的前途啊!”几个女孩子唧唧喳喳地纠缠着。

凤展把顾晟玉拉到门外，低声说：“贾璞也需要你回去啊，现在他这么忙，根本顾不上好好管理酒店，再说你现在做一个小工人，将来贾锡正会让一个小工人做贾氏家族的儿媳妇吗?”

顾晟玉狡黠地看着凤展：“不是贾璞让你来做说客的吧?”

凤展连忙否认。

顾晟玉看大家还是一个劲地要求她回去，只好先来个缓兵之计，就答应让凤展先筹备酒店管理集团，等一年以后她肯定会到管理集团和大家一起工作，阿兰希暂时不能回去，因为答应好要在208车间上运行的事情，怎么也得过一年半载大家适应得差不多了再说。不过能利用这段时间好好学习提高一下。

“你当时又没给他们承诺在这里工作到什么时间，反正你的承诺兑现了，以后的路莫非你也要这样走吗?”金瑶还是为顾晟玉抱不平。

“给我一年时间，我一定会和大家一起合作的。”大家看顾晟玉给了这样一个答复，虽说不太满意，但心里还是有了希望，所以就和凤展一行筹备管理集团的事情去了。

顾晟玉送走他们后，直接上岗位工作，她今天的岗位在6号皮带，到目前，208车间所有的皮带岗位她都去过了，6号皮带工作量大，有三个人值班，她上来后，其他两个女工就开始问顾晟玉怎么回事，顾晟玉略微解释了一下，两个女工姐妹看着顾晟玉又是羡慕又是惋惜，一再劝说她要早点脱离苦海。

顾晟玉心里其实很喜欢输煤的工作，在这里头脑很放松，简单又快乐，这里的人也朴实，姐妹们大多数都已经和她成为知心朋友了。

这个请愿事件不知道什么时候传到了公司张书记那里，自从来到输煤后，张书记经常打电话询问顾晟玉的情况，顾晟玉总是说一切都很好，今天张书记在电话里的声音很是抱歉：“这4个多月辛苦你了，眼下快春节了，等春节过后，你来我这里工作吧，刚好有个同事休产假了，你接替她的工作。”

顾晟玉委婉地谢绝了张书记的好意，她告诉张书记，输煤的人很朴实，她在这里很开心。

时间过得真快，一眨眼春节就要到了，顾晟玉看妈妈忙里忙外准备过节的东西，她在休息班的时候就帮妈妈做些家务，妈妈现在很幸福，以前一整天都见不到女儿，现在可好了，每天都能见到女儿，还能天天给她做饭吃。

做母亲真的不求儿女有多大的事业，就这么平平安安的，反而心里很踏实，有时候娘俩也谈论图雅的事情，顾妈妈借机劝导顾晟玉凡事小心为妙。

图雅在顾晟玉到208输煤皮带的时候，就回到了度假村，因为在阿兰希出了那么大的事情，她想换一下环境，所以就决定再回到度假村帮顾晟玉打理那里的生意。

这几天图雅老给顾晟玉打电话，声音很是惊喜，有一天她终于憋不住了，她神秘地问顾晟玉："姐，你猜我在度假村看到谁了？"

在顾晟玉的追问下，才知道是遇到小高了，图雅兴奋地说："小高的母亲身体有些不舒服，他这段时间请假在家，他竟然答应我的要求管理咱们的度假村！"

顾晟玉心里也很高兴，她在电话里笑着对图雅说："好事啊！不过度假村可没有阿兰希酒店的薪酬高哦！"

听到小高的消息，顾晟玉才知道很长时间没有和阿兰希酒店的人联系了，不过小高在度假村也好，将来成立了管理集团，小高这样的人才是不可多得的。

今天顾晟玉是前夜班，她和刘姐在路边冷呵呵地等着班车，司机也怕冷，看到没人的时候就把车门关上了，刘姐先上了车，顾晟玉随后就跟着上，正好赶上司机关门，顾晟玉的手被夹在了车门中间，司机听到刘姐的尖叫声赶紧开了门，这时候顾晟玉的中指和食指已经被夹破了皮，疼得她一路上龇牙咧嘴的。

到了车间的时候，看到大家一箱子一箱子地拿着什么，走近一看，原来是工人们春节分福利了，顾晟玉她们换好衣服后，每人也分到了一大箱子脐橙，顾晟玉合计着怎么把这些大箱子搬到运行班车上，几个姐妹看她担心，都哈哈大笑起来："别担心拿不回去，再多一些也没问题!"顾晟玉想起来在车间，女工们一个个都是大力士，她也和大家哈哈哈笑了起来。

到下班的时候，她的这箱橙子还是姐妹们帮忙搬到车上的，大家上车后，后排座位上齐齐地码满了纸箱子，顾晟玉和刘姐帮大家堆放整齐后，就在后门附近的座位上坐了下来，这个时候已经是凌晨两点半，一车人在座位上昏昏地睡着了，过了几个站点后，突然听得"砰"一声巨响，刘姐睁开眼睛，只见车厢通廊上倒了好几个人，坐在身边的顾晟玉也不见了，她恍惚中看见顾晟玉倒在车门的扶手边，后大座上好几个纸箱子压在了她的身上，刘姐潜意识地使劲搬开顾晟玉身上的纸箱子，有几个人清醒了也过来帮忙，她们把顾晟玉扶起来，只见血从她的头上顺着脸颊流了下来，人已经昏迷不醒。

这时候才有人反应过来，原来刚才班车和一辆拉煤车撞了，后面还有几个人大概有胳膊骨折的、锁骨骨折的，就在大家乱作一团的时候，120 救护车来了，他们把车上的伤员送到了医院。

刘姐一直陪着顾晟玉，她一个劲儿地求医生想办法救救顾晟玉，医生忙着给顾晟玉的头部做检查，也顾不上答理苦苦哀求的刘姐。

208 车间来了几个领导，他们询问了伤员的伤势，目前除了顾晟玉昏迷不醒，其他人都清醒，他们电话通知了病人们的家属，大家一起想办法进行救治。

顾晟玉的父母半夜被电话叫醒，一听宝贝女儿出了车祸，老两口心都疼碎了，等他们慌忙赶到医院的时候，208 的领导们正在安慰受伤的员工，顾晟玉的父母看见自己的女儿躺在床上，连忙到床前呼喊，顾晟玉脸色苍白地躺在那里，任谁喊也没见清醒过来。

医生说她的头部受了重创，需要立即手术。

在进行了一系列的检查后，顾晟玉被推进了手术室，领导们陪着伤心不已的父母等候在手术室外面，天亮的时候，医生们从手术室里走了出来，大家紧张地围上去询问情况，医生说："头部的创伤已经过手术处理，但是病人可能短时间不能清醒过来，需要大家好好配合治疗。"

208 电厂的领导陪顾晟玉的父母安顿好病人后，就告辞走了，老两口担忧地看着沉睡中的女儿，怎么也想不到昨天还好端端的，今天一下子就成了这样。

顾晟玉在医院已经三天了，还是一直昏迷不醒，在特护病房外，医生正在向她的父母介绍病人的情况，病人的生命体征基本稳定，今天就可以转到普通病房进行治疗，这个时候顾妈妈的手机响了，是图雅打来的电话，老两口一看是图雅，就一边哭一边告诉了图雅顾晟玉的情况。

图雅一听姐姐出了事情，第一反应就是找到贾璞，贾璞这个时候正在和几个老总吃早餐，徐亮也在座，图雅急慌慌地跑到贾璞面前说："顾晟玉出车祸了，在医院里昏迷不醒。"贾璞和徐亮一听，大脑里轰的一声。何敏一看贾璞的表情，就立即安排司机，问清了医院的地点，立即飞奔而去。

徐亮看贾璞走了，随后也开车向 H 市驰去。

图雅看到这两个人不管自己就跑了，心下正在着急，正好小高过来了，图雅把顾晟玉的情况告诉了小高，小高一听，脸上的表情比之前那两个人还焦急，他打了两个电话安排好了母亲和包老师，就开着车带上图雅也向 H 市飞驰而去。

在 H 市第一医院的脑外科病房里，顾晟玉静静地躺着，仿佛是在做一个长长的梦，顾晟玉的父母满脸担忧地看着自己的宝贝女儿，208 电厂的领导们来看望因车祸受伤的工人们，有几个伤势不太严重的工人陪着领导们也来到了顾晟玉的病房，他们从医生那里也得知了顾晟玉的情况，大家都为这个如花似玉的姑娘遭受的磨难唏嘘不已。

208 输煤车间的姐妹们也来看望她了，她们在这次车祸中只是受了点轻伤，大家唧唧喳喳地和领导们讲起了车祸发生时的情况，顾晟玉的父母听得更是心惊肉跳。

这个时候有个帅气的年轻人一脸焦急地走了进来，顾晟玉的父母上前招呼，贾璞向两位老人介绍了自己的身份："我是玉儿的男朋友贾璞，以前还没来得及见两位老人家。"然后就坐在顾晟玉身边，抓着顾晟玉的手，好像周围的世界与他们完全隔绝了。

大家一看这么优秀的小伙子，想到顾晟玉可能因此长睡不醒，又开始惋惜起来。

输煤车间几个姐妹看到小顾有这么帅气的男朋友，都担心他会不会一如既往地对顾晟玉，她们感慨地讲着顾晟玉在输煤车间给姐妹们带来的改变，讲着顾晟玉的才华、能力、善良和宽容带给她们的感动。

领导们早就知道顾晟玉的情况，现在听输煤车间的人一讲，对这个女孩子更是敬佩不已。

贾璞轻轻地抚摸着顾晟玉的脸庞，他的心完全融入他们过去一幕幕甜蜜的情景，周围的人讲了什么他一点都没有听进去，他用自己的体温和气息给顾晟玉传递着内心的焦急和盼望。

大家一看贾璞的情形，安慰了他们一会儿，就离开了病房。

这个时候徐亮和几个同学结伴来看望顾晟玉，两位老人介绍贾璞是顾晟玉的男朋友，几个同学一起把视线转向徐亮，徐亮向贾璞点了点头，跟同学们解释他和贾璞早就认识，他们有一个合作项目，今天还在一起用早餐，同时听到了顾晟玉的事情。

贾璞和他们打过招呼后，一直没有离开顾晟玉的床前，徐亮看着他对顾晟玉亲昵的动作，心里像打翻了五味瓶，脸上的表情也阴晴不定。

几个同学看徐亮的情绪有点不稳定，安慰了顾妈妈，就告辞出了顾晟玉的病房。

在路上，大家一起批评徐亮：“怎么会把顾晟玉男朋友的人选换成了别人?”

徐亮无奈地说：“我一直没有放弃，到现在我觉得自己还是她男朋友，这个贾璞是怎么冒出来的，我还真的不知道。”

“那你以后准备怎么办?”韩雪担心地问。

“现在顾晟玉这个样子，不知道什么时候醒过来，如果一辈子不清醒，我就不相信那小子会等一辈子，而我，会等她一辈子。”徐亮坚定地说。

平平最理解徐亮：“我都不知道该怎么评价你，明明爱着顾晟玉，却不把这份爱早早给了她，你知道女孩子的等待也是有期限的，像顾晟玉那种高傲的个性，又不会主动追求你，她最后选择放弃一点都不奇怪。”

“每个人都有个性上的缺点，我清楚自己的感觉，却忽略了她的感觉，这么多年，我每天都在想她，但是作为男人，我必须拼搏，我必须给她一个安全的港湾。”

“你现在什么都有了，可是那个港湾给了她了吗?”韩雪一针见血地说。

徐亮经过最近几次的相处，和大家已经很熟悉了，他坦诚地说：“我总觉得要征服顾晟玉那种个性的女孩子，要非常优秀、非常强大、非常有内涵才行，虽然我很努力，但是有时候对自己也不是很自信，所以和她的事情一拖就这么多年。”

一直没有说话的灵儿幽幽地说：“你总是站在男人的角度去思考问题，总是觉得自己要如何如何，你知道女孩子是怎么想的吗?只要是女人，对感情的要求到最后只有踏实稳定这么一点，如果没有这个基础，就算这个男人再优秀，她都不会开心。”

灵儿的话让大家都沉浸在对各自人生的思考中。

在顾晟玉的病房，贾璞一边劝说暗自垂泪的两位老人，一边给顾晟玉用湿毛巾轻轻擦洗脸部和手臂，这幕情景被刚进门的图雅和小高看到，图雅抓着姐姐的手就开始哭泣：“都是我不好，让你受这么多苦，现在好不容易熬出来了，你却成了这样，姐，你一定要挺住啊，现在贾总就在你身边，你一定要醒过来啊!”

图雅的一番话把小高和贾璞两个男人都难过得快掉眼泪了，小高看着心爱的总经理由白领变成了工人，现在又变成了植物人，他也不管贾璞在跟前，上前抓着顾晟玉的手，难过地说：“图雅都和我说了你准备成立饭店管理集团，那你就快醒过来啊，你要我做什么都可以，只要你醒过来，我会用我的生命去保护你!”

两位老人看着这几个年轻人，心里想着宝贝女儿和他们一样鲜活的生命，万一醒不过来，这辈子让他们老两口可怎么活下去，想到这里，早已经泣不成声。

贾璞看两位老人如此伤心，他安顿图雅带老人回家休息，自己在这里陪顾晟玉，两位老人在图雅和贾璞的劝说下先回家休息了，小高留下来陪着贾璞。

贾璞这时候反而安慰小高："别担心，她就是一辈子醒不过来，我也会陪着她。"

"她能遇到你这样的人，真的很幸福，我也为她感到幸福。"小高坦诚地说。

贾璞对小高的人品一直很敬重，虽然在某种意义上他们是情敌，但是贾璞从来没有排斥过小高，所以在阿兰希酒店也一直放手让小高去管理，小高因为自己的暗恋失败，曾经消沉了一阵子，现在两个男人因为顾晟玉的病情，距离反而更近了。

看到大家都走了，两人找医生再次详细了解了情况，贾璞又打电话给北京的大夫朋友，说明了顾晟玉的情况，朋友考虑到顾晟玉刚做完手术，再说H市的第一医院医生资质也很好，就让他先把顾晟玉的CT片子寄过去，找专家分析了再说。

他们把事情安顿好后，已经是下午3点了，到现在两人还没吃午饭，贾璞让小高留在病房，他出去买了点便当回来，两人就在病房吃了点东西。

到晚上的时候，顾晟玉的父母和图雅都过来了，顺便带来了做好的晚饭。

贾璞坚持要陪顾晟玉，两位老人看他忙了一天，有点不忍心，小高建议轮流值班，贾璞陪晚上，小高和图雅陪白天，怕两位老人身体受不了，就让他们白天的时候过来看看。

贾璞看小高安排了，就同意这样值班，贾璞要三天之内白天晚上一直陪着，大家看他这么坚持，只好听他的了。

贾璞怕手机吵到顾晟玉，将工作安顿了何敏和凤展后，三天不眠不休地陪着顾晟玉。他怕顾晟玉躺久了会累，一会帮她轻轻地按摩，一会又舒展一下她的背部，几个护士刚开始还不放心一个大男人会不会照顾病人，现在看来，护士的工作都被他做了，还很专业呢！

20岁的小护士小王看到贾璞这样关心顾晟玉，羡慕地说："我要是顾晟玉，就算在这里躺一辈子也值得！"

"呸呸呸！乌鸦嘴！我要是顾晟玉，就赶紧地醒过来，和心爱的人开开心心过好下辈子!”护士小田反驳道。

“不过顾晟玉真的很漂亮，睡在那里，就像个纯洁的睡美人！男朋友就这样看着她也够幸福的了!”另一个小姑娘说。

几个人正在一边干活一边议论，护士长走过来了：“好好干活，不要随意谈论病人!”随后又自言自语似的说：“有几个男人能做到天长地久，你们还见得少吗?”

护士长处了5年的男朋友就是因为她工作太忙提出分手了，所以护士长后来就对男人失去了信心，到现在仍然是单身一人，大家看她这样说，吐了吐舌头，都不作声了。

在这三天里，贾璞把北京的朋友和专家都请到了第一医院，专家们与医院的大夫沟通后，看顾晟玉的情况比较稳定，不建议转到北京，像这样脑部受创昏迷不醒的情况，有很多不确定因素，有的人过一段时间把瘀血消化掉会醒过来，有的人需要重新做手术，有的人可能会一直睡下去，顾晟玉也有醒来的可能，需要大家耐心护理。

贾锡正三天没有贾璞的消息，他打电话问老何，老何说一个朋友病了，贾璞到医院去看望。

一周过去了，贾璞还是没有和贾锡正联系，明天大卫集团蒙古项目部在H市开年底总结会议，贾璞作为项目部的负责人是必须要出席的，老何这几天着急得一个劲地催贾璞准备，贾璞刚开始还接电话，后来干脆关机了。

现在贾锡正已经来到H市，老何一看也瞒不住，直接到医院去见贾璞，在看到贾璞的一霎那，老何都不敢相信自己的眼睛，贾璞满脸胡子拉碴，整个人疲惫不堪，哪里还有大卫集团未来继承人的形象!

小高在阿兰希酒店见过老何，他一看老何这么急来找贾璞，知道有要紧事，就和贾璞商量医院有他和图雅在就行，让贾璞先回去处理一下工作上的事情。

贾璞被老何连劝带拉地带回了酒店，一到大堂，正好和贾锡正走了个对面，贾锡正一看贾璞的形象，正要大发雷霆，老何示意了一下贾璞，贾璞打了个招呼就被老何带到了客房，等贾锡正来到客房的时候，贾璞已经和衣躺在床上睡着了，老何才慢慢地解释贾璞是因为顾晟玉出了车祸才差点耽误工作的事情，又把顾晟玉的情况简单地说了下。贾锡正沉吟了半天，说了一句："不像话!"就出了贾璞的房间。

贾璞一觉睡到第二天早上7点才被老何叫醒，一睁眼他先打电话问小高顾晟玉的情况，这才一边洗澡一边听老何汇报会议安排。

所幸的是贾璞负责的项目部配套班子都很配合他，所以在工作上都尽心尽力，又有老何的日常打理，基础工作都做得没问题，眼下要解决的是几个工程项目的年底结算问题，要债的人这几天快把老何逼疯了，十几个亿的款项要在春节前结清，今年又购进了阿兰希大酒店，银行的贷款还没到位，眼下资金周转上出了困难。

大家一上午的会议焦点最后集中到了资金的问题上，几项工程款的结算原因就是给工人开工资，现在拖欠工人工资的事情大家都比较谨慎，所以合作方拿这个理由来要钱，大卫集团怎么也得有个解释。

老何介绍了大卫集团蒙古项目的煤炭款项回收情况，就算煤款在春节前能顺利结清，那么至少还有2个亿的资金缺口。

贾锡正看了看一直沉吟的贾璞，气不打一处来，他让贾璞在半个月内把2个亿的资金解决了，否则哪里也不能去。然后就宣布散会。

贾璞一看贾锡正走出了会议室，连房间也顾不上回，直接开车去了医院，老何在后面跟出来，看贾璞远去的影子，愁得连连摇头。

贾璞赶到医院的时候，看到徐亮和几个同学也来看顾晟玉，徐亮听小高说贾璞今天开会，一看贾璞进来，估计会议开完了，他惦记年底资金结算的问题，想开口问贾璞会议的决定，但是看到贾璞全身心的注意力都在顾晟玉身上，也就一直没有说出口。

贾璞、小高和灵儿他们谈论着顾晟玉的病情，徐亮自从来了病房一直没有说话，他站在顾晟玉床前，拿出手机，轻轻给她读着他曾经写的小诗。

贾璞看到徐亮的动作，心里隐隐有点不快，他起身走到徐亮身边说："我会用自己的方法唤醒玉儿的，请你不要打扰她了。"

徐亮看贾璞和自己说话，他把思绪从回忆中拉回来，直接进入主题："你们年终总结会议开完了吧？我们项目上的资金什么时候能结算？”

贾璞一听他和自己谈生意上的事情，拿出便签写了个纸条，递给徐亮：“你拿这个找何敏，他会和你结算的。”

随后便是一个逐客的表情，几个同学看见徐亮尴尬在那里，也就连忙起身告辞了。

走出病房，大家对徐亮又是一通批评：“你在病房里和他说这些干吗？”徐亮轻轻哼了一声：“我就是看不惯他一副当家做主的样子。”

韩雪立即回击徐亮：“你早干吗去了？又不是没给你机会！”

徐亮一副挑战的神气：“我以后会天天去看顾晟玉，有胆量就和我公平竞争！”

大家看徐亮急了，也就没在这个话题上继续，几个人招呼徐亮吃饭去了。

小高通过和图雅一周的接触，现在更熟悉了，图雅知道他的母亲大病初愈，还需要人照顾，就催促小高先回家看看母亲，顺便打理度假村的生意，自己留下来继续陪姐姐。

小高虽然很想留下，但是看到刚才贾璞和徐亮的情形，他觉得给顾晟玉打理好度假村也是自己的一份心意，这几天他和图雅抽空帮两位老人把家里的事情打理好了，顾晟玉有贾璞和图雅照顾，他也放心，所以就和贾璞告辞，当天回到了度假村。

凤展在阿兰希酒店的大堂遇到了电力公司的张书记，当她问道顾晟玉的情况时，才知道顾晟玉出了车祸，凤展立即带着阿兰希酒店的中层管理人员一起来到了第一医院，他们一进门就看见贾璞在给顾晟玉做按摩，几个人一下子明白了为什么最近老见不到贾璞了。

大家问候了顾晟玉的病情后，凤展几个愤愤不平地说：“出了这么大的事情，也没见她替换回去的那些人来看看她，她这到底图什么啊！”

“你们放心，我再也不会让她受这些苦了，她的心愿已了，等她醒来后，我会让她回到我们中间的。”

“那要是万一醒不过来呢？”凤展直人快语。

“那我就陪她一辈子，我相信她会醒过来的，她这么年轻，人生才刚刚开始，我一定会让她醒来的。”

大家看贾璞这么执着，心里有惋惜，也有隐隐的担忧，万一顾晟玉醒不过来，贾锡正会让贾璞这样做吗？

大家的担心其实不无道理，贾锡正自从知道贾璞常住医院陪着顾晟玉，公司的事情一点不管后，也是心急如焚，眼下马上就是春节，资金的事情一直没有着落，他今天约了老何，直奔医院，说什么也要把这个不争气的儿子拖回来继续工作。

在医院的病房，贾璞和徐亮在冷冷地对峙着，徐亮把一捧鲜花放在顾晟玉的床头，贾璞冷淡地说；“请你拿开，她不需要。”

徐亮高傲地说：“我们4 年大学同学，我知道她需要什么，反而是你，你才认识他几天！”

“我们是相爱的，请你不要打扰我们！”贾璞毫不相让。

“从同学的角度出发，我也有照顾她的义务。我会天天给她送花，天天给她写诗！”徐亮也针锋相对。

“请你出去！”贾璞生气地说。

这一幕被刚进门的贾锡正和何敏碰了个正着，贾锡正一看儿子不仅不管公司的事情，还在这里和人争风吃醋，他气得一个劲地哆嗦：“老何，你无论如何把他给我带回去！这成什么体统！”

贾璞在老何的劝说下回到了阿兰希大酒店，徐亮看贾璞走后，也不管图雅在旁边，他跪倒顾晟玉的床前，哽咽着说：“晟玉，你快点醒来吧，以前是我错了，但我一直是爱你的，相信我，以后我绝对不会让你再受委屈。”

顾晟玉静静地睡着，任徐亮怎么呼喊，还是一点动静也没有，图雅在旁边看着也是一个劲地掉眼泪。

贾璞被贾锡正派了两个人跟着，每到他要溜走的时候，两位工作人员为难地说：“你如果真的走了，董事长就会把我们开除了，家里人还等着我们过年，不能让我们在春节期间失业吧？”

贾璞看他俩跟得这么紧，他在酒店里心急如焚，后天就是春节了，父亲非要自己解决那两个亿的资金缺口，否则哪里也不能去，他问了老何资金结算的情况，奇怪的是徐亮到现在也没有和他们结算工程款，眼下正是春节，结账的人每天挤满了何敏的办公室，何敏辗转腾挪，却还是捉襟见肘，现在徐亮不结账，款项还不够，如果再把徐亮的账计划进去，2 个亿也不够。

这几天贾璞一直在电话里和图雅联系，询问顾晟玉的情况，图雅说姐姐还一直在沉睡，也没什么进展，电力公司的张书记来看过姐姐，公司给她安排了一个特护在照顾，让贾璞放心。

徐亮这几天照常来看顾晟玉，每天给她床头换一束鲜花，每天给顾晟玉读报纸、聊天，通过图雅知道贾璞被贾锡正控制住了，觉得是上天给了自己和顾晟玉相处的机会。

顾妈妈看见贾璞不在了，又来了个徐亮，图雅解释说是姐姐的同学，老太太看徐亮对顾晟玉的态度，怎么看也不像个普通同学。

明天就是大年三十了，顾妈妈很奇怪徐亮怎么就不回家过年呢！现在图雅也不回家，老太太今天非要图雅也回家和父母过年去，图雅担心姐姐和姑妈，任家人怎么劝说，还是强烈要求留在这里。

大年三十的上午，何敏总算送走了结账的人们，他拖着疲惫的身体过来看贾璞，只见贾璞两眼通红着，嘴上起了好几个水泡，他立即责问陪同的两个人："你们是怎么照顾贾总的?"两个工作人员向何敏做了个无奈的表情。

何敏毕竟是看着贾璞长大的，他心疼贾璞，立即打电话给贾锡正，要贾锡正和贾璞回家过年。

贾锡正在电话里告诉何敏，贾璞的母亲和何敏的夫人今天结伴来阿兰希酒店，今年就在这里过年。

何敏听贾锡正连自己的问题都安排好了，心里一阵温暖，他让两个工作人员回家过年去，如果有问题何敏一人承担，两个工作人员就这样解除了对贾璞的监控。

贾璞一看何敏放走了两人，拥抱了一下何敏转身就走，他一边走一边给图雅打电话，图雅告诉姐姐的情况一切照旧，姑妈要陪姐姐过年，贾璞告诉图雅自己马上就到医院。

顾妈妈看贾璞这么憔悴，她让贾璞先回家去，别让父母着急，贾璞说什么也不肯。

大年三十晚上，外面爆竹声不断，一家人在医院陪着顾晟玉，老爷子向贾璞讲起了顾晟玉小时候的事情，丫头从小就自强自立，而且重承诺、守信用，在她9岁的时候，答应给图雅画一个大熊猫，可是她的手在玩自行车的时候被夹伤了，她硬是忍着疼痛画完了画，图雅那时候才5岁，非吵着姐姐要和画上一样的熊猫玩具，姐姐领她在大街上走了一圈也没买着图雅喜欢的熊猫，没办法，她自己又照着画在白布上画好图案，亲手给图雅缝了一个大熊猫。

图雅接着话题说："那是我最喜欢的玩具，到现在还收藏在我的柜子里，不信你看照片。"说着图雅打开手机，把她上学时候的照片给贾璞看，贾璞看到照片中图雅的墙壁上挂着一只憨态可掬的大熊猫，做工还可以，真看不出是个9岁的小女孩做的。

图雅神往地说："从小我就特别佩服姐姐，她是那么聪明，什么事情只要是她想做的，就一定能做成。"

贾璞听完家人讲的故事，深情地握着顾晟玉的手说："玉儿，听到了吗，为了家人，为了我，你也一定要醒过来！"

一家人听贾璞这样说，又开始伤心起来，贾璞看看已经过了晚上十二点，就安排图雅送两位老人回去，自己和特护人员留下陪顾晟玉。

送走顾晟玉的家人后，贾璞坐在顾晟玉的床前，一边给她按摩一边和她讲起了自己最近的心事，讲着讲着就在顾晟玉的胳膊旁边睡着了。

不知道什么时候，贾璞被一个毛茸茸的东西弄醒了，他一看是小白兔，后来顾晟玉也给它起名字叫白儿，他回头一看，一个清雅脱俗的夫人站在他身后，贾璞站起来，喊了声"妈"就抱着夫人难过地流下了眼泪。

贾夫人原名叫包宝儿，贾锡正年轻的时候常常叫她"宝贝儿"，夫人后来皈依佛教，法名果安。

夫人一边爱抚地拍着贾璞的背，一边责怪地说："不管怎么样，你该跟妈妈说一声，昨天妈才从何敏和杨姐那里知道这件事。"

"对不起，妈妈，我不想让你为我太担心，我会处理好的。"贾璞向妈妈解释说。

“是缘躲不掉。”妈妈关心地拿起顾晟玉的手，把白儿放到她的身边，让她感受白儿的温度。

贾璞把妈妈安顿坐下了，慢慢讲起了和顾晟玉认识的经过。妈妈看贾璞说完了，从包里又拿出一个小包，是一尊木制的观音雕像，贾璞记得这尊佛像在他记事的时候就有了，这个小包还是自己从老人院给妈妈拿回去的。

妈妈把佛像放在顾晟玉的床头，对着佛像祷告了几句，对贾璞说：“这尊佛像是你舅舅送给妈妈的，它保佑妈妈这么多年，现在送给这个姑娘，希望她快快好起来。”

娘俩说着话的工夫小高来了，贾璞介绍小高给母亲认识，小高问候了阿姨后，拿出笔记本电脑，打开了一个视频文件，里面有图雅父母对顾晟玉的问候，还有骏马白儿的声音，草原的风声、歌声，播放到陈阿姨和包老师祝福的时候，果安居士突然有点激动，她让小高再回放一次包老师的片段，看了几遍后，她喃喃地说：“没错！肯定是他！”

贾璞奇怪地问妈妈：“他是包老师，顾晟玉的老师，腿出问题后，一直在念佛堂被小高的母亲还有几位居士照顾着，你认识吗？”

“他是你舅舅，妈妈从 18 岁的时候离开了家，就再也没有见过他，想不到还能见到他！”果安居士含着泪说。

贾璞想起了上次包老师看自己的眼神，他也觉得事情真的太不可思议了。

小高还告诉了他们个好消息，自从妈妈的病好转后，包老师对妈妈更依恋了，春节前，小高已经让两位老人生活在一起，让他们在精神上有个安慰，现在他们的状况很好呢！

包老师如果真的是贾璞的舅舅，姐弟能重逢，一家人不定多高兴呢！

小高还拿出几瓶水对贾璞说：“这是我从念佛堂的后山发现的泉水，这水很奇怪，冬天也不结冰，附近的牧民说这水还能治疗晒伤和皮肤病，我取了点样子过来化验，如果真的神奇，那我们度假村的水源就取这里的，我们还可以把这个地方买下来，开发成度假村以外的旅游景点。”

贾璞听小高这样说，也是非常高兴，鼓励他快快去办理。

小高把电脑交给贾璞，就给图雅打电话，图雅这几天联系了自来水厂的同学，趁春节都放假，同学答应小小地以公济私一下，帮两人化验泉水的成分，小高告别贾璞和果安居士，直接到顾晟玉家里接图雅去了。

徐亮照常拿着鲜花来看顾晟玉，一见贾璞在病房，还有一位夫人陪同，猜想应该是贾璞的家人，他原本以为贾璞的家人不会同意这件事情，现在看情景，家人没有拗过贾璞，他一边为顾晟玉高兴，一边又为自己伤感，他把鲜花放在顾晟玉的床头，转身对贾璞说；“今天大年初一，我不想和你吵架，等念完这首诗我就走。”

看贾璞不理他，徐亮径自读起诗来：

“爱情
也许在我的心里还没有完全消亡，
但愿它不会再打扰你；
我也不想再使你难过悲伤。
我曾经默默无语地，毫无指望地爱过你，
我既忍受着羞怯，又忍受着嫉妒的折磨；
我曾经那样真诚，那样温柔地爱过你，
但愿上帝保佑你，另一个人也会像我爱你一样。”

“这是普希金的诗，《我曾经爱过你》。”果安居士微笑着对徐亮说。

徐亮礼貌地对阿姨点了点头。

“看样子你知难而退了？”贾璞在旁边冷冷地打击徐亮。

徐亮也回敬道：“我从来没有退缩，也没有放弃，现在还不是你我分胜负的时候。”说完走出了病房。

果安居士微笑着问儿子：“这就是你爸爸说的你争风吃醋的对手？”

贾璞生气地点了点头。

果安居士拉着儿子的手，语重心长地说：“现在最重要的事情就是让顾晟玉尽快醒过来，妈妈理解你，你爸爸那里的工作妈妈会给你去做的，你也要注意自己的身体。等小高回来你告诉他，妈妈一两天安排个时间去他家看看。”

果安居士把白儿抱走了，留下贾璞一个人，他把小高电脑里的视频打开，一遍一遍地给顾晟玉播放着。

一晃三个月过去了，顾晟玉还在那里沉沉地睡着，舅舅、舅妈带着姥姥过来看她的时候，贾璞只是感觉到她的手指动了动，后来带小白兔来的时候，顾晟玉有眼泪留下来，这个发现让他很兴奋，今天他带来了一枚钻戒和一束鲜花，他把钻戒轻轻地戴在顾晟玉的手上，握着她的手深情地说：“不管你听到还是没有听到，我今天都要说，妈妈已经说服父亲不再为难我们的事，你知道吗，这件事多亏了舅舅，也就是你一直照顾的包老师，妈妈和爸爸相爱的时候，家里也是很反对的，妈妈被姥姥姥爷关在家里，是舅舅成全了他们，现在他们姐弟相认了，爸爸也知道我遗传了妈妈的性格，所以不再阻拦，我今天正式向你求婚，我的家人已经同意我们的感情，你愿意成为我的妻子吗？”

说完了，贾璞紧张地看着顾晟玉的表情，顾晟玉虽然闭着眼睛，但是贾璞看到她的眼珠在转动，手指也轻微地动了一下。贾璞激动地说：“你如果同意我的求婚，就把手指轻轻动三下好吗？”

贾璞等了一会，只见顾晟玉戴着钻戒的无名指真的微微地动了三下，贾璞喜极而泣，他一边亲吻着顾晟玉的手，一边对刚进门的顾妈妈说：“小玉听到了！小玉听到我对她求婚了！”

顾妈妈心疼地看着贾璞：“说实话，阿姨看到你这几个月对小玉的照顾，心里很感激，但是阿姨给你说过多少次了，小玉这个病真的不知道什么时候能好，阿姨不想耽误你的青春。”

贾璞坚定地说：“我一定会治好小玉的，我相信她一定会醒来的。”说完了又继续给顾晟玉做手脚的按摩。

阿姨看着贾璞这样，难过地摇了摇头。

徐亮最近不怎么到医院了，今年赶上金融危机，徐亮的风投公司遇到了投资方老板纷纷跑路的情况，大量的资金被他们卷跑，资金链就像多米诺骨牌一样崩盘断裂。

他处理完债务后，一个人跑到山里修养了一阵子，正好赶上小高在山里施工，原来他们在山上建了一座庄严的庙宇，取名圣泉寺，圣泉寺下面就是圣泉水，山脚下，圣泉水潺潺而下，山前的草地上，老人们在念佛堂外面晒太阳，在东边的山脚，小高他们正在建造水处理车间。

圣泉水真的很神奇，化验的结果表明，圣泉水是经过火山岩岩层出来的弱碱性小分子水，特别有灵性，能改善皮肤病、胃病、脚气等症状，他们现在和地方政府协商，买下了圣泉水的产权，经过高科技处理，转成瓶装矿泉水，造福一方人民。

他们把草原上美丽的传说变成了现实，徐亮不得不佩服小高他们的创造力，他现在正饶有兴趣地在草地上欣赏着满地的野花，这里真的是个神仙境地，山上庙宇庄严，山下流水潺潺，前面是一望无际的绿草地，走进草原，让人的心一下子变得很静很静。

眼下正是春夏相交的季节，不远处绿茸茸的草地上有一架特制的插满鲜花的秋千，秋千旁边有一匹神骏的高头大马，贾璞把顾晟玉轻轻放到秋千上，花香、草香和白儿的嘶叫声让顾晟玉从遥远的梦境中渐渐醒来，她觉得自己像小时候那样，在草地上跑啊、跳啊，白儿在后面追逐着，她看白儿不停地追，一下子着急了，脱口喊着一个熟悉的名字：“贾璞……贾璞……”

贾璞听到顾晟玉喊自己的名字，高兴得心都快跳出来了，他连连答应着，见顾晟玉艰难地慢慢地睁开了眼睛，这个睡美人在沉睡了半年后，终于醒过来了！

她缓缓地环顾四周，真的是童年的梦境，草地上开满了鲜花，白儿真的在身边，贾璞也在身边，她的头上戴着插满鲜花的花环，贾璞正激动地抱着她。

念佛堂里，小高和图雅看见贾璞抱着姐姐站了起来，一下子都飞奔而来。

顾晟玉迷惑地说，我不是在208车间吗？怎么来到了草原上？

贾璞抚摸着她的头发，深情地说：“你再也不用回去了，你已经答应做我的新娘，以后我会好好保护你的。”

顾晟玉娇羞地笑了："我真的记得你和我求过婚。"

图雅一边激动地给姑妈打电话，一边抢着对姐姐说："你知道吗？你这一睡就是半年，可把姐夫着急坏了！"

顾晟玉听到电话那头父母哽咽的声音，她安慰父母说："没事了，贾璞和图雅他们在陪着我，贾璞说休养几天就能回去。"

然后回头问图雅："你刚才叫贾璞什么？"

"叫姐夫啊！"图雅一脸认真地说。

顾晟玉抬手就要拍图雅，没想到浑身一软，吓得图雅边躲边喊："小心点啊，你再睡过去，姐夫恐怕要杀了我！"

图雅躲到了小高的身边，小高宽厚地看着她，图雅脸一红，刚想跑，手却被小高紧紧地抓住了。

停在秋千不远处的房车里下来几位医生，他们一起向贾璞祝贺。

贾璞幸福地抱起顾晟玉，一行人高兴地走向了房车改装的救护车。

站在远处的徐亮看到了这一幕，他打电话给助手准备充足的笔墨纸砚，马上送到草原上来，他要在圣泉寺进行下半辈子的修行。

顾晟玉康复后，贾璞没有再让她去输煤上班，他们成立了晟大旅游饭店咨询管理集团公司。

她们还在山下建了一所养老院，由陈阿姨和念佛堂的阿姨们照料，老人们幸福地生活在清静的草原上。

小高和图雅早早地步入了婚姻的殿堂，愉快地经营着圣泉水业务，将圣泉水也并入了晟大的旗下，凤展、小高、图雅、王潇都加入了管理集团，从阿兰希酒店出去的精英们听说她们接管了好几个五星级酒店，业务拓展越来越快，也纷纷加入她们的队伍，晟大旅游饭店咨询管理集团开始在旅游饭店业声名鹊起。